Elogios recibidos por *El rostro de la traición*

«¡Una lectura apasionante!»

—BILL O'REILLY, ⬚

RADIO Y TELEVIS⬚

«¡Únicamente una abogada, fiscal y periodista como Lis Wiehl podría haber tramado un misterio tan emocionante! Los increíbles personajes e incesantes giros de la trama te dejarán hipnotizado. Cuando abras este libro, asegúrate de tener un asiento cómodo, ¡porque no querrás soltarlo!»

—E. D. HILL, PRESENTADOR DE FOX NEWS

«Los p⬚   ⬚anadora»
                                                              ⬚ MORE

«Lis ⬚   ⬚ascinante
y rev⬚   ⬚ue cubre
sus ⬚   ⬚ÍA
                                                                  ⬚GUO
                                                              ⬚A YORK;
                                                              ⬚TOPSY

«Wie⬚   ⬚der. ¡Un
angu⬚

«¡Co⬚   ⬚ pillarán
desp⬚
                                                              ⬚IOS EMMY

«Una⬚   ⬚ presenta
una ⬚   ⬚nedios se
encu⬚

                                                              ⬚EX FISCAL

«Da la sensación de ser más actual que los propios titulares de hoy. Una de las mejores novelas de suspense del año».

—SEAN HANNITY, PRESENTADOR DE LA FOX

«¡Tres inteligentes mujeres resuelven los casos más importantes! Me cuadra perfectamente. ¡Este libro me ha tenido boquiabierta!»

—JEANINE PIRRO, EX FISCAL DE DISTRITO; PRESENTA
JUDGE JEANINE PIRRO, UN *REALITY SHOW* DE JUICIOS
POR TELEVISIÓN QUE SE EMITE A DIARIO EN LA RED CW

«¡Lis Wiehl ha vuelto a conseguirlo! Soy una entusiasta de sus libros de no ficción, ¡y ahora la polifacética Wiehl nos presenta este suculento relato de misterio político! En mi libro, Lis es una cuádruple amenaza».

—HANNAH STORM, ESPN; EX-PRESENTADORA DE LA CBS

«Un ágil y vertiginoso debut. Si te gustan los libros de "Club contra el crimen", disfrutarás de esta novela».

—DEBORAH SINCLAIRE, EDITORA JEFE
(BOOK OF THE MONTH CLUB).

«Uno de los diez mejores libros de 2009»

—REVISTA SUSPENSE

«Un *thriller* político al rojo vivo… Su inigualable trama te lleva por numerosos giros que no te esperas»

—PUBLISHERS WEEKLY

«Una trama llena de tensión y energía, que encantará a los amantes de la novela de investigación criminal»

—REVISTA CBA *RETAILERS & RESOURCES*,
DE LA ASOCIACIÓN DE COMERCIANTES MINORISTAS
CRISTIANOS CBA

«Un *thriller* cautivador… Su novela pone de relieve la nueva faceta del mundo editorial cristiano, donde los personajes luchan con la fe sin que para ello tenga que haber una palpable conversión en las páginas del libro».

—REVISTA WORLD

EL ROSTRO DE
LA TRAICIÓN

UNA NOVELA DE LA TRIPLE AMENAZA

LIS WIEHL
CON APRIL HENRY

GRUPO NELSON
Una división de Thomas Nelson Publishers
Desde 1798

NASHVILLE   DALLAS   MÉXICO DF.   RÍO DE JANEIRO

Título en inglés: *Face of Betrayal*

© 2009 por Lis Wiehl con April Henry
Publicado por Thomas Nelson, Inc.

A menos que se indique lo contrario, todos los textos
bíblicos han sido tomados de la Nueva Versión Internacional® NVI®
© 1999 por la Sociedad Bíblica Internacional. Usada con permiso.

Nota del editor: Esta novela es una obra de ficción. Los nombres, personajes,
lugares o episodios son producto de la imaginación de las autoras y se usan
ficticiamente. Todos los personajes son ficticios, cualquier parecido con personas
vivas o muertas es pura coincidencia.

Traducción: *Juan Carlos Martín Cobano*
Adaptación del diseño al español: *www.Blomerus.org*

ISBN: 978-1-60255-378-1

Impreso en Estados Unidos de América

10 11 12 13 14 BTY 9 8 7 6 5 4 3 2 1

Con amor, para Dani, Jacob y Mickey,
LIS

Con amor, para Sadie y Randy,
APRIL

—¡**V**amos, Jalapeño!

Katie Converse tiró de la correa del perro. De mala gana, el chucho negro mezcla de labrador levantó el hocico y la siguió. Katie quería darse prisa, pero parecía que todo invitaba a Jalapeño a detenerse, olfatear y alzar la pata. Y no había tiempo para eso. Hoy no.

Ella había crecido a menos de tres kilómetros del lugar, pero esa tarde todo parecía diferente. Era invierno, de hecho, casi Navidad. Y ya no era la misma que la última vez que había estado allí, hacía menos de un mes. Entonces era una chiquilla jugando a ser mayor. Ahora era una mujer.

Al final encontró el punto de acuerdo. Todavía se sentía sacudida por lo que había dicho menos de dos horas antes. Lo que había exigido.

Ahora lo único que le quedaba era esperar. Y eso no era fácil para una impaciente joven de diecisiete años.

Escuchó pies que rozaban el suelo detrás de ella. Incapaz de reprimir una sonrisa, Katie pronunció su nombre mientras se daba la vuelta.

Al ver esa cara, Jalapeño gruñó con expresión de rabia.

Mientras caminaba hacia el estrado, la fiscal federal Allison Pierce se tocaba la crucecita de plata que le colgaba de una fina cadena. La llevaba oculta bajo su blusa de seda color crema, pero siempre estaba ahí, junto al corazón de Allison. Su padre se la había regalado al cumplir los dieciséis.

Allison iba ataviada con lo que ella consideraba su «uniforme» de juzgados, un traje azul marino con falda que, pese a la longitud de sus piernas, le llegaba por debajo de las rodillas. Esa mañana había doblegado sus rizos castaños en un moño bajo y se había puesto unos pequeños pendientes de plata. Tenía treinta y tres años, pero en los tribunales quería asegurarse de que nadie la tomara por una mujer joven o inexperta.

Respiró hondo y miró al juez Fitzpatrick.

—Señoría, solicito la sentencia máxima para Frank Archer. Este hombre planeó de manera fría, calculadora y alevosa el asesinato de su esposa. Si hubiera tratado con un verdadero asesino a sueldo en lugar de con un agente del FBI, Toni Archer estaría hoy muerta. De todos modos, hoy tiene que esconderse y teme por su vida.

Un año antes, Frank Archer había tenido lo que él explicó a sus amigos como un problema de metro sesenta: Toni. Ella quería el divorcio. Archer era ingeniero y se le daban bien las matemáticas. El divorcio significaba dividir sus bienes y pagar para la manutención de su hijo. Pero, ¿y si Toni muriese? Entonces Archer no solo se libraría de la sentencia de divorcio, sino que se beneficiaría de los trescientos mil dólares de la póliza del seguro de vida de Toni.

Archer le preguntó a un antiguo amigo de la secundaria (que resultó ser también un ex presidiario) si sabía de alguien que pudiera ayudarle. El colega encontró a Rod Emerick, pero Rod no era un asesino a sueldo: era agente del FBI. Archer convino encontrarse con Rod en una habitación de hotel, donde el FBI escondió dispositivos de vigilancia. En una furgoneta sin ventanillas aparcada afuera, Allison siguió los movimientos del monitor en blanco y negro, que ofrecía una imagen granulada, de mala calidad, esperando para dar la orden en cuanto tuvieran lo suficiente para realizar la detención. Apretando los dientes, había observado a Archer entregar una foto de Toni, su número de matrícula, su horario de trabajo y cinco mil dólares en billetes de cincuenta y cien. A veces podía entender a los acusados de crímenes pasionales, pero los asesinos movidos por la codicia la ponían enferma.

Dada la contundencia de las pruebas, Archer no había tenido más opción que reconocerse culpable. Ahora, al argumentar su solicitud de sentencia máxima, Allison no le pasó por alto ni una. Era bajo, con ralo cabello rubio y gafas. No parecía otra cosa que un asesino. Pero, después de cinco años como fiscal federal, Allison había aprendido que pocos asesinos lo parecían.

Después de concluir, regresó a la mesa de la fiscalía junto a Rod y escuchó la triste letanía de excusas del abogado defensor. Archer no sabía lo que estaba haciendo, estaba angustiado, sometido a un enorme estrés, sin poder dormir bien, y en ningún momento pretendió llegar hasta el final. Mentiras que todos los presentes podían distinguir con claridad.

—¿Hay algo más que quisiera decir antes de que el tribunal dicte sentencia? —le preguntó el juez Fitzpatrick a Archer.

Archer se puso en pie, con los ojos rebosando de lágrimas de cocodrilo.

—Lo siento, lo siento mucho. No hay palabras para expresar cómo me siento. Todo ha sido un enorme error. Yo quiero mucho a Toni.

Allison no se percató de estar meneando la cabeza hasta que sintió el mocasín del 45 de Rod tocando la punta de sus delicados zapatos de charol azul marino.

Se levantaron todos para oír la sentencia.

—Frank Archer, se ha reconocido usted culpable del cobarde y despreciable acto de preparar el asesinato de su esposa —dijo el juez Fitzpatrick con el rostro de piedra—. La sentencia de hoy debería transmitir un mensaje firme a los cobardes que creen que pueden esconderse pagando a un desconocido para que cometa un crimen. Por la presente le condeno a diez años por intento de asesinato a sueldo, seguidos de dos años de libertad vigilada.

Allison tuvo una sensación de alivio. Llevaba una racha excelente, pero el caso precedente en que había ejercido la acusación había sacudido su confianza. El novio violador había sido declarado inocente, lo que había dejado a su víctima conmocionada, asustada y furiosa; y le dejó a Allison un sentimiento de culpa que no había podido quitarse de encima en años. Por lo menos, ahora había hecho del mundo un lugar más seguro.

Un segundo después, se le vino abajo el buen humor.

—¡Ustedes tienen la culpa! —gritó Archer, pero no se dirigía a Toni. La ex esposa tenía demasiado miedo como para estar en la sala del tribunal. Señalaba a Allison y Rod.

—¡Me han tendido una trampa! —vociferaba Archer mientras lo sacaban a rastras de la sala de tribunal.

—No te preocupes —dijo Rod, acariciándole el brazo—. Lo vigilaremos.

Ella movió la cabeza y esbozó una sonrisa. Sí, había sentido una pizca de miedo, pero,¿iba a regresar el tipo dentro de diez años para vengarse?

Allison se quitó de encima los malos presagios y salió de ese palacio de justicia que los habitantes de Portland conocían como el edificio Maquinilla de Afeitar, por la forma del techo. Llamó a Toni para darle las buenas noticias. En el aparcamiento, sacó el llavero, presionó el mando de apertura del coche y se sentó al volante, todavía hablando. Solo después de haber recibido las gracias de Toni y de haberle dicho adiós se percató del periódico publicitario que le habían puesto bajo el limpiaparabrisas. Refunfuñando contra la publicidad chatarra, salió del coche y agarró el periódico gratuito.

Entonces lo desplegó.

La parte profesional de Allison comenzó inmediatamente a tomar nota. Nota uno: excepto en películas, nunca había visto una amenaza escrita con letras recortadas de una revista. Nota dos: ¿estaba tapando con sus propias huellas dactilares las de la persona que había hecho esto?

Pero el lado humano de Allison no podía menos que temblar. Con toda su capacidad de distanciamiento, no pudo aplastar el miedo que le entró al leer el mensaje.

VOY A VIOLARTE. Y TE VA A GUSTAR. Y LUEGO VOY A CORTARTE EN TROCITOS. Y *ME* VA A GUSTAR.

Mejor no me dejes hablar con chicos
5 de septiembre

¡**H**ola! Soy ordenanza del Senado, en el Capitolio. Este blog tratará sobre mis experiencias aquí en el País de los Ordenanzas.

Washington DC está lleno de rascacielos, bocinas de taxi y una humedad que te hace sentir como tapada bajo una manta de vapor. Además, hay un olor de peste. Como a basura caliente.

Resulta que el Memorial de Vietnam, el Monumento a Washington y la estatua de Lincoln están un par de calles más allá. Mi madrastra, V, ha estado tratando de llevarme a todos los sitios famosos, y eso que cada dos fines de semana hay viajes solo para los ordenanzas. (Ahora está dormida y escribo esto en el cuarto de baño del hotel, que tiene conexión a Internet gratis.)

No puedo creer que haya estado lloviendo todo el tiempo entero que llevamos aquí. Por alguna razón, nunca pensé que llovería en DC. Por suerte, un tipo en la calle vendía paraguas.

Después de todas las visitas a lugares de interés, fuimos a la cena con el senador X. Él me consiguió este puesto de becaria, pero yo probablemente no le veré demasiado. Voy a trabajar para todos los senadores, sobre todo para los cincuenta republicanos, no solo para él. (Trabajar en el Senado es mejor que en la Casa. Dicen que allí tienes que fijarte en cientos de fotos y memorizar todas las caras y nombres de su partido. Comparado con eso, cincuenta senadores está chupado.)

Comimos en un elegante restaurante japonés, donde probé muchas cosas que no puedo pronunciar. Los japoneses no solo son buenos para el anime, también saben cocinar.

Antes de que llegaran nuestros platos, V les dijo a los de la mesa de al lado que controlaran a su hijo. El crío tenía una taza de Cheerios y estaba tirando algunos al suelo. Por supuesto, tenía que hacerse la mandona. Luego V se puso a decirle al senador que mejor que me vigilen y no me dejen hablar con chicos. Yo solo quería desaparecer bajo la mesa, aunque ellos fingían estar bromeando.

¿Es que no se da cuenta de que ya no soy una niña? ¡Dentro de ocho días voy a cumplir diecisiete!

RESIDENCIA DE LOS PIERCE
El 14 de diciembre

Allison puso el test de embarazo en el borde de la bañera. Marshall estaba en la sala de estar, haciendo estiramientos delante de las noticias de TV, preparándose para salir a correr.

Toda la tarde había tenido este momento aparcado en la mente, aportándole una conveniente distracción de la ansiedad que tenía al pensar en la nota amenazante. Rod había venido en cuanto ella le llamó y se había llevado el periódico como prueba. Le preguntó si no tendría algún enemigo, pero ambos sabían que la pregunta era una broma.

Desde luego que Allison se había hecho enemigos; el más reciente, Archer. Era fiscal de la acusación, de tercera generación, así que sabía que eran gajes del oficio.

No era tan complicado tratar con delincuentes de poca monta, ladrones de bancos y camellos. Para ellos, ser detenidos y pasar un tiempo preso era un riesgo asumido, inherente al trabajo. Eran profesionales, como ella. De algún modo extraño, entendían que Allison solamente hacía su trabajo.

Eran los otros, los que habían sido pulcros ciudadanos de nivel alto hasta que estallaban en medio de la cena y apuñalaban a la esposa o decidían que atracar un banco era la manera perfecta de equilibrar el presupuesto familiar. Con esos era con los que había que tener cuidado. Los sentimientos de estos hacia Allison eran personales. Personales y peligrosos. Por ahora, tendría un extra de cuidado, y Rod había alertado a la policía de Portland para que pusiera patrullas adicionales delante de su casa.

Su reloj marcaba las 6:21. Allison se dijo que no revisaría la varilla blanca hasta las 6:30. La prueba solo tardaba tres minutos, pero ella quería estar segura. ¿Cuántas veces había mirado alguno de estos estúpidos tests, deseando que se destacaran dos líneas cruzadas en la pantallita de resultados, pero solo había salido una?

—Vuelvo en cuarenta minutos, cariño —le dijo Marshall desde la sala de estar. Ella oyó el sonido de la puerta de la calle al cerrar.

Allison no le había dicho que se iba a hacer la prueba hoy. Tenía un retraso de cuatro días, pero ese retraso ya lo había tenido otras veces. Después de tantas pruebas fallidas, de tantos meses en los cuales hasta un día de retraso la había hecho especular de manera vehemente, Marshall dejó de interesarse demasiado en todos los detalles.

Cuando emprendieron esta travesía, hacía dos años, estaba segura de que concebirían fácilmente. Cualquier adolescente podía tener un bebé. ¿Qué dificultad podrían encontrar? Ella y Marshall siempre fueron escrupulosos en cuanto al control de natalidad. Ahora esto parecía una broma pesada. Se había gastado cientos de dólares en prevenir algo que de todos modos nunca habría pasado.

Habían comenzado a intentarlo un mes después de su trigésimo primer cumpleaños, con el vértigo de «jugar sin red». Al final del primer mes, Allison estaba segura de estar embarazada: se sentía los pechos diferentes, el sabor de los alimentos había cambiado, y tenía vértigos con frecuencia al levantarse. Pero entonces le llegó el período, puntual.

Con el paso de los meses se lo tomó más en serio, hacía seguimiento de su temperatura y realizaba cuadros con los datos. Aunque había leído que todas las estadísticas indican que la fertilidad disminuye cada año que pasa, no parecía que se aplicara a ella.

¿A cuántas víctimas de crímenes había conocido que nunca habían creído que nada malo pudiera pasarles *a ellos*? ¿Es que eran especiales?

—Está en tus manos, Señor —murmuró. Era una idea con la que luchaba cada día, en casa y en el trabajo. ¿De cuánto era ella responsable? ¿Cuánto estaba fuera de su control? Nunca se le había dado bien dejar correr las cosas sin más.

Para distraerse, Allison encendió el pequeño televisor que tenían en el dormitorio, sobre una cómoda alta de roble. Después de un anuncio de Subaru, habló el presentador del Canal Cuatro:

—Y ahora tenemos un boletín especial de nuestra reportera de sucesos, Cassidy Shaw. ¿Cassidy?

La vieja amiga de Allison estaba de pie delante de una hermosa casa blanca victoriana. Llevaba un conjunto color coral que le resaltaba su media melena rubia hasta el hombro. Sus ojos azules sorprendían por su apariencia de topacios; o llevaba lentillas o es que había que ajustar mejor la tele.

—Una familia pide ayuda para encontrar a su hija adolescente que falta de su casa en el Noroeste de Portland desde ayer por la tarde —dijo Cassidy, con la expresión que los reporteros reservan para los acontecimientos serios—. Katie Converse, de diecisiete años, dejó a sus padres una nota diciendo que sacaba al perro a dar un paseo, y desde entonces no se la ha vuelto a ver. Aquí tenemos una foto reciente de Katie, que se encuentra en sus vacaciones de invierno de su trabajo en el programa de becarios ordenanzas del Senado de los Estados Unidos.

La cámara enfocó la fotografía de una bonita chica rubia, de nariz chata y con pecas. A Allison se le cortó el aliento. Aunque Katie era rubia y Lindsay tenía el pelo negro, era casi como ver a su hermana con la edad de Katie. La nariz era la misma, la forma de sus ojos, hasta la misma sonrisa medio tímida. Lindsay, años atrás, cuando era joven e inocente y estaba llena de vida.

—Katie mide uno sesenta y pesa cuarenta y ocho kilos —siguió Cassidy—. Tiene los ojos azules, el pelo rubio, y pecas. La última vez que la vieron llevaba un suéter negro, vaqueros azules, una parka azul marino de Columbia y zapatillas Nike. El perro, llamado Jalapeño, es un labrador negro mestizo.

—Las autoridades están investigando. La familia les ruega que, si han visto a Katie, llamen por favor el número que ven en pantalla. Informó Cassidy Shaw, desde el Noroeste de Portland.

Allison elevó una rápida oración para que la muchacha estuviera a salvo. Pero una joven así no tendría ninguna razón para escaparse; no si ya vivía lejos de casa. Tampoco era probable que se hubiera ido de fiesta. Allison conocía un poco el programa de ordenanzas becarios. Era extremadamente competitivo, y atraía a estudiantes inteligentes, serios, preuniversitarios cuya idea de diversión era la representación de una asamblea legislativa del Estado. La clase de niña que Allison había sido, tiempo atrás, cuando ella y Cassidy estaban en el instituto. Miró el reloj y se sorprendió al ver que eran ya las 6:29. Se esforzó para esperar hasta que el reloj marcara las 6:30, luego alcanzó la prueba de embarazo. La primera vez compró solo un test, segura de que era todo lo que necesitaría. Ahora, dos años más tarde, los compraba por paquetes en Costco.

En la pantallita de control había una línea rosa horizontal. Y en la otra, la de resultados, una cruz rosa.

No eran unas líneas rosadas cualquiera.

Estaba embarazada.

En la pantalla del agente especial de la FBI Nicole Hedges aparecieron las palabras.

PdXer: De K t gusta blar?

Nic, que se valía en pantalla del nombre BubbleBeth, y algún tipo que se hacía llamar PdXer estaban en un área privada de un chat llamado Jovencitas y Maduros.

BubbleBeth: kmer

Era lo que Nic siempre contestaba. Podía desconectarse de los dedos, de la realidad que había tras el teclado y de las palabras que aparecían en la pantalla. Y eso estaba bien. Porque, si pensara demasiado en todo aquello, se le iría la cabeza.

Al principio, trabajar para Imágenes Inocentes, la misión del equipo de cibercrimen del FBI para atrapar a los depredadores en línea, parecía algo ideal. Horario regular, algo que se agradece cuando eres una madre sola. El inconveniente era que se pasaba todo el día expuesta a tipos miserables impacientes por tener sexo con una jovencita que apenas se podía considerar adolescente.

La mayoría de la gente se sorprendería al ver que no era el típico tipo raro con gabardina el que se arrastraba por la red buscando chiquillas. Si solo fuera ese. En la vida real era el profesor, el doctor, el abuelo, el dueño del restaurante. El delincuente medio era un varón blanco profesional de entre veinticinco y cuarenta y cinco años.

PdXer: Kntos años tnes?

BubbleBeth: 13

En Oregón, con dieciocho años se consideraba que había consentimiento. Pero los fiscales preferían mantener el límite bien definido, para que el jurado lo tuviera más fácil para condenar. Así que Nic les decía a los tipos que conocía en línea que no tenía más que trece o catorce años, como máximo. Algunos escribían HstOtr (hasta otra) en cuanto Nic les decía su edad imaginaria. El resto, era como si echasen un pedazo de carne cruda en una perrera.

PdXer: SUPR

Las encuestas habían mostrado que uno de cada siete menores había recibido una proposición sexual en línea durante el año anterior. Era el trabajo de Nic encontrar los sitios en los que las posibilidades no eran una de cada siete, sino el cien por cien, lo cual implicaba meterse en los chats.

Seguramente, algo así tenía que pasar en MySpace, pero en el FBI no había tenido tiempo para montar las páginas que pudieran engañar a nadie. Nunca parecían alcanzar lo auténtico. Niños de verdad pasando horas en sus MySpaces, retocándolos con fotos, música y blogs. Los verdaderos depredadores también estaban allí, pero era difícil atraparlos sin algún anzuelo.

Pero había muchos chats. Nic iba allí partiendo del nombre del chat (No Demasiado Joven para Divertirse, por ejemplo) o por el informe de un niño que hubiera recibido proposiciones.

A veces asumía la personalidad de una víctima real, pero por lo general solamente entraba como alguien nuevo: se metía en el chat y anunciaba su presencia. Lo primero que uno notaba al entrar en una sala de chat era la ausencia de cualquier charla real. La razón de estar allí era empezar una conversación privada. Nunca le costaba más de cinco o diez minutos que alguien se acercara a ella.

PdXer: VIVEN JUNTS TS PADRS?

BubbleBeth: No. Vivo cn mama. Slo veo a papa a vcs.

Era lo que ella siempre decía. A los tipos como PdXer les encantaban a niños con un solo padre y sin trabas para Internet. Era como aquella frase de *Casablanca*: «*Este podría ser el principio de una gran amistad*».

PdXer: TIENS HERMANS?

BubbleBeth: 1 ERMNA DE 3.

Lo bastante pequeña como para que la mamá imaginaria de Nicole estuviera bien ocupada.

Nic deja a Makayla jugar a Neopets en línea. Pero solo cuando ella está en el cuarto con ella. Y su hija sabe que en cualquier momento su mamá puede acercarse y pedir que le enseñe lo que escribe, y Makayla tendría que enseñárselo enseguida.

PdXer: ERS POLI?

Nic sonrió. *Te tengo.*

BubbleBeth: ¡No!

Nic siguió contestando las preguntas de PdXer, sin poner siquiera mucha atención. Era mejor que no la pusiera. Mejor no pensar en este idiota enfermo que hunde sus garras en una niña. Un baboso haciendo *grooming*. Mejor no preguntarse cuántas había habido antes de ella. Cuántas niñas que *sí* tuvieran trece o catorce años.

PdXer: PUEDS MANDARM 1 FTO?

Como nunca usaban fotos de niños auténticos, Nic le enviaría una imagen de ella, editada para aparentar trece años. La edición con *morphing* no salió exacta, porque no contó con sus tres años de aparato dental y cuatro extracciones. Cuando ella tenía la edad de BubbleBeth, todos se reían de sus dientes de conejo.

PdXer: KIERS IR A VER UNA PELI UN DÍA?

BubbleBeth: INTRSANTE.

Nic tuvo que retroceder y escribir de nuevo la última palabra, cambiándola por «súper».

PdXer: ¿ALGUNA K KIERS VER?

BubbleBeth: MEAT MARKET.

Estaba clasificada para mayores, lo que en teoría significaba que no podía entrar a verla. Bueno, BubbleBeth no podría. A veces a Nic se le olvidaba mantener la distancia. Ella no tenía trece años, no iba a la escuela, ella no estaba peleada con su mamá.

PdXer: SÚPR. LLEVS BRGUITAS?

Bingo.

Con grados distintos de terror, la reportera de sucesos Cassidy Shaw y otras cinco personas sentadas en las sillas de la sala de maquillaje del Canal Cuatro miraban a Jessica Lear. Jessica era una asesora de maquillaje para la alta definición que la cadena había traído desde Los Ángeles para enseñarles cómo prepararse para la era de la alta definición.

La alta definición tenía cinco veces más resolución que la televisión normal. Eso significaba que cualquier línea, punto o labio torcido estaría a plena vista. Se podía ver hasta el pelo de la nariz, lo cual hizo que Cassidy se estremeciera solo de pensar en ello.

La alta definición también permitía que los televisores mostraran más colores. Durante años, los patrones del gobierno habían limitado la gama de colores disponibles para las cadenas. Pero la alta definición permitía el empleo de unas gamas de rojo antes prohibidas. Eso significaba que cualquier mancha, espinilla o diminuta vena rota destacaban en pantalla con la brutal claridad de un libro de cirugía.

En sus primeros pasos en televisión, a Cassidy le habían enseñado que tenía que definir sus rasgos faciales con el lápiz de ojos, el lápiz de cejas, la barra de labios, el polvo de cara, etc. Se parecía al pasatiempo de pintar por números. Como las luces de estudio hacían que una pareciera pálida y cansada, el resultado final todavía se veía natural en pantalla. Pero aquella era había llegado a su fin. Empezó por los programas nacionales, pero, como cada vez más espectadores se pasaban a la alta definición, ya había comenzado a alcanzar a los mercados regionales, incluyendo Portland.

Ahora todos los talentos de delante de las cámaras se habían reunido en la sala de maquillajes para una lección. Después de que se fuera la asesora, se quedarían solos. Los chicos estaban acostumbrados a un rápido toque de maquillaje facial para ocultar la barba de media tarde. A los que hacían trabajo de campo ni siquiera se les pedía eso. Pero ahora todos: presentadores, reporteros, hasta el hombre del tiempo y el de deportes tenían que aprender cómo conseguir un buen aspecto ante la nueva alta definición.

—El maquillaje tradicional se ve demasiado teatral en alta definición —dijo Jessica, que podría tener cualquier edad entre treinta y cincuenta—. Se ve falso y hortera. Pero no maquillarse te haría parecer... —aquí hizo una pausa mientras encontraba un término diplomático—, *llamativa.*

Vieja, tradujo Cassidy. *Vieja y fea.* Y Cassidy estaba decidida a no ser nunca vieja y fea.

Sus padres la habían educado para creer que estar guapa era la suprema prioridad de una mujer. Las buenas calificaciones les habían importado poco, pero si Cassidy engordaba dos kilos o iba sin maquillaje, se enteraba de lo que era bueno. Su profunda determinación de seguir siendo bonita era la que la había mantenido en una talla dos (o, para ser sincera, tal vez una cuataro, pero la suya era la dos en los días buenos).

La obsesión por no ser vieja y fea la metió en una clase de aeróbic en bicicleta estática seis días por semana. La obligó a ir al dermatólogo para otra ronda de bótox y tratamientos de láser. La llevó a viajes regulares al salón de manicura y pedicura, a la peluquería y a las sesiones de bronceado. Le reventó la tarjeta de crédito. Pero era mejor que la otra alternativa.

—Esto es como la carrera de armamentos —dijo Jessica—. A todos nos gustaría volver a los viejos tiempos. Pero necesitamos nuevas armas. No podemos limitarnos a empolvar la cara cuando cada grano parece un pedrusco.

—¿Y la cirugía plástica? —preguntó el presentador Brad Buffet (Bufé, como él insistía en que se pronunciaba). Se miró los dos perfiles para observar sus mejillas hundidas.

—Eso también es arriesgado —dijo Jessica moviendo la cabeza—. En la alta definición, cuando te han trabajado la cara se pueden ver las costuras. Podrías acabar pareciéndote a Frankenstein.

—Así que, básicamente, esto es como estar desnudo —se quejó Ana Forster, otra reportera.

—Solo es como estar desnudo si no aprendes a taparlo todo —dijo Jessica, y luego mencionó a una gran estrella de las comedias—. Por la tele normal, todavía se ve genial, tan atractiva como antes. Pero en la alta definición no es más que un amasijo de arrugas y lamentables hoyuelos de acné.

Cassidy se acercó más al espejo. En alta definición, sus leves patas de gallo probablemente se parecerían a los pliegues de origami y sus poros serían como gigantescos cráteres de obús.

—Entonces —dijo Jessica , sosteniendo un artilugio de metal de unos quince centímetros con una vasija abierta encima para contener el líquido—, le damos al spray —concluyó. El aplicador era algo así como lo que usaría un pintor de paredes para pintar la casa de un elfo—. ¿Algún voluntario?

Cassidy fue la primera en levantar la mano. Después de recogerle el pelo, Jessica le dijo que cerrara los ojos y contuviera el aliento. Encendió el compresor de aire, que hizo un extraño sonido de borboteo al vaporizar el líquido.

Dos minutos más tarde, Cassidy estaba tan cerca del espejo que podía besarlo, como solía hacer cuando tenía doce años y suspiraba por un novio. Su piel se veía perfecta, con un impecable beige brillante. Sin arrugas, sin marcas, sin capilares rotos, sin defecto alguno. Todo seguía allí, desde luego, pero ahora estaba cubierto por una finísima capa de pintura.

Si Richard Nixon hubiera tenido esto, pensó Cassidy, *Kennedy nunca habría sido elegido.*

Esta mañana, V me ha llevado al lugar donde voy a vivir los próximos cinco meses: la residencia de ordenanzas del Senado Daniel Webster.

Hay una planta para chicas y otra para chicos. En cada planta hay una sala de estar, que te da la sensación de estar en algo así como un hospital psiquiátrico. Abajo en el sótano es donde tendremos las clases, también es donde está la lavandería y el comedor.

Comparto una diminuta habitación con tres chicas más: una de Carolina del Norte, una de Texas y una de Idaho. Las tres son agradables. Y guapas. Y tienen talento. (Por si acaso leen esto.) Compartimos dos literas, dos armarios empotrados, un cuarto de baño con dos lavabos y un teléfono. Gracias a Dios, V y papá me dejan traer mi teléfono móvil y me han comprado este portátil. Piensan que solamente voy a usarlo para las tareas. Son un poco ingenuos, así que no se imaginan lo de este blog. (Una vez, V dijo que Internet era la «gran red intermundial».)

Estaba impaciente por que V se fuera. Ninguna de las otras compañeras tenían ya a sus padres con ellas. Cuando por fin se marchó, le preguntó a un policía del Capitolio acerca de la vigilancia que tenían sobre los ordenanzas becarios o, como ella dijo, «estos críos».

El poli le dijo que no tenía que preocuparse por la seguridad de «su hermana». Hay un sistema de alarma, tarjetas de pase y un puesto de vigilancia de veinticuatro horas. Y todo el mundo tiene que pasar por detectores metálicos para entrar en el Webster Hall o el Capitolio.

(V no le corrigió sobre eso de hermana, típico en ella, lo cual me revienta. Solo tiene quince años más que yo. Le gusta que la gente piense que somos hermanas, pero en realidad no nos parecemos en nada. Yo me parezco a mi verdadera mamá. Soy rubia, de alrededor de metro sesenta, y ella es morena y mide más de metro setenta y cinco.)

En cuanto regresé a nuestro cuarto, la chica de Texas comenzó a contar que este lugar solía ser una funeraria y que abajo en el sótano es donde embalsamaban los cuerpos y que todavía guardan algo del viejo instrumental en un armario cerrado. Me puso la carne de gallina.

Intenté evitarlo, pero eso me hizo pensar en mi madre. Quiero decir, seguro que usaron esas cosas con ella después de que muriera. Le purgaron la sangre, le metieron un montón de sustancias químicas.

El caso es que nuestro cuarto huele realmente raro.

EL ASADOR DE JAKE
15 de diciembre

Normalmente, habría andado las cinco calles hasta el Asador de Jake, pero esa noche Allison decidió conducir. Mientras entraba en el aparcamiento detrás de un Subaru con una pegatina de «Mantén Portland Excéntrico» en el parachoques, se dijo que era porque estaba demasiado cansada. Pero en parte era porque también se sentía vulnerable, incluso con las calles atestadas de compradores navideños. Entrando con prisas en el restaurante, se instó a no ser tan paranoide. Ya había recibido amenazas de muerte antes.

Pero nunca una entregada a mano en su coche.

Bajo un techo de escayola alto, blanco, el amplio salón estaba lleno de manteles oscuros de color madera y blancos; intacto durante décadas, la clase de lugar donde todavía podrías fumar en la barra. El local de Jake era lo bastante ruidoso como para no ser oído en una conversación, pero no tanto como para tener que gritar. Allison lo había escogido porque pensó que era el lugar perfecto para hablar de negocios.

Tratando de no aspirar el olor a cerveza y cigarrillos viejos, pasó por delante de la barra a la parte de atrás del comedor. Desde que había averiguado que estaba embarazada, su sentido del olfato se había disparado. En el tribunal, esa mañana, había distinguido el champú y la colonia de los testigos, hasta el enjuague bucal del reportero. Había tenido que tirar su pastelito de limón sin comérselo, porque olía demasiado a *limonada*.

Cassidy y Nicole estaban ya sentadas, pero aún no habían notado su presencia. Cassidy estaba contando una historia, con todos sus gestos y aspavientos. Sin duda describía algún divertido embrollo en el que se hubiera metido recientemente. Se había quitado la rebeca de encima de su suéter de cachemira violeta, dejando ver, quizás no sin querer, sus firmes y bronceados brazos. Su rubio peinado estaba perfecto por delante y alborotado por detrás, lo que significaba que había estado cavilando. Siempre que Cassidy estaba frustrada por algo, se retorcía los mechones de la melena, algo que las cámaras nunca veían.

Mientras escuchaba a Cassidy, Nicole apoyaba su copa de vino contra la mejilla, medio ocultando la boca. Quince años antes, cuando las tres asistían al Catlin Gabel, Nicole se había destacado por ser una de los pocos afroamericanos de esa escuela privada. Por su prominente dentadura, algunos de los niños más crueles le habían puesto el apodo de Mula Francis. Cuando hablaba, se ponía una mano ante la boca, que amortiguaba sus palabras.

En algún punto de los años pasados desde el instituto, Nicole se había arreglado los dientes. Con su piel morena y suave, y esos ojos ligeramente rasgados, siempre había sido atractiva. Ahora era hermosa. De todos modos, los viejos hábitos son difíciles de vencer.

—¡Eh, chica! —dijo Nicole al ver a Allison, agitando la mano.

Todavía a diez metros de ellas, Allison leyó las palabras en sus labios a la vez que las oía.

—Se abre la sesión del Club de La Triple Amenaza —anunció al desabrocharse el abrigo.

Las tres mujeres no se habían visto mucho en el instituto. Después de la graduación, no se volvieron a encontrar otra vez hasta su reunión de décimo aniversario, donde su interés común por el crimen (Cassidy como periodista, Nicole como agente de la ley y Allison como fiscal) las había unido. Un mes más tarde, Allison había sugerido que se reuniesen para cenar. Se fraguó su amistad en torno a un postre llamado Pastel de Chocolate La Triple Amenaza, que consistía en un pastel de chocolate negro relleno de rica mousse de chocolate y coronado con láminas de chocolate.

—Ya pensaba que no venías —dijo Cassidy mientras Allison retiraba una silla—. Y eres tú la que ha elegido este lugar.

—Lo siento. Estaba en una reunión que se ha alargado.

—Te hemos guardado algunos aros de cebolla —dijo Cassidy, y empujó un plato hacia Allison. Le brillaban los labios por la grasa.

De repente, Allison se sintió un poco mareada.

—Muy bien —dijo, sacudiendo la cabeza por el mareo.

—Ya hemos pedido —dijo Nicole—, pero aquí tengo un menú, si lo necesitas.

—Ya sé lo que quiero.

El menú nunca había cambiado. Jake servía comida sencilla, toda ella con recuerdos de su niñez, de cuando su padre aún vivía y su madre todavía cocinaba y todavía se podía contar con que Lindsey volviera a casa por la noche. Cocido, filete de solomillo, entrecot, pastel de carne con patatas y salsa.

Cuando llegó el camarero, Allison pidió chuleta de cerdo.

—Tenéis que probar un poco de este Cabernet. Es tan... —dijo Nicole, y dejó salir un largo suspiro— relajante —concluyó, y le llenó la copa a Allison—. Déjame que te cuente un caso en el que está trabajando un compañero de delitos cibernéticos. Se ocupa del caso junto a Jack en tu oficina, Allison. Te cuento: El marido y la esposa se divorcian. Él se muda del Estado. Entonces se mete en la red y pone un anuncio de un sitio porno. Y en el anuncio se hace pasar por la ex esposa. Dice: «Me llamo tal, mi número es tal, y mi dirección, y donde trabajo, y mi número de matrícula, y esta es mi foto» dando toda la información de su ex. Y luego pone: «Ah y mi fantasía sexual es que me acosen y me violen».

Allison meneó la cabeza. ¿Cómo podría alguien que había prometido amar y honrar a otro ser humano sustituir eso por un odio tan intenso y destructor?

—Entonces —continuó Nicole—, otro tipo contesta al anuncio. Desde luego, él piensa que el sujeto se dirige a la ex. Y el ex marido se hace pasar por ella y dice: «Sí, esa es mi mayor fantasía, ¡ajá! ¡ajá! Si lo haces, fingiré resistirme, porque eso le da más morbo».

—¿Entonces qué pasó? —saltó Cassidy, que se retorcía en su asiento como una niña pequeña.

—Entonces este tipo entra por la fuerza mientras la ex esposa está dormida. Lleva una docena de rosas, una caja de bombones, una mordaza y un par de esposas. Y cuanto más ella se resiste, más se excita él, porque es justo como ella había dicho que haría. Consigue ponerle unas esposas, pero, antes de poder esposarle la otra mano a la cama, ella le da un porrazo con la lámpara de la mesita de noche. Cuando el tipo se despierta, está detenido, y el que lleva las esposas puestas es él —dice Nicole y mira a Allison—. El dilema para tu oficina es, ¿con qué cargos lo acusamos? ¿Intento de violación o qué?

—Quiero hacer un reportaje sobre esto —dijo Cassidy.

—No quiero que le des ideas a nadie —contestó Nicole apuntándola con el dedo—. Lo último que necesito es un puñado de ex maridos amargados tramando que algún extraño mate a sus ex.

—El público tiene derecho a saber —replicó Cassidy justificándose.

—No me vengas con esas —resopló Nicole—. Esto es puro morbo. No hay nada que una víctima potencial pudiera hacer para parar eso. Lo único que consigues es dar ideas a los malos.

—Anoche te vi por la tele, Cassidy —cambió Allison de tema, asumiendo su habitual papel de pacificadora. Tomó su copa de vino, se acordó del bebé y la dejó donde estaba—. En ese reportaje sobre la muchacha desaparecida.

—Tan breve que parpadeas y te lo pierdes —se quejó Cassidy y puso en la mesa su copa, ya vacía.

—Yo tuve que perdérmelo —comentó Nicole, que puso algo más de vino en su propia copa y luego en la de Cassidy—. ¿Una niña? No había oído nada.

—No —negó Cassidy con la cabeza—, una estudiante de secundaria de diecisiete años. Salió a sacar al perro y ya no volvió a casa. Cuando filmamos la historia, llevaba poco más de veinticuatro horas desaparecida. Ahora lleva ya más de cuarenta y ocho, y no hay indicios de su paradero en ninguna parte. Cuando los padres se pusieron en contacto conmigo, los vecinos no se lo tomaron muy en serio. Pero hay algo en todo esto que me inquieta. Esta muchacha, Katie Converse, estaba en casa por sus vacaciones del programa de ordenanzas becarios de Washington. Sus padres me dijeron que solo unos cien jóvenes consiguen entrar en ese programa en todo el país. Una joven así tiene que ser responsable.

—Tal vez se ha largado con algún muchacho, y ahora no sabe cómo deshacer lo que ha liado —dijo Nicole.

—Ah, como si a los chicos les preocupara hoy eso —comentó Cassidy alargando la mano por un pedazo de pan—. Ya nadie se molesta en casarse antes de tener un bebé, ¿o no lo has notado?

Allison vio cómo Cassidy se estremeció, al acordarse, demasiado tarde, de Makayla, la hija de nueve años de Nicole. Nunca habían hablado de ningún padre.

—Aunque, en el caso de Katie, tal vez si le preocupe —dijo rápidamente Cassidy—. Su familia parece bastante estricta. No paraban de insistir en que es una muchacha tan buena y en que nunca se metería en problemas.

—Si lleva desaparecida más de cuarenta y ocho horas, tal vez la razón de que no haya venido a casa es porque no puede —dijo Allison.

—Cuando las rapta un extraño, por lo general están muertas en tres o cuatro horas. Es muy raro encontrarlas sanas y salvas —sentenció Nicole moviendo la cabeza.

Cassidy se tocó un cordel rojo que ella llevaba en la muñeca.

—No digas esos. No sueltes malas vibraciones en el universo.

—¿Qué es ese cordel? —dijo Nicole señalando la muñeca de Cassidy.

—Cosas de cábala.

—¿Eso no es de los judíos?

—No tienes por qué ser judío —dijo Cassidy—. No importa lo que seas. No tiene que ver con ser miembro de una religión formal. Tiene que ver con estar en contacto con fuerzas espirituales activas en nuestras vidas, las reconozcamos o no.

—¿Exactamente, qué se hace? —preguntó Allison, tratando de mostrarse abierta ante la última ilusión espiritual transitoria de Cassidy.

—Uno medita en la energía cósmica del alfabeto hebreo.

—¿Y dónde entra la cuerda roja? —dijo Nicole con expresión dudosa.

—Ayuda a protegerte.

—También podrías ponerte un collar de tripas de pollo en el cuello —comentó Nicole moviendo la cabeza.

Cassidy se bajó la rebeca, ocultando su delgada muñeca.

—Allison va a la iglesia, a ella no la regañas.

—Al menos ella es coherente —dijo Nicole acompañando con un gesto con su copa de vino—. Cada mes estás con algo nuevo. O el feng shui o la lectura de manos o algún nuevo ritual que lees en alguna revista.

Nicole sonreía, pero aquello adquiría un cariz que estaba poniendo nerviosa a Allison. Las quería mucho, pero a veces parecía que la necesitaban a ella de parachoques. Las tres tenían mucho en común: mujeres que intentaban abrirse camino en el masculino mundo del crimen y su castigo. Pero había veces en que sus diferencias se notaban demasiado.

—Bien, creo que está bien ser abierto ante las nuevas ideas —dijo Cassidy—, yo no creo que haya solo una respuesta, como Allison. Ni opino que no haya ninguna respuesta, como tú, Nic. Tú no quieres admitir que haya cosas que no podemos ver o tocar, pero que aun así existen. No dejas lugar para la magia o lo inesperado.

A veces Allison pensaba que seguían atrapadas en los mismos roles que habían desempeñado en el instituto. Cassidy seguía siendo la animadora. Su entusiasmo era intenso, y efímero. Nicole seguía siendo la realista. Como una mujer negra que vive en una ciudad de abrumadora mayoría blanca, se esforzó por ser mejor que los mejores. ¿Y ella misma, Allison? Se imaginaba todavía como la buena chica, la que quitaba hierro a los asuntos y arreglaba los líos que montaban los otros. La que se coloca la última. Extendió la mano y la puso sobre la muñeca de Cassidy, pidiéndole sin palabras que redujera un poco la marcha.

—Sí, creo en algo —declaró Nicole—, creo que si piensas que el universo se preocupa por ti, o que Dios te cuida o algo así, entonces la vida se revuelve y te da una patada en el trasero. Esa cuerda roja no te protege más de lo que a Allison la protege ir a la iglesia el domingo.

Nicole tomó otro sorbo de vino e inclinó la cabeza hacia atrás. En ese momento, Allison pensó que su mirada estaba perdida y triste.

—Creo que te equivocas, Nic —respondió Cassidy moviendo la cabeza—. Tal vez no sea la iglesia, o tampoco el cordel rojo. Pero, en ocasiones, si crees que hay una fuerza obrando para bien, eso puede cambiar tu perspectiva.

Llegó la comida y durante un minuto estuvieron tranquilas comiendo.

Después, Nicole tomó la botella de vino y le hizo un gesto a Cassidy.

—¿Más vino?

Era su manera de hacer las paces.

—Un sorbito. ¿Y tú, Allison? Ni has tocado tu copa.

Allison abrió la boca, pero no salió nada. No había preparado ninguna declaración aún. No estaba lista.

Cassidy la miró entrecerrando los ojos.

—¡No estarás...!

Su amiga dio con la verdad tan rápido que hizo que Allison se quedara aún más mareada.

—¡Sh! no quiero que lo gafes. Todavía no me parece real —dijo, y se sorprendió al sentir el aguijón de unas lágrimas.

—Entonces, ¿estás segura?

—Sé hacer pis sobre un palito. He adquirido mucha práctica.

—Marshall debe de estar en las nubes —dijo Nicole con una sonrisa. Pero al no decir Allison nada, levantó la cabeza—. No me digas que no se lo has dicho.

—Iba a hacerlo, pero cuando salí para hablar con él, estaba al teléfono con un cliente que quería cambiar un anuncio en el último minuto, y me parecía que iba a estar de mal humor. Y luego se lo quise contar esta mañana, pero tenía una reunión temprano y corría de un lado a otro —explicó Allison, y se percató de que estaba dándole vueltas a su alianza de oro en el dedo—. Se lo diré esta noche.

—Esto exige una celebración —dijo Cassidy, haciéndole un gesto al camarero—. ¿Tienes sidra?

—Lo más parecido que tengo es la soda italiana. —respondió, negando con la cabeza

—Tal vez *nosotras* deberíamos pedir otra botella —dijo Cassidy mirando a Nicole.

—Ya me he pasado de la raya —negó Nicole con un gesto—. Ya sabes lo estricto que es el FBI.

A los agentes del FBI se les exigía que estuviesen «listos para cumplir con su deber» en todo momento, lo que implicaba que no podían tomar más de una o dos copas, ni siquiera los fines de semana.

—Bien —dijo Cassidy—, entonces, sodas italianas para todos. Ah, y un Chocolate Bag, y tres cucharas.

Ese era el postre firma de la casa Jake: chocolate negro moldeado para parecer un bolsito de papel y lleno de mousse de chocolate blanco y moras frescas.

Cuando llegaron las sodas italianas, las tres mujeres brindaron con sus copas.

Mientras sus amigas se alegraban por ella y hundían sus cucharas en el postre, la mente de Allison estaba luchando. ¿Estaba realmente lista? ¿Y si algo iba mal? ¿Y hacía bien en traer un niño a un mundo donde desaparecían jovencitas hermosas y brillantes?

—¿**H**ay alguna novedad? —gritó una mujer que estaba en el camino de entrada de los Converse. Llevaba una parka de Columbia azul brillante con el logo del Canal Dos.

—Hace ya tres días que Katie desapareció —dijo, metiéndole el micrófono en la cara a Nic.

Con la misma indiferencia con que veía caer los escasos copos de nieve que perezosamente descendían del cielo, Nic no prestó atención a la reportera ni a la cámara que las filmaba.

En su trabajo con Imágenes Inocentes, Nic había adquirido una reputación de trabajar bien con los padres de niños desaparecidos o víctimas de abuso.

—Estos Converse requieren una atención especial —le había dicho su supervisor—. Tú eres buena en esto.

Una hora antes, Nic había llamado a los padres de Katie y había pedido una entrevista. Ahora se acercaba a la escalera delantera de la blanca casa victoriana de los Converse. La puerta de calle era de gran tamaño y estaba casi tapada por un cartel gigantesco: *¿Has Visto a Esta Chica?* En él se veía a Katie vestida con su uniforme azul marino de ordenanza, con una pequeña inserción con un perro negro con la boca abierta. Excepto por el tamaño, el cartel era idéntico a los que había grapados en postes telefónicos por toda la ciudad.

Una mujer alta de treinta y pocos años contestó a la llamada de Nic a la puerta. Tenía el cabello negro, cortado a la altura de la barbilla, y mostraba marcadas ojeras. Enganchada en el suéter tenía una chapa de gran tamaño con una fotografía en color de Katie, con la palabra *Desaparecida* sellada en blanco sobre el fondo.

—Nicole Hedges, FBI —dijo Nic presentando su placa.

—Entre —ofreció la mujer y cerró la puerta detrás de ellas—. Soy Valerie Converse —dijo, y señaló a un hombre alto, delgado y de pelo corto rubio canoso que venía a prisa por la entrada—. Él es mi marido, Wayne.

Wayne parecía tener unos cincuenta, la cara se le veía demacrada. Detrás de sus gafas de montura dorada, sus ojos azules estaban mojados y enrojecidos. Él también llevaba una chapa.

—¿Han sabido algo? —preguntó con urgencia—. ¿Cualquier cosa?

—No tenemos ninguna novedad —tuvo que contestar Nic, negando con la cabeza—, pero esta mañana formamos un grupo especial con la ciudad, el condado y la policía estatal, así como el FBI.

Un grupo especial cuando no había pruebas de delito era insólito, pero Wayne y Valerie podían tocar algunas teclas, y le habían subrayado el hecho de que Katie estuviera bajo el patrocinio del senador Fairview. Y cuanto más se lo parecía a los vecinos, menos se creían ellos que Katie se hubiera fugado.

—Estamos revisando los videos de todos los cajeros automáticos y de los puestos de tráfico, y las cámaras de los aparcamientos en un radio de cinco kilómetros. Tenemos equipos enseñando la foto de Katie en cada restaurante, tienda y el bar del Noroeste de Portland. Hemos establecido un teléfono directo y hemos pedido a los medios de comunicación que lo hagan público. Y estamos hablando con cada depredador sexual de un radio de cinco millas.

—Dios mío. ¿Cree que Katie está muerta? —dijo Wayne mientras le agarraba el brazo a Nic, apretando hasta tocarle el hueso—. ¿Qué es lo que piensa? ¿Algún monstruo se ha llevado a nuestra niña y ahora está muerta?

—No tenemos ninguna prueba de eso —dijo Nic, y Wayne la soltó.

La verdad era que no tenían ninguna prueba de nada. Era como si Katie hubiese salido de la casa de sus padres tres días atrás y se hubiese volatilizado.

—¿Dónde estaban ustedes cuando Katie estaba recién desaparecida? —reclamó Valerie—. No puedo dormir. No puedo comer. Anoche Wayne no fue a la cama. estuvo buscando en todos los contenedores de la vecindad, por ver si encontraba su cuerpo. ¡Su cuerpo! —exclamó acercándose más, con el aliento agrio.

Nic retrocedió medio paso, hasta que sus hombros rozaron la puerta.

—Desaparece una jovencita ¡y no podían ayudarnos! ¿Es que no aprendieron nada del caso de Candy Lane?

El desafortunado nombre de Candy Lane era el de una quinceañera de la que habían dicho que era la típica fugada de casa. Cuando no llegó a casa después de clase, la policía de Portland no se lo tomó en serio. Después encontraron a Candy en el sótano de un pederasta, medio muerta, con una webcam mostrándola en directo. Varios policías, incluyendo el jefe local, entregaron sus placas por aquello.

Ahora los vecinos podrían andar desencaminados otra vez. Pero si la desaparición de Katie se convertía en otra tragedia, esta vez habría mucha gente para compartir la culpa. Y Nic podría ser la primera si no manejaba a estas personas con guantes de seda.

Con la espalda apretada contra la puerta, empezaba a sentir claustrofobia.

—Tal vez podríamos sentarnos

—Lo siento, he olvidado mis modales —dijo Wayne, tras un rápido parpadeo.

La sala de estar tenía paredes color crema, un techo de casi cuatro metros, y ventanas en saliente a ambos lados de una chimenea de piedra. Los muebles revelaban un gran trabajo de reproducción, o eran auténticos. Nic tomó asiento en la butaca de cuero color chocolate. Al sentarse los Converse en extremos opuestos de un sofá de piel, ella anotó en su mente que había un distanciamiento entre ellos. Algunas parejas se unían durante una crisis, pero otras se alejaban.

—Han hecho los dos un gran trabajo poniendo todos esos carteles por toda Portland —elogió Nic, que ya había sacado su cuaderno.

—Son los chicos del Lincoln —dijo Wayne—. Cuando oyeron que Katie estaba desaparecida, los chicos y sus padres se ofrecieron para pegar carteles hasta Eugene en el sur y por toda la I-5 hasta Seattle. Mañana tendrán una vigilia en el instituto.

—¿A qué hora será? —se interesó Nic, que desde luego iba a ir. No era extraño que el asesino se ofreciera a participar en la búsqueda. Y que más tarde se hiciese notar en el funeral.

—A las siete de la tarde —contestó Wayne, y se le quebró la voz—. Han sido todos tan generosos. Dan de comer a los voluntarios, ponen carteles, reparten chapas y aportan al fondo de la recompensa.

Nic sacó un cuaderno y un bolígrafo de la cartera. Luego le dio unos papeles a Wayne.

—Esto es una autorización, para que usted la firme y así podamos conseguir entrar y rastrear el teléfono de Katie. Así la compañía telefónica puede investigar desde qué números la han llamado y a qué números ha llamado ella

Sin leerlo, Wayne garabateó su nombre y devolvió los papeles. En ningún momento apartó los ojos de ella.

—¿Tiene identificador de llamadas en casa?

—Ya lo miré —dijo Wayne, siguiendo el pensamiento de Nic—. No hay ningún número que yo no reconociera de antes de la desaparición.

—Entonces, por qué no empezamos —dijo ella—, con usted, contándome más cosas sobre su hija.

—Ya hemos pasado por esto —suspiró Valerie pesadamente—. Más de una vez.

—Lo sé, lo sé, señora Converse, y lo tengo muy en cuenta, pero a veces unos ojos y oídos nuevos pueden recoger algo que antes ha pasado desapercibido.

La describieron con un cuadro dulce, sencillo. Nic tomó apuntes, escuchando tanto lo que contaban como lo que no. En casa, a Katie la llamaban Katie-bird. Tocaba el piano. Coleccionaba zapatos de marca y le gustaba dibujar. Su película favorita era *Una rubia muy legal,* y su color favorito era el púrpura. En febrero iba a volver a sus clases en el instituto de secundaria Lincoln.

—Es velocista en el equipo de atletismo —dijo Wayne—. Es pequeña, pero rápida. No podrían atraparla fácilmente. Si no la inmovilizaron, habría peleado o corrido.

—¿Qué cree que pasó?

Nic lo miró con cuidado. No era imposible que Wayne en realidad *supiera* lo que había pasado por ser el autor. Hasta los asesinos podían romper a llorar, no creyendo lo que habían hecho, sin creerse que no había marcha atrás. Y era más probable que cualquier persona recibiera un daño por parte de un miembro de familia que por un extraño.

—Debe de haber habido más de una persona —dijo Wayne después de tomar aliento, estremecido—. Tal vez tenían una furgoneta. Y probablemente un arma.

—¿Y el perro? —preguntó Nic—. ¿No habría mordido a alguien que tratara de atacarla?

—¿Jalapeño? —interrumpió Valerie—. Ese perro es estúpido. Lo mismo le lamería la cara a un secuestrador como le mordería.

La policía local había enviado un comunicado a la perrera y a todos los refugios de un radio de treinta kilómetros, pero hasta ahora, nada. Al perro le habían puesto un chip, lo que hacía la búsqueda más fácil. Sería un infierno para la familia tener que ir por los refugios caninos, mirando perros que no eran el suyo. Desde luego, mucho peor sería oír que han encontrado un cuerpo, para luego saber que no era tu hermana, tu hija o tu esposa.

—En realidad es el perro de Whitney —dijo Wayne, levantándose del sofá y empezando a dar pasos—. Ahora ya no está, y Whitney tiene que sufrir no saber dónde están ni su hermana ni su perro. Solamente espero que estén juntos. Así Katie no estaría tan sola.

—¿Pueden contarme lo que hizo ese día hasta que desapareció con el perro? —preguntó Nic, tras girar una página de su cuaderno.

—Pierde el tiempo preguntando todo esto otra vez —irrumpió Valerie.

Wayne le echó una impaciente mirada.

—Minutos de oro, horas preciosas. ¿Por qué no encuentran a la persona que lo hizo? —exclamó y se cubrió la cara con las manos.

—Por favor —dijo Nic—, podría ser útil.

—Todavía dormía cuando me marché —dijo Wayne. Durante un segundo, detuvo sus pasos. Un estremecimiento le traspasó el cuerpo—. Ni siquiera le dije adiós. No pude decirle que la quería por última vez.

—No digas eso —demandó Valerie, destapándose la cara—. No lo sabemos —dijo, se volvió hacia Nic y retomó la historia—. Katie no se levantó hasta que su hermana se fue a la escuela. Yo habría pensado que estaría despierta de sobras, teniendo en cuenta la diferencia de tres horas entre Portland y Nueva York, pero tenía la cabeza tapada con la almohada y no quería levantarse.

Nic recordó aquellos días, cuando tenía quince o dieciséis años y podía dormir hasta mediodía y luego no acostarse hasta las dos de la mañana. Algo le decía que Valerie no aprobaría ninguna de las dos cosas.

—Tomó cereales Life para desayunar y leyó el diario —siguió Valerie—. Ella no es como los de su edad, que no leen el periódico o solo leen las tiras cómicas y los cotilleos de los famosos. Katie se interesaba por las noticias nacionales, las internacionales —se apretó los labios hasta que se le pusieron blancos—. Luego se dio una ducha y se vistió. Sobre las once, me fui al trabajo. Me encargo del ropero de un centro benéfico. Ayudamos a las mujeres que dejan la calle y no tienen un vestuario digno. Les damos ropa que las haga volver a estar presentables. Cuando regresé, a eso de las cuatro, encontré una nota de Katie que decía que había sacado a Jalapeño a pasear. Empecé a llamarla al móvil una media hora después. Estaba ya oscureciendo. Pero ya no respondió

—¿Qué ruta suele seguir? —preguntó Nic, procurando usar el presente. Nunca prometería que Katie estaba viva, pero no iba a descansar hasta que se encontrase a la muchacha. ¿Cómo sería perder a Makayla? Ese era un pensamiento al que siguió acudiendo, como la lengua acude a un diente dolorido.

Valerie inclinó la cabeza a un lado, pensando:

—Le gusta ver escaparates. Supongo que se fue por la Veintitrés y volvió por la Veintiuno.

Era la misma respuesta de buenas y malas noticias que los padres de Katie ya habían dicho a la policía local. Esas dos calles eran probablemente

las más transitadas de Portland, con muchos peatones. La policía ya
había recorrido la misma ruta, había preguntado entre el vecindario,
había hablado con cada persona a lo largo del camino. Nada. Pero no
era de extrañar. ¿Podría una muchacha, abrigada hasta arriba por el frío,
paseando a un perro oscuro, haber llamado la atención entre cientos de
compradores en busca del perfecto regalo navideño?

—Es como si hubiera salido por la puerta y se hubiera metido en un
agujero negro —dijo Wayne apretando los puños.

—¿Notaron algo diferente en Katie desde que volvió a casa?

—Parecía absorta en sus pensamientos. Le decía algo, y no me contestaba hasta que se lo repetía.

—Creo que está deprimida —dijo Valerie moviendo la cabeza—. Ha
estado durmiendo mucho y removiendo la comida sin probarla. Pensaba
que tal vez echaba de menos la escuela y a sus amigos de Washington. Pero
cuando he tratado de preguntarle, me ha dicho que todo iba bien.

—¿Han mirado a ver si falta algo? —preguntó Nic—. ¿Su monedero?
¿Sus llaves? ¿Alguna mochila o bolso?

—Solo lo que era de esperar —dijo Valerie frotándose entre las
cejas—. Su teléfono móvil y sus llaves.

—Esto puede parecerles una falta de delicadeza, pero necesitamos
respuestas sinceras para ayudarnos a encontrarla. ¿Katie bebe o toma drogas, que ustedes sepan?

Valerie se puso rígida.

—¡Que nosotros sepamos! Ella no es la típica niña que dejan sola en
casa. Nos esforzamos por saber lo que Katie hace y con quién. No fuma,
no bebe y, con toda seguridad, no toma drogas. Ya hemos hablado de
estas cosas con otros policías. ¿Por qué pierden el tiempo preguntando lo
mismo una y otra vez?

La mujer parecía un perro herido, mordiendo a quien tratara de
ayudarle.

—Por favor, solo le pido un poco de paciencia. ¿Katie tiene novio?

—No —dijo Wayne—. Katie sabe que no queremos eso hasta que
acabe el instituto.

Lo que los padres querían y lo que los niños hacían podían ser dos
cosas muy diferentes.

—¿Y quiénes dirían ustedes que son sus amigos? —preguntó Nic, mirando cómo Valerie se pellizcaba los labios.

—Su mejor amiga es una muchacha que se llama Lily —dijo Valerie—, pero no sé si han estado en contacto desde que Katie llegó a casa. Se conocen desde preescolar, pero parece que Lily se le quedó atrás a Katie, no sé si me entiende.

—¿Por qué no me lo explica?

—Bueno, Lily se convirtió en una de esas góticas, toda vestida de negro. No la educaron así, pero ella es un poco rebelde. No como Katie. Katie tiene, *tiene objetivos.*

—Es una niña muy centrada —dijo Wayne, con la voz a punto de quebrarse—. Tan centrada y simpática y graciosa. Y ahora unos enfermos arrastrados se la han llevado.

—Eso no lo sabemos, señor Converse —tuvo que decir Nic, aunque sus entrañas le dijeran que él tenía razón.

—Puede que usted no lo sepa —dijo, con una mirada de obseso—, ¡pero yo sí! —exclamó y cerró los puños—. ¡Si pudiera ponerle las manos encima al que se ha llevado a mi niña! —rugió, se giró y golpeó la pared. Dejó un hoyuelo a la vista, del que se desprendió la pintura, poniendo al descubierto el yeso y la tela metálica. El polvo blanco se arremolinó en el aire. Wayne se sacudió la mano mientras las dos mujeres daban un salto.

—¡Eso no sirve de nada! —gritó Valerie.

—¿Se ha hecho daño? —preguntó Nic.

Cuando Wayne negó con la cabeza, Nic le tomó la mano entre las suyas. Tenía la piel fría. Pasó su dedo por los nudillos de él, que estaban enrojecidos y empezando a inflamarse. Magullado, pero no roto, según su diagnóstico no profesional. Cuando le cayó algo cálido en el brazo, Nic se estremeció y alzó la vista. Wayne estaba llorando, con la boca tan abierta que se podía ver el brillo de la plata de los empastes de sus muelas. Tenía la cara roja y su cuerpo entero se sacudía en sollozos, pero estaba misteriosamente en silencio. Ella le soltó la mano.

Finalmente, Valerie extendió la mano hacia su marido y lo atrajo hacia sí. Cuando Wayne hundió la cara en su cuello, Valerie miró fijamente a Nic por encima de su hombro. Sus ojos parecían vacíos.

Cinco minutos más tarde, Nicole seguía a los padres de Katie escaleras arriba. Mientras Wayne se apretaba una bolsa de guisantes congelados contra sus magullados nudillos, Valerie abrió la puerta del final del pasillo. El dormitorio de Katie tenía las cortinas de color rosa, paredes verdes y un asiento junto a la ventana.

—A veces veo que me ayuda pasar algún tiempo solo en el cuarto de una persona —dijo Nic—. Me ayuda a empaparme de su espíritu.

Sonó con ese aire de New Age típico de Cassidy. La verdad era que solamente quería que los padres no estuviesen en la habitación, por si encontraba algo, como hierba o un vibrador, que les afectase.

Ambos asintieron con la cabeza, aunque Valerie más despacio.

Nic cerró la puerta. Primero, inspeccionó el cuarto. Todo estaba realmente pulcro. Habían quitado el polvo a los muebles, la ropa estaba colgada en perchas colocadas de manera uniforme en el armario, en lugar de estar esparcidas por el suelo, como siempre hacía Makayla. Estaba tan limpia que hasta la papelera estaba vacía.

Donde cualquier otra chica podría haber tenido un cartel de un grupo pop, ella tenía uno de Condoleezza Rice. Encima de una cómoda tenía una fotografía enmarcada donde se la veía a ella, con su aparato dental completo, dando la mano al Presidente Bush. Había también un mazo de juez con su base. Nic leyó la placa. *A Katie Converse, por su ejemplar liderazgo en la Representación Simulada de la Asamblea Legislativa del Estado de Oregón.*

Se sacó un par de guantes de látex del bolsillo y se los puso.

Las posibilidades de que este fuera el escenario de un crimen, que alguien hubiera estado allí con Katie y la hubiera forzado a acompañarle, o simplemente la persuadiera, eran mínimas. Pero, si no aportaban algo pronto, traería a los especialistas en huellas para ver si había algo fuera de lo normal en la habitación.

De manera metódica, Nic comenzó a buscar. Comprobó los bolsillos de la ropa de Katie. Nada de marcas como Abercrombie y Fitch o American Eagle para esta muchacha, sino más bien Nordstrom y Saks. Todos los bolsillos estaban lisos y vacíos. La única sorpresa que escondía el armario era un centenar de cajas de zapatos en cajitas de madera. Delante de cada caja había una foto Polaroid que mostraba su contenido, desde zapatillas planas de ballet hasta altos y tambaleantes tacones.

Sobre la estantería había media docena de novelas de adolescentes, más serias que frívolas, y un libro de poesía. De él sobresalía el borde de un Post-it verde. Nic abrió el libro.

La Rosa Enferma
por William Blake

Estás enferma, ¡oh rosa!
El gusano invisible,
que vuela, por la noche,
en el aullar del viento,

tu lecho descubrió
de alegría escarlata,
y su amor sombrío y secreto
consume tu vida.

Después de leer dos veces el poema, Nic cerró el libro y lo devolvió a su lugar. ¿Era Katie tan virginal como sus padres imaginaban? ¿O era ella la que hacía que pensaran eso?

La búsqueda de los cajones no dio lugar a papel de fumar, números de teléfono, diarios, pastillas para perder peso, porno, o paquetes de cigarrillos escondidos. Lo único que notó fue que las braguitas de encima del cajón de ropa interior eran todas de cintas de seda, mientras que las de debajo eran marca Jockey de algodón. Tampoco había nada adherido debajo de los cajones. Nic estaba cerrando el último cuando vio el ordenador fino portátil Macintosh blanco debajo de un montón de carpetas sobre el escritorio.

Se le empezó a acelerar el corazón. En el mundo de hoy, un ordenador lo contenía todo. el correo electrónico, el blog personal, el diario, la agenda, las compras, hasta el momento de la última sesión en ese ordenador. Gracias a él, podrían determinar la última vez que Katie había estado en casa.

Nic sacó su teléfono móvil y llamó al laboratorio informático forense.

—¡Eh! Katie Converse tenía un portátil. Ahora lo llevo.

En el laboratorio tenían la tecnología para recrear toda la historia del portátil, aun lo que hubiesen borrado. Todo lo que hubiera pasado por la máquina se mantenía escondido en pequeños rincones y grietas de las que el usuario medio no sabía nada. Con las herramientas adecuadas, los secretos saldrían como a borbotones. Podría haber una pista en un email: una cita o incluso una amenaza.

El ordenador ya estaba conectado, así que lo abrió. Miró en el explorador de Internet para ver el último sitio que Katie había visitado. Era myspace.com/theDCpage. Nic pulsó el enlace. Y allí estaba. Katie. Una foto suya posando, con un sombrero de fieltro puesto, más sexy que disfrazada. Pero, ¿eso que Nic veía en los ojos de Katie no era tristeza? Por el ángulo, dedujo que Katie se había hecho esa foto ella misma con el móvil.

A la izquierda de la página estaba la lista de los libros, películas y música que le gustaban. A la derecha, entradas de blog y una serie de comentarios de amigos. Empezó a sonar el reproductor con su música, una canción que Nic reconocía vagamente como éxito del verano pasado. Ahora, tan cerca del día más corto del año, parecía que nunca había sido verano ni volvería a serlo.

Viva en la pantalla. Nic solo esperaba que Katie estuviera viva en la vida real. Hizo clic sobre una de las entradas del blog al azar. La etiqueta decía sencillamente «Reglas».

Estoy agotada. ¡Y tengo calor! Se me pega la ropa a piel. Hasta ahora no he sabido lo que realmente era la humedad. Podrían llamarla directamente «la sauna».

Esta mañana me obligué a beber tres tazas del café. Sabía a quemado. Pero imaginé que lo necesitaba, ¡xq eran las cinco y media de la mañana! No me había levantado tan temprano desde que creía en Papá Noel. Había un par de tipos en mi mesa realmente guapos (no digo los nombres, por si acaso).

Después del desayuno, el director de los ordenanzas del Senado nos explicó el programa a treinta de nosotros. Hay muchas reglitas como el inquebrantable toque de queda, conseguir buenas notas, mantener el cuarto limpio. En todo momento en que estemos en algún sitio donde no patrulle la policía de Congreso, tenemos que estar con algún compañero o con un adulto, aunque solo cruces la calle para ir a Starbucks.

Si rompemos cualquiera de las reglas mayores, podemos ser expulsados sin advertencia. Imagino que como a aquel tipo que pillaron robando el año pasado. Ese mismo día, lo metieron en un coche y lo llevaron directamente al aeropuerto. ¡¿Te imaginas qué humillación?! El director dijo que todo lo que pasa en Washington sale en la prensa, así que, si metemos la pata, ponemos en peligro el programa de becarios ordenanzas entero.

También ha dicho que supervisaban nuestro Internet cuando estamos en los ordenadores del gobierno, aunque no ha explicado exactamente cuánto podían ver. Lo que sí dijo es que si te metes en un sitio porno más de dos segundos, se enteran. No dijo nada sobre MySpace en mi portátil, aunque tampoco se lo pregunté, así que es ¿no? ;-)

Mientras hablaba, paseé la mirada por la sala. Parecemos borregos. Todos con el mismo traje de pantalón azul marino, camisa blanca de manga larga, calcetines oscuros y zapatos negros con cordones. (¿Sabes lo que cuesta encontrar zapatos negros de cordones para mujer? A propósito, son los zapatos más feos que nunca he visto. Al final tuve que pedirlos por correo y no llegaron hasta dos días antes de yo irme a Washington) la única diferencia entre las chicas y los chicos es que ellos llevan corbata.

En el desayuno, muchos de los otros ordenanzas se quejaron de todas las reglas.

¿Y yo? No me importa cuántas reglas haya, seguro que es mejor que estar en casa. V siempre me está gritando. A mi hermana no, claro, xq ella es perfecta.

Lo último que nos enseñaron fue cómo ponernos una máscara antigás. La mía tenía un olor curioso dentro. Aunque decían que se puede respirar bien con ella puesta, yo no podía. Sentía como si me asfixiara. Es que no había aire ninguno dentro.

Al final me la tuve que quitar.

Allison se sentó en un rincón de la cocina, se tomó una taza de auténtico café que había decidido permitirse, una al día. Con azúcar de verdad, porque había prometido dejar las cosas artificiales. Alrededor de ella, el resto de la casa permanecía a oscuras. Caía aguanieve que golpeaba los marcos negros de las ventanas.

Floyd, el gato, se tumbó sobre su regazo, masajeándole con delirio el muslo con sus afiladas uñas. Tenía unas amplias pupilas con apenas un borde fino de amarillo alrededor. Había estado quejumbroso y de mal humor, porque ella se había levantado. El único modo de calmarlo era tomarlo en brazos. Como no quería despertar a Marshall, se había subido el gato al regazo. Menuda preparación para la maternidad, pensó Allison, acariciando a Floyd con más fastidio que afecto.

Después de haberse enterado de que estaba embarazada, la inundaba la incertidumbre acerca del hecho de ser madre, pero era demasiado tarde para retroceder. En un minuto no podía creer que fuera verdad, y en el siguiente estaba preocupada porque fuera demasiado para ella.

Había apartado el último trabajo de Marshall, para un anuncio de zapatos, para hacerle sitio a su taza de café y su Biblia. Allison pasó las páginas hasta que encontró el versículo que buscaba en Filipenses. «*Por nada estéis afanosos, sino sean conocidas vuestras peticiones delante de Dios en toda oración y ruego, con acción de gracias. Y la paz de Dios, que sobrepasa todo entendimiento, guardará vuestros corazones y vuestros pensamientos en Cristo Jesús*».

Todavía con una mano sobre Floyd, Allison levantó la otra y comenzó a orar en un suave murmullo. Estiró el brazo hacia arriba, con la mano como si estuviera levantando un peso. Era la expresión física de la carga emocional y espiritual que estaba sufriendo desde que vio las dos líneas cruzadas en la prueba de embarazo.

—Oh, Dios, te presento la carga que llevo, la carga de este embarazo. Cuando por fin salió, creí que me sentiría tan feliz, y lo estoy, pero también me asusta. Sé que tengo que cuidar de mí, y dormir más, pero no puedo dejar de pensar en esta muchacha, Katie. Se parece tanto a Lindsay a su edad...

Empezó a dolerle el brazo. Lo relajó un poco.

—¿Y si el bebé *no nace* sano? Y sigo evitando decírselo a Marshall, aunque no sé por qué. ¿Cómo voy a cuidar al niño? ¿Cómo voy a darle el pecho y trabajar? ¿Y si mi trabajo se vuelve demasiado peligroso?

Mientras derramaba sus temores y ruegos, Allison recordó la otra mitad del versículo. *Acción de gracias*. Le costó bastante hacer salir las palabras:

—Pero gracias, Señor, por este embarazo, por este bebé que se gesta dentro de mí.

Se oyó murmurando esas palabras y sintió una emoción de asombro y temor. *Estaba* embarazada, después de todo, ahora sí.

En este día se cumplían cinco semanas. Allison se aferró a ese número ahora, aun cuando hacía solo una semana le hubiera parecido tonto que se contara desde el primer día de tu último ciclo menstrual. No había tenido ninguna náusea matutina, sobre todo no se había sentido fatigada, no había tenido que ir al cuarto de baño más a menudo. Las únicas cosas que habían cambiado eran su mayor olfato y sus pechos doloridos. Siempre que estaba sola en la oficina o en un puesto de servicio, se pasaba la mano por los senos, para asegurarse de que estaban sensibles. Había leído en algún sitio que un síntoma de que estabas a punto de abortar era que los pechos dejaban de dolerte y empezabas a sangrar.

Allison se dio cuenta de que se había callado, y que tenía las manos de nuevo en su regazo. Le había dejado su carga a Dios.

Detrás de la puerta cerrada del dormitorio crujió la cama y oyó cómo

Marshall se giraba en el colchón y ponía los pies en el suelo. Suspirando, Allison pensó en sus oraciones.

—Tengo algo para ti —le dijo a Marshall en cuanto abrió la puerta. Indiferente a su protesta, echó al gato de su regazo y se levantó.

—¿Qué es? —dijo él, apartándose el mechón negro de sus entreabiertos ojos. Marshall no era madrugador.

—Tengo un regalo de Navidad anticipado.

Allison le dio el pequeño paquete que había envuelto esa mañana. Se sentía demasiado radiante como para guardarle sus sueños.

Marshall le dirigió una mirada de perplejidad. Ella no era de las que estiran las celebraciones navideñas. Ni siquiera habían puesto el árbol aún.

Levantó el paquete como examinándolo y arrancó el envoltorio. Dentro estaba el test de plástico blanco para el embarazo. Las líneas cruzadas de color rosa todavía se podían ver en su pantallita.

Despacio, la boca de Marshall se quedó abierta. No salieron palabras. Con el corazón latiéndole en los oídos, Allison observaba mientras la comprensión del asunto se iba reflejando en sus rasgos. Se le abrieron los ojos como platos. Se le alzaron las cejas. Por último, se giró hacia ella. Marshall tuvo que carraspear antes de poder pronunciar las primeras palabras.

—¿Estás... estás embarazada?

Allison asintió con un gesto.

Él la tomó de la mano y la trajo hacia sí, abrazándola. Su cuerpo tenía todavía el calor de la ropa de cama.

—Lo hemos esperado tanto tiempo. No puedo creerlo —murmuró Marshall, apretando los labios contra su pelo.

Allison podía sentir los latidos de él en su oído. Finalmente, comenzó a sentirse por fin relajada. No importaba lo difíciles que fueran las cosas, Marshall siempre la apoyaría. Él le ofrecía un lugar seguro donde podía quitarse la armadura y mostrar la mujer vulnerable que había debajo.

—Te quiero —musitó ella.

En lugar de respuesta, Marshall le dio un beso en la cabeza, un millón de diminutos besos. Le acarició suavemente el vientre con los dedos.

—No puedo esperar —dijo él, con una voz que estaba entre la risa y las lágrimas.

Allison le dio una amplia sonrisa.

Incluso desde cuatro calles de distancia, Allison podía oír el canto en la escuela. No podía distinguir las palabras, pero la vieja melodía era familiar: «Sublime gracia». Se tapó mejor con su abrigo.

Cuando se enteró por la radio de la vigilia por Katie Converse, Allison había decidido asistir. Siempre que veía la foto de Katie en las noticias o en los periódicos, le recordaba a su hermana. No era un simple parecido superficial, el mero esquema facial de nariz chata y ojos grandes. Antes de que su padre muriera, Lindsay estaba llena del mismo entusiasmo, la misma esperanza de que tal vez pudiera ser ella la que cambiara el mundo. Después de que él partiera, ella comenzó a andar con gente diferente. Allison sintió que debería haber hecho algo para salvarla, pero no había hecho caso de las señales de peligro. Asistiendo a la vigilia, Allison tenía la sensación de que hacía algo, por pequeño que fuera, para ayudar a Katie.

Obviamente, ella no era la única que sentía una especie de conexión con la muchacha desaparecida. El aparcamiento de la escuela estaba completamente lleno, lo que la obligó a aparcar cuatro calles antes. Mientras Allison se dirigía aprisa hacia la escuela, trató de poner alguna distancia entre ella y el hombre pobremente vestido que había aparcado justo detrás de ella. El sujeto llevaba una cazadora de esquiar azul marino, con la capucha apretada por el frío, de modo que no podía verle la cara. Había algo en él que la inquietaba, pero se dijo que una vigilia atraería a personas de todo tipo.

Después de haber cruzado una calle, se giró mirando sobre su hombro. El hombre ajustaba su paso al de ella, no se acercaba más, pero tampoco se quedaba atrás. Allison pensó en la nota que había encontrado en su coche. Andando más rápido, rebuscó dentro de su abrigo y tocó su teléfono móvil, enganchado al cinturón. Se alivió al unirse al resto de la gente, calculó que había más de trescientas personas, reunida ante el Instituto de Secundaria Lincoln.

Allison había venido directamente del trabajo, de modo que no tenía una vela. Pero en cuanto ella llegó junto a los demás, una muchacha con rimel negro en los ojos le dio una vela y un broche grande con la foto de Katie impresa. Después de que Allison se lo abrochara en el abrigo, un señor mayor que había a su lado le encendió la vela con la que él llevaba, protegiendo la llama.

La multitud había dejado de cantar, y estaba sorprendentemente tranquila, salvo por algunos sordos sollozos. Era como si todos esperaran que pasara algo. Esperaban que Katie regresara a casa. O, si eso no, esperaban noticias. Respuestas, una señal, que se cumplieran sus esperanzas, o sus pesadillas.

Allison reconoció a Cassidy al lado de la multitud, en un círculo brillante de focos televisivos. Estaba entrevistando a un hombre a quien Allison reconoció del periódico: el padre de Katie. Se acercó para enterarse. Wayne Converse estaba haciendo un llamamiento.

—Katie, cariño, si puedes oír esto, que sepas que te queremos. Por favor, llámanos —dijo, con el reflejo de los focos en sus gafas—. Y si me escucha alguien que tiene a Katie contra su voluntad, por favor, déjala ir. Por favor —suplicó, y se quebró la voz—. Si alguien tiene alguna información que pueda ayudarnos, que pueda conducir a Katie a nosotros o a nosotros a Katie, por favor, llame al FBI o a cualquier cuerpo de policía. Nuestra familia está absolutamente desolada.

Ante sus palabras, Cassidy asentía seria. Después la cámara volvió a enfocarla a ella mientras despedía el reportaje, dejando al deshecho padre de Katie literalmente en la oscuridad. Entonces, un señor de aspecto impecable, a quien Allison reconoció como el senador Fairview, abrazó al padre de Katie y lo dejó, murmurando suavemente. Se les unió una mujer alta, delgada, que Allison supuso que era la mamá de Katie.

Sobre un caballete, cerca de las puertas exteriores de la escuela, una enorme foto ampliada de Katie miraba a la multitud. Ella sonreía abiertamente, sus ojos azules como el cielo brillante que había detrás de ella. La foto había sido ampliada a tal tamaño que se distinguía cada una de sus pecas. Allison se unió a los demás, que estaban reunidos ante el improvisado santuario erigido delante de la fotografía. Más de una docena de velas votivas parpadeaban en recipientes de cristal. Junto a ellas se amontonaban peluches, fotos de Katie, un dibujo de una paloma con una piedrecita para aguantarlo, un ángel arrodillado de cerámica y una docena de ramos de flores, todavía envueltas en su plástico.

A ambos lados de Allison, había chicas de pie en grupos, abrazadas entre ellas, con brillo de lágrimas en sus rostros ante la posible pérdida de su amiga. Sus lágrimas, pensó Allison, eran tanto de incredulidad como de dolor. Y tal vez había un tanto de miedo, también, miedo a que quien fuera que hubiera raptado a Katie podría venir por ellas.

Allison cerró los ojos y oró en silencio.

Cuando abrió los ojos, vio a una mujer caminando despacio por el borde de la muchedumbre, filmando las caras de la gente con una cámara de vídeo digital lo bastante pequeña para caberle en la mano. Explorando al resto de los reunidos, Allison se fijó en dos policías de paisano, filmando las caras que brillaban a la luz de las velas. Un policía uniformado se acercó a uno de ellos y señaló con la barbilla hacia un lado de la multitud. El de la cámara se dio la vuelta. Allison trató de imaginar a quién miraban, pero ella no podía. De pronto se acordó del hombre de la parka azul marino, pero, mirando entre la gente, ya no podía verlo.

Sí vio a Nicole, que la reconoció con un gesto y luego volvió la mirada hacia la multitud, con expresión aguda y despierta. Nicole estaba allí por motivos profesionales, pero lo de Allison era más complejo, personal y profesional a un tiempo. Pensó en la fragilidad de la vida, en Katie y en Lindsay, y la nueva vida que llevaba dentro.

La gente comenzó a cantar «Cuán grande es él». En la titilante luz dorada de las velas, sus rostros se veían serenos y místicos. Sus voces le pusieron a Allison la piel de gallina, a pesar del calor de su abrigo. Sin un piano ni un simple diapasón, todas afinaban perfectamente. Sin un director, todas seguían el mismo ritmo, comenzaban y terminaban cada verso al unísono.

En su increíble perfección improvisada, Allison sintió la presencia del Espíritu Santo.

Pero cuando miró a la oscuridad que los rodeaba, sintió algo más. El mal. Esperando.

Mientras conducía a casa de los Converse, Nic se sintió exhausta. Ella se había quedado en la vigilia hasta que se hubo marchado la última persona, poniendo en particular mucha atención en los que se quedaron más tiempo, los que lloraron hasta no poder más, y los que se percataron de las cámaras y al instante se dieron la vuelta.

Y sabía que esto no era más que el principio. Era sábado, pero por ahora el descanso en fin de semana era solo una teoría. Esta clase de caso se trabajaba hasta concluirlo, sin que hasta entonces hubiera ningún día libre. En este podría consumirla hasta el tuétano antes de cerrarlo. Nic ya había tomado medidas para que Makayla se quedara temporalmente con los padres de ella. Llevaba dos días sin ver a su hija. Nic se quedaba sin el tiempo con su preciosa hija para ayudar a otra familia a encontrar a la suya.

Al menos, llevaba en el FBI demasiado tiempo como para que siguieran considerándola una novata. Cuando eres el agente más nuevo, te dan un montón de casos que nadie más quiere, la zona por la que nadie más quiere conducir y el coche más viejo de la flota. Cuando todos los demás van a almorzar, te quedas para contestar los teléfonos. Cuando ejecutan una orden de registro, te asignan el punto por donde es menos probable que salga el malo.

Cuando le pidieron que hiciera de enlace con los Converse fue una señal de que alguien en la Oficina quería que llegase más alto. La cosa era que Nic no estaba segura de quererlo. No cuando Makayla era tan joven y ella la veía tan poco. El siguiente paso era que la nombrasen supervisora de campo, pero últimamente la Oficina se había puesto seria con su política de cinco años y fuera. Los supervisores de una oficina de campo solo podrían permanecer en ella cinco años y luego se les exigía trabajar en la oficina central. Si no lo hacían, descendían considerablemente en su carrera o se marchaban. De ninguna manera se llevaría Nic a Makayla a Washington. Ella no podía permitirse escuelas privadas, no con lo que pagaba el FBI, y nunca metería a su hija en la escuela pública de la capital.

Como mujer negra en la Oficina, Nic estaba en minoría en doble sentido. Les gustaba destacarla como un ejemplo, pero también miraban con lupa todo lo que hacía. Los logros de Nic no parecían valer tanto como los de un hombre. Al mismo tiempo, a veces pensaba que si ella se equivocaba lo proclamarían con un altavoz por todas partes de la oficina.

A veces le parecía que tenía que ser dos veces mejor que un hombre para siquiera poder competir; como Ginger Rogers, que había hecho todo lo que Fred Astaire hizo, solo que hacia atrás y con tacones. Por ejemplo, en las series de tiro de dos minutos y medio. Los agentes tenían que disparar inclinados, detrás de barricadas, de rodillas, recargando, cambiando de manos, acercándose cada vez más al objetivo. Se esperaba que consiguieran una puntuación de 80, que significaba que el 80 por ciento de sus balas tenían que dar en zona letal.

La última puntuación de Nicole había sido 97.

Siguió hasta la casa de los Converse. Ahora había cuatro equipos de cámara delante de la casa. Aparcó en el estrecho camino de entrada, detrás del Volvo familiar rojo de Valerie (no vio el BMW sedán azul de Wayne) y no hizo caso de las preguntas que le gritaban mientras recorría el camino de entrada.

Nic estaba ahí para entrevistar a Whitney antes de que Valerie la llevara a la escuela. Al principio le había parecido extraño que los Converse quisieran que Whitney siguiera asistiendo a sus clases de secundaria, aun cuando ahora la llevaban en coche en vez de tener que tomar el autobús. El día antes, sin embargo, Nic había comenzado a ver que era una decisión sabia. Si se quedara en casa, Whitney se acordaría de la ausencia de su hermana a cada segundo. Probablemente oiría por casualidad especulaciones que aplastarían las inocentes nociones que todavía abrigase sobre el mundo y su funcionamiento. Estas horas pasadas en la escuela podrían ser su última posibilidad de seguir siendo una niña.

Valerie contestó a la llamada de Nic a la puerta. Cada día, su cara se veía más ojerosa.

—Wayne ha salido con los que la buscan —dijo—. No puede parar quieto en casa —comentó, y llamó arriba—. ¡Whitney! La señora del FBI está aquí para hablar contigo.

Whitney bajó la escalera. Estaba en esa etapa torpe de adolescencia, elástica y flaca, con extremidades como de goma. Su pelo era tan moreno como rubio el de su hermana. ¿No había un cuento de hadas de dos hermanas, una morena y otra rubia? Blanca nieves y Rosa Roja, tal vez era algo así.

Valerie las condujo a la sala de estar y luego se marchó.

Whitney se quitó las zapatillas, cruzó las piernas y se sentó sobre ellas. Iba vestida con los finitos vaqueros que llevan todas las muchachas estos tiempos, una camisola de dormir color turquesa lo bastante larga como para verse debajo de una camiseta a rayas, y una sudadera con capucha color verde oscuro. Era bastante parecido a lo que se ponía Makayla, solo que esta chica era cuatro años mayor y tenía más figura. Miró a Nic con curiosos ojos sombríos.

—Bueno, háblame de Katie —dijo Nic con cautela.

—Tiene tres años más que yo. No hemos ido a la misma escuela desde hace mucho. Pero es realmente simpática. Todos los profesores que la tuvieron creen que voy a ser tan lista como ella. Pero no lo soy.

—Parece como si su sombra fuera muy larga.

Whitney miró fijamente a Nic, un poco perpleja, y luego su frente se relajó.

—¿Te refieres a que es difícil ser la hermana pequeña de Katie Converse? No lo es. Es buena conmigo. Ella me regaló esta manicura —dijo Whitney extendiendo sus uñas pintadas de rosa, aunque la mitad de ellas estaban mordisqueadas. Se ruborizó y se escondió las manos debajo de los muslos—. Katie me ayuda con mi tarea, y a veces me presta sus zapatos. Llevamos el mismo número.

Nic pensó en las docenas de cajas del cuarto de Katie.

—¿Crees que tu hermana podría haberse escapado?

—¿Dónde iba a ir? —dijo, con expresión arrugada en el rostro. A veces vemos niños sin techo en el centro, pero Katie nunca viviría así. Seguro que uno se ensuciaría mucho. A ella le gusta estar limpia. Además, quería de veras retomar el programa. Decía que podía acostarse a la hora que quisiera y comer lo que le apeteciera —dijo y echó un vistazo a la entrada, bajando la voz—. Mira, nuestra madre es un tanto estricta.

—Hablaste con ella esa mañana?

Whitney se mordió el labio.

—Todavía estaba dormida cuando me fui a clase. No la vi —dijo, y empezaron a brillar lágrimas en sus ojos. Espiró temblando—. Eso es lo que no entiendo. ¿Por qué tuvo que llevarse a Jalapeño a dar un paseo?

—¿Qué quieres decir? ¿Ya lo habías sacado tú esa mañana?

—No. Quiero decir, sí, yo ya lo había sacado a pasear esa mañana. Pero Jalapeño es mi perro, no de Katie. Soy yo la que lo saca de paseo. A ella ni siquiera le gusta él mucho.

Nic sintió como una ráfaga eléctrica por la columna. Los Converse habían mencionado antes que el perro era de Whitney, lo recordaba perfectamente, pero hasta ahora no le había chocado la importancia de ello.

El día que desapareció Katie, no había sacado al perro para que hiciera ejercicio.

Había sacado al perro como excusa.

¿Pero excusa para qué?

Cassidy se sentó en el sótano de la cadena de la televisión, anotando la cinta que ella y el camarógrafo Andy Oken habían grabado esa mañana.

Después de la reunión de la noche anterior, se habían ido de cabeza al coche para que la cinta estuviera para las noticias de las once. Pero hubo un pequeño problema: el coche de Cassidy ya no estaba.

—Te dije que no aparcaras aquí, Cassidy —dijo Andy, un tipo curtido que ya era un poco demasiado viejo para estar acarreando un equipo tan pesado. Le echó una mirada condescendiente—. Pero dijiste que nadie se fijaría. Dijiste que iban a estar demasiado ocupados intentando encontrar al malo como para ocuparse de eso.

Cassidy le cortó su enardecido discurso con uno propio.

—No estaba tan cerca de la boca de incendios. Y no estamos precisamente en la época del año con más riesgo de fuego.

—Bueno, pues menudo embrollo. No hay manera de que la cinta esté a tiempo en la cadena.

Cassidy no gastó aliento para contestar. En lugar de ello, se puso a correr en medio de la calle y obligó a un coche enorme, tan viejo que tenía alerones, a pararse de sopetón. El conductor se asomó para gritarle en un idioma extranjero. Pero Cassidy le mostró con gestos de la mano el logo del Canal Cuatro en la cámara y luego en su reloj, de modo que logró dejarle claro al tipo, un inmigrante ruso (al menos pensó que lo era) que Andy y ella tenían que regresar a la cadena y que era una emergencia.

—¿Televisión? —preguntó el conductor con una sonrisa, señalando a ambos.

—Televisión —asintió Cassidy, señalándose con el dedo.

Después de varios giros equivocados, unos espeluznantes minutos en dirección prohibida en la I-405, y un giro en U ilegal, los dejó en el Canal Cuatro. Con cinco minutos de sobra.

Esta mañana habían salido otra vez, primero a recuperar el coche de Cassidy del aparcamiento de la grúa, y luego a entrevistar a algunos de los boy scouts que ahora estaban buscando por el área cercana a la casa de Katie. Grabaron también secuencias adicionales sin pista de narración, que se emitiría mientras los espectadores escuchaban a Cassidy o a uno de sus entrevistados. La grabación adicional le dio más cuerpo. Mientras Cassidy hablaba de los boy scouts, esas secuencias los presentaban llamando a las puertas y repartiendo octavillas.

Uno siempre grababa más metraje del que iba a usar. Pero para poder decidir qué parte de la cinta usar, había que anotarlo, registrar exactamente el contenido de la cinta y el tiempo que aparecía. Registrar, reducir y cortar lo que no sirve. A la larga permitía ahorrar tiempo al buscar alguna escurridiza secuencia. Pero a corto plazo era aburrido y llevaba mucho tiempo. Era solo una de las mil pequeñas tareas aburridas que desmienten el «glamour» de ser reportera.

Mientras se tomaba otro sorbo del café, Cassidy usó los mandos del editor de video para pasar alguna secuencia que estaba segura de que no iban a usar. Arriba a la derecha había un código de tiempo que mostraba a qué distancia en el metraje se iniciaba esa escena en particular. Tomó apuntes de lo que había en cada escena. Cuando alguien hablaba, era imposible anotar cada palabra, así que solo escribió algunas por encima.

Ahí estaba Nicole, con el micrófono enganchado en la solapa. Cassidy subió el volumen y escuchó a su amiga:

—Hemos visto que durante nuestra primera búsqueda muchos inquilinos no revelaban que otras personas estaban de visita o vivían con ellos. A veces había dos nombres en un contrato de alquiler, y seis personas viviendo en el apartamento o los amigos de los amigos que estaban de visita. Y algunas de esas personas resultaron ser fugitivos de alguna clase.

Nicole continuó explicando en el trabajo de Cassidy cómo se aplicaba la ley. Ahora tenían que identificar a tantos individuos como fuera posible que hubiesen estado en el área donde Katie desapareció, y luego ir eliminándolos por tener una coartada válida, o reunir información suficiente para justificar una orden de registro.

—También localizamos y entrevistamos a cada delincuente sexual comprobado que vive en la zona —siguió Nicole—. Pero esto va a llevar tiempo. Hay aproximadamente novecientos delincuentes sexuales documentados con dirección en el Noroeste de Portland.

Cassidy se dio cuenta de que esa sería su siguiente toma. Podría hacer el perfil de algunos de los peores de aquellos novecientos. Con suerte, podría dar con antiguas víctimas que estuvieran dispuestas a hablar si les distorsionaban la cara y la voz. Esas tomas eran en realidad más dramáticas que las secuencias de personas reales, en opinión de Cassidy, así que no podía perder con aquello.

Después vieron algunas tomas de Cassidy de pie al lado de un cartel de Katie que se veía convenientemente deteriorado por la intemperie. Esto le permitió sentenciar pomposamente sobre si la gente ya se estaba olvidando de la muchacha. Cassidy miró la pantalla con autocrítica. ¿Había hablado demasiado rápido? ¿Se había comido consonantes? ¿Había pasado corriendo sobre puntos importantes? ¿Había sido clara, creíble y amena?

Después de todo, esta podría ser su gran oportunidad. ¿Acaso quería quedarse en Portland para siempre? Los Ángeles le parecía algo maravilloso después de tantos meses de cielos grises. Pero otra vez, ¿era todavía lo bastante joven para triunfar en LA? Cada vez que veía a sus padres, le recordaban que ya no era, como su papá lo expresaba, una colegiala.

Cassidy estaba tan sumida en sus pensamientos que no vio a Jerry, el director de la cadena, hasta que estuvo lo bastante cerca como para tocarlo.

Jerry carraspeó.

Ella dio un salto y luego trató de disimular.

—¡Eh!, Jer. ¿Qué haces aquí en sábado?

—Echando un vistazo. ¿Viste los nocturnos? —le preguntó, agitando un listado bajo su nariz.

Los niveles de audiencia atormentaban al Canal Cuatro. El suyo era un «mercado medido», lo que significaba que Nielsen había puesto medidores en una serie de casas de Portland para medir automáticamente la audiencia. Pero esos niveles eran como llevar una libreta de calificaciones sin ninguna explicación del profesor. Sabías lo que tú tenías, pero el porqué tenías que imaginártelo.

Pero esta vez Jerry parecía creer que lo sabía.

—Esto es por lo de Katie Converse. A la gente le encanta —dijo—. El programa de anoche nos dio una cuota de pantalla del 9.7 en casa y un *share* del 15 por ciento en el medidor de mercado nocturno. Supera en un 45 por ciento los resultados de hace un año. ¡Cuarenta y cinco!

Cassidy estaba perpleja. Un salto tan enorme para un programa de noticias era algo casi inaudito. La gente se estaba volviendo cada vez más a Internet para las noticias. Un programa de noticias en televisión era prácticamente un anacronismo, lleno de «noticias» que la gente ya sabía desde hacía horas. El único modo de contraatacar era con noticias que eran más que una mera descripción de los hechos sin más. Con noticias que eran más bien como las historias que ella había estado presentando sobre Katie Converse.

Esto era, entendió Cassidy. Justa y precisamente esto. La historia de Katie Converse podría ser el éxito o la ruina de su carrera.

Y ahora mismo era el éxito.

Me he perdido durante mi primer día oficial de trabajo. Todos eso largos pasillos son tan parecidos. Mientras trataba de encontrar la oficina del senador Y, me metí en la del senador X: mi senador. Me llevó a la oficina correcta y me preguntó cómo me iba.

Justo antes del almuerzo, esta otra ordenanza que está en el programa, R, me dijo que me había visto hablando con el senador X. Me dijo que sabía que él era mi patrocinador, pero que daba la impresión de que yo lo conocía personalmente.

Finalmente me rendí y le conté que mis padres eran de los que le apoyan y que V y yo cenamos con él antes de empezar el programa.

R sorbió aire por la nariz. Tiene la cara llena de pecas. Yo tengo algunas, pero ella parece como si alguien la hubiera salpicado con pintura verde oliva. Luego dijo algo sobre cómo muchos ordenanzas becarios parecen tener algún tipo de «conexión» y realmente no tienen que estar cualificadas.

¡No podía creerla! *Yo estoy* cualificada. Notas de 10, debates, simulaciones de Naciones Unidas, simulaciones de Asamblea del Estado, etc. ¿Cómo es posible que en mi primer día de trabajo me hayan etiquetado de enchufada? Le dije que tengo que pasar por las mismas exigencias que todos. No lo tengo nada fácil.

A veces las personas creen que te conocen, pero realmente no tienen ni idea.

Entonces, lo raro es que la tal R me preguntó si quería ir a comer con ella. ¡Como si fuéramos amigas o algo! Tenemos pases de comida, así que podemos comer en la cafetería del Senado. Le dije que había quedado con otra persona. De ninguna manera iba a ir con ella.

Desde luego, tuve que asegurarme de que no coincidiéramos en la cafetería, o vería que yo iba sola.

Pero imagina quién estaba allí. ¡El senador X! Me preguntó si quería sentarme con él. No me importó que pensaran que estaba haciéndole la pelota. Le dije que sí.

Él quiso saber dónde me había enterado de lo del programa. Le dije que había un tipo en la escuela hace un par de años que había sido ordenanza del Senado. De hecho, el senador X lo había patrocinado, aunque no parecía acordarse mucho de él.

Mientras yo hablaba con el senador X, R pasó por allí y se quedó mirándome. Yo sabía lo que estaba pensando.

Pero no soy una enchufada.

—¿Te llevas a Makayla a la iglesia? —preguntó Nic a su madre.

—Si tu hija se queda en mi casa, ten por seguro que va a la iglesia conmigo esta mañana —Berenice Hedges puso el brazo sobre los delgados hombros de Makayla. No iba a renunciar a su nieta tan fácilmente.

—Pero, mamá, yo preferiría que ella decidiera algo así por sí misma cuando sea mayor.

—«Instruye al niño en su camino y aun cuando fuere viejo no se apartará de él» —replicó su madre. Berenice era doce centímetros más baja que Nic, pero ahora mismo parecía más alta.

—Como si hubiera servido de mucho conmigo —empezó a responder Nic, cuando su teléfono móvil vibró en su cintura. Lo miró. Eran los Converse—. Tengo que contestar —dijo con un suspiro y se alejó dando media vuelta mientras apretaba el botón de aceptar la llamada—. Nicole Hedges, dígame.

—¿Puede venir? —dijo Wayne Conversa apresurado—. Hay alguien con quien nos gustaría que hablara. Alguien que podría saber algo sobre lo que le pasó a Katie.

El pulso de Nic comenzó a acelerarse.

—¿Quién?

—Preferiría esperar hasta que esté aquí para explicárselo.

Nic tuvo que aparcar a cuatro calles. Antes de salir del coche, se puso las gafas de sol y recogió un cuaderno y una taza de Starbucks vacía a modo de camuflaje.

Los medios de comunicación llenaban la acera a lo largo de toda la calle y tenían que ocupar hasta la calzada. Había tres camiones para conexión vía satélite, gente con cámaras de televisión al hombro o con cámaras de larga distancia al cuello, otros acarreando micrófonos de jirafa, un par de docenas hablando con sus móviles o toqueteando sus Blackberry. Todos ellos esperando que pasara algo.

Ella avanzó entre la gente, usando su café y cuaderno como una especie de disfraz. Había tantos reporteros aquí ahora, muchos de fuera de la ciudad, que uno nuevo no llamaría la atención. Cuando tuviera que salir de la casa sería ya otra historia. Nic estaba a dos pasos de la acera de los Converse, a dos pasos de propiedad privada, cuando alguien la agarró del brazo.

—Nicole —le susurró Cassidy al oído, sin más deseo de llamar la atención que Nic—. ¿Qué pasa?

—Más tarde —contestó Nic zafándose de ella y hablando por un solo lado de la boca.

Cassidy retrocedió, con una diminuta sonrisa tensándole los labios, mostrando avidez en sus ojos turquesa.

En el instante en que Nic pisó la entrada, la multitud se giró y comenzó a gritar. Ella pensó en una jauría de perros salvajes ladrando. Ladrando únicamente porque los demás estaban ladrando.

—¿Tiene noticias sobre Katie?

—¿Qué ocurre con Katie?

—¿Hay algo nuevo en el caso de Katie Converse?

La puerta de calle se abrió y Nic oyó el zumbido de cámaras. Wayne la hizo entrar. Valerie estaba de pie detrás de él. Era un alivio oír el firme cierre de la puerta tras la espalda, que el griterío se redujera a murmullo.

—¿No están hartos de tenerlos acampados ahí? —preguntó.

Wayne se subió las gafas y se pellizcó el puente de la nariz.

—Es un equilibrio. Tenemos que ingeniar un modo de mantenerlos interesados, mantener el caso vivo, que no dejen de estar pendientes, o de lo contrario se olvidarán del todo.

—Aprendimos la lección cuando dejamos a uno entrar para usar el cuarto de baño —dijo Valerie frotándose las sienes—. Lo siguiente que supimos es que presumía de haber conseguido una especie de «exclusiva»

—Los medios pueden jugar a su favor —dijo Nic—, pero tienen que ser cuidadosos. Porque la prioridad de ellos no es encontrar a Katie.

—¿Entonces cuál es su prioridad? —preguntó Wayne—. ¿Qué podría ser más importante que una muchacha desaparecida?

—Las cuotas de audiencia —dijo Valerie con rotundidad.

—Así es —asintió Nic, pensando en la impaciencia de Cassidy—. Si pueden poner su vida boca abajo y sacudirla hasta sacar algún escándalo, lo harán. Cualquier cosa por una nueva toma. Gracias a Internet y a la CNN, vivimos en un servicio de noticias de veinticuatro horas. El único problema es que no hay veinticuatro horas que sean noticia. Si no hay nada nuevo, tienen que componer algo —comentó, y se acordó de por qué había venido—.De todos modos, ¿con quién querían que hablase?

—No queríamos que desconfiara —dijo Wayne en seguida—. Cuando la conozca y oiga lo que tiene que decir, entonces...

A Nic se le hundió el corazón. Con gran dificultad, mantuvo la expresión neutra.

—Es Lorena Macy. Me consta que es bastante conocida entre los agentes de la ley, —dijo Valerie—. Dice que incluso ha ayudado a su agencia en otras ocasiones.

Nic se quedó en silencio. Nunca había oído de Lorena Macy. Pero ya sabía a qué venía.

—Ha venido a nosotros y nos ha contado que ha estado teniendo sueños desde el día en que Kate desapareció —dijo Wayne con voz baja—, antes incluso de que apareciera en las noticias. Entonces, cuando Lorena lo vio por televisión, supo que sus sueños trataban realmente sobre Katie. Dice que puede ponerse en contacto con Katie agarrando algo de ella. Pero queríamos que usted estuviera aquí. Así, en caso de que diga algo, puede actuar enseguida.

—¿Dónde está? —preguntó Nic, esforzándose por reprimir su enojo.

—En la cocina —dijo Wayne.

Nic suspiró.

—Miren, señores Converse. Permitan que me exprese sin ambages. Ahora salen personas como esta hasta de debajo de las piedras. Nos dan docenas de pistas cada día basadas en sueños y visiones. Y el noventa y nueve por ciento solo busca atención o dinero. Y también hay unos cuantos que solo quieren ayudar, aunque no tienen ninguna pista.

—Lorena no pide dinero —contestó Wayne levantando las cejas—. Ha dicho que lo rechazaría aunque se lo pongamos en las manos.

Nic tenía ganas de zarandearle.

—Desde luego. Solo con tomarla en serio ya están metiéndole dinero en el bolsillo. ¿Creen que en cuanto se marche de aquí no irá directamente a hablar con toda esa gente? En cuanto sepan que le pidieron ayuda en el caso de Katie Converse, habrá más que querrá que les lean las manos o les echen las cartas o lo que quiera que ella haga. Pensarán que si el FBI la consultó, debe de ser buena. Apuesto a que ella ha sido la que les ha pedido que me llamen, ¿no?

Por las miradas que se intercambiaron, Nic podría decir que sí había sido ella.

—Hará negocio, y Katie será su tarjeta de visita.

Nic lamentó hacerles esto a los Converse, tan desesperados como estaban, pero intentó hacerlo de manera rápida y limpia, como cuando se quita una venda adhesiva.

—¿Le han dicho ustedes algo que no sea de conocimiento general? Porque, dejen que les avise: no le cuenten nada que ella no sepa ya.

—Pero ¿y si de verdad sabe algo? —preguntó Wayne—. ¿Y si *ya* lo sabe? Por eso está aquí. Para decirnos lo que sabe. No tenemos nada más a la vista.

Ya estaba bien de «rápido y limpio».

—Bueno, oigamos lo que tiene que decir.

Lorena era una mujer rechoncha, sesentona, pelirroja teñida. Daba la impresión de haberse caído en un bote de pintura. Tenía un círculo rojo brillante en cada mejilla, sombra azul turquesa encima de los ojos bordeados, repasados con lápiz negro, con tanto rímel que parecía medio dormida.

Y entonces Nic lo entendió. El maquillaje no era para los Converse. Era para las cámaras de afuera.

—¿Puede deletrearme su nombre? —dijo Nic después de que se sentaran los cuatro alrededor de la mesa de la cocina. Ella misma no había mostrado su placa ni le había dado su nombre. Su objetivo era dar la menor importancia a ese fraude.

Lorena deletreó su nombre. Había algo agudo y artificial en su voz que a Nicole le producía dentera.

—Y se ha puesto en contacto con los Converse porque...

—He estado teniendo visiones y sueños desde la misma hora en que Katie desapareció —dijo Lorena pasándose la mano por su amplio pecho—. Cuando vi a Cassidy Shaw por televisión, y dijo que Katie había desaparecido, supe en mis entrañas que era con quien estaba yo soñando. Pero para llegar a la verdad tengo que tener en mis manos algo de ella. Algo de lo que ella se ponía iría bien.

Nic se alegró de que ya les hubieran dado esas prendas a los perros, por si las necesitaban. Por si llegaban a un punto en que pudieran reducir el área de búsqueda a una zona más pequeña que todo Portland.

—Espere un segundo —dijo Valerie. Abandonó la cocina y oyeron sus pasos hacia el piso de arriba.

—Entonces, ¿cómo funciona esto? —preguntó Nic mientras esperaban.

Lorena sonrió con afectación, sin que le disuadiera la mirada fulgurante de Nic.

—Cuando estoy en uno de mis trances, yo no veo o capto de un modo tradicional. Es energía. Recibo una impresión de la energía que la persona envía. No importa si están muertas. No lo están para mí.

Valerie reapareció con un suéter rojo en las manos.

—Katie se puso esto dos días antes de desaparecer. No lo hemos lavado.

Con manos impacientes, Lorena se lo apretó contra el pecho.

—Ahora voy a ir a mi interior. No se preocupen si me oyen hacer sonidos extraños. No me controlo cuando estoy en uno de mis trances.

—De acuerdo —murmuró Wayne, y Valerie asintió.

En cuanto a Nic, todo lo que podía hacer era reprimir un gesto de hartazgo. Pero se reprochó: *¿Qué harías tú si se tratara de Makayla? ¿Hasta dónde llegarías?*

Lorena cerró los ojos. Se frotó el suéter en la cara y luego puso las manos y el suéter sobre su regazo.

—Está bien, Katie, dime dónde estás. Dime dónde estás, cariño. Puedo ayudarte. ¿Katie, dónde estás? —dijo Lorena, mientras se balanceaba, con la parte superior de su cuerpo dibujando un pequeño círculo.

Se produjo un largo silencio. Nic se miró el reloj. Pasó un minuto. Dos. Tres. Cuando por fin habló Lorena, los tres saltaron en sus sillas. Su voz era lenta, grave, como la de un sonámbulo.

—Veo un coche viejo. Tiene algo encima. ¿Tal vez un Oldsmobile?

Muy a su pesar, Nicole sintió un escalofrío en la piel. La mujer vio a Katie, no sentada en un coche, sino tumbada inmóvil en el maletero. Con unos pocos cabellos rubios delante de sus ojos abiertos, con la mirada fija.

—Katie, dime qué estoy viendo, cariño. Ven. Dime dónde estás. ¿Estás en el coche? —pronunció, mientras amasaba el suéter con sus rechonchas manos repletas de anillos.

Se hizo un largo silencio. Lorena levantó la cabeza hacia un lado, como si estuviera escuchando algo.

—Hay árboles donde ella está. Muchos árboles.

Muy buena, Lorena. Oregón no es más que árboles.

—Pero ¿está viva? —exigió Wayne.

—Agua. Está cerca del agua.

Cerca del agua. Espera un momento. Cualquier lugar de Portland está cerca del agua. Tenemos el Columbia y el Willamette, aparte de innumerables arroyos y riachuelos. Por no mencionar la lluvia.

Pero Valerie y Wayne se habían agarrado de la mano.

—Veo algo verde. ¿Una mochila verde? Y oigo un nombre, como Larry —pronunció el nombre, añadiéndole una sílaba suplementaria: Lar-ra-rry, o algo así, y arrugó la cara—. ¿Katie, dónde estás? ¿Estás con alguien llamado Larry? No, no es eso, ¿verdad? Pero algo parecido. ¿Es algún conocido tuyo?

Buena elección, Lorena. ¿Cuántos nombres riman con Larry? ¿Mary, Harry, Carrie, Barry, Jeri, Terry? Media ciudad puede entrar en el saco.

—Mmm —gimió Lorena. El tono de su voz había cambiado, era más agudo. Tenía la cabeza lacia, como si no tuviera hueso en el cuello—. Mmm.

Los tres la miraban fijamente.

—Mami —dijo con voz aguda y velada—. Mami. ¿Dónde estás?

A Nic se le erizó la nuca. *¡Detén esto!* se dijo. *Que no te embauque esta majadería.* Aunque sabía que todo era pura basura, había algo en la voz de la mujer que le llegaba.

Valerie se inclinó hacia delante y tocó indecisa el brazo de Lorena.

—Estoy aquí, cariño. Estoy aquí mismo.

—Está oscuro —gimoteó Lorena—. Tengo miedo —volvió a sollozar—. ¿Mami? ¿Mami?

Entonces fue como si la mujer hubiese tocado un cable pelado. Se le estiró el cuerpo y se le pusieron las extremidades rígidas, rompiendo el contacto con Valerie. Se le abrieron los ojos de golpe.

—¿Qué ha visto? —dio Wayne con voz quebrada—. Dígame. ¿Está viva?

—He visto a Katie riendo y sonriendo —dijo Lorena con voz suave y vocalizando mal, como si estuviese regresando de donde había estado.

Nic se puso rígida. Esto era cruel. Esto era pura crueldad. *¿Katie riendo y sonriendo?* ¿Por qué le da a esta pobre gente falsas esperanzas?

Valerie extendió la mano y agarró del antebrazo a Lorena, hundiendo sus dedos en él.

—¿Está viva, entonces? —dijo con voz descompuesta.

—A veces veo el futuro y a veces el pasado —respondió Lorena con aire agotado—, y en ocasiones veo el presente.

—¿Estaba con alguien? —preguntó Wayne, con su mano agarrando la otra muñeca de Lorena—. ¿Cómo iba vestida? ¿Era esta época del año?

—¿Se veía mayor o más pequeña? —inquirió Valerie.

Los tres formaban un nudo bien fuerte por cómo la agarraban. Solo Nic se distanció de la situación. En algún punto, aunque ella no recordaba el momento, se había cruzado de brazos.

—No lo sé —murmuró Lorena—. No lo sé. Los espíritus me lo han revelado.

—Al final, parecía muy asustada —dijo Valerie, con los ojos brillantes por las lágrimas. Era la primera vez que Nic la veía a punto de llorar—. ¿Tenía miedo donde estaba?

—No he podido ver nada en ese punto —contestó Lorena cubriéndose los ojos con los dedos—. Era como si me hubiera quedado ciega.

—Katie te llama mamá —le dijo Wayne a Valerie—, no mami. Nunca te dice mami.

Valerie parpadeó, y una lágrima solitaria bajó por su impecablemente maquillada mejilla.

—No. Así es como llamaba a Cindy.

—¿Quién es Cindy? —preguntó Nic.

Wayne se volvió hacia ella con una mirada de sorpresa, como si hubiera olvidado que estaba allí.

—Mi primera esposa. La madre de Katie. Ella murió cuando Katie tenía dieciocho meses —respondió y, con ojos llorosos, imploró a Lorena—. ¿Cree que… —se le quebró la voz— que está con Cindy? ¿Cree que Katie está muerta?

—Lo que yo creo —dijo Nic, apartándose de la mesa y acercándose a ella— es que Lorena se aprovecha de la pesadilla de ustedes para ganar dinero.

Se inclinó sobre la mesa, poniéndose a dos palmos de la cara de la médium.

Lorena puso ojos como platos.

—Déjeme preguntarle algo. ¿Si inicio una investigación sobre usted, qué voy a encontrar? ¿Está todo blanco y limpio? ¿O aparecerá algo inesperado debajo de alguna piedra?

Lorena abrió la boca, pero no salieron palabras. Wayne y Valerie miraban nerviosos de la una a la otra.

—Es lo que me imaginaba —dijo Nic, enderezándose por fin—. Cuando se marche, le sugiero que mantenga la cabeza agachada y no diga una palabra a nadie. Y si averiguo que ha estafado a los Converse de cualquier modo, o si trata de usar esto para sacar alguna especie de provecho, le juro que empezaré a escarbar. Y algo me dice que no me va a gustar lo que encuentre.

Después de la vigilia, Allison fue a ver a su jefe y le pidió que le asignara el caso de Katie. Suponiendo que hubiera caso. Pero lo había, estaba segura. Lo sentía en sus entrañas.

—Este caso me dice algo, Dan —le había comentado—, y sabes que he trabajado homicidios.

—No sabemos si es un homicidio —contestó Dan, y recogió una pluma de encima de su escritorio, jugueteó con ella y la dejó. Entonces añadió, cuando Allison no le miraba—, aún.

—Sé que no pido nada descabellado —dijo ella, convenciendo a Dan con más ahínco del que nunca empleó con un jurado—. Me merezco esto.

Estaba claro que un caso de perfil alto, con todo el potencial para el éxito —y para el fracaso— que eso implicaba. Los grandes casos labraban grandes nombres para los fiscales, que podrían llevar a grandes ganancias si alguna vez decidían pasarse al otro lado y hacerse abogados de defensa. Incluso manteniéndose en el puesto, también había grandes posibilidades de ascenso. Y muy buena publicidad si alguna vez decidían presentarse a fiscal del distrito.

Pero no era por eso por lo que Allison quería este caso. Lo quería solo por esa muchacha. Si alguien le había hecho daño a Katie, Allison quería llevar ante los tribunales a esa persona.

Dan cerró los ojos y descansó la barbilla sobre los pulgares y la frente en los dedos unidos por las yemas.

Finalmente, suspiró, abrió los ojos, y pronunció dos palabras.

—Está bien.

Ahora Allison había formado equipo con Nicole para preguntarle a Lily Rangel, la antigua mejor amiga de Katie. Lily era una muchacha regordeta que en opinión de Allison se esforzaba un poco demasiado por intentar parecer peligrosa. Ella tenía la piel blanca como la de un vampiro, y llevaba un clavo de plata justo debajo de los labios, pintados de negro. El pelo se lo había teñido de negro, se lo había enderezado y luego cepillado hacia delante de modo que le cubriera la frente y los mechones más largos le llegaran a las mejillas. Un mechón azul eléctrico le colgaba sobre el ojo izquierdo. Su ropa consistía en varias capas de negro, excepto las medias negras, que tenían rayas rojas y le llegaban por encima de las rodillas.

—Avisadme si necesitáis algo. No hay problema si queréis café —dijo la madre de Lily y con un leve gesto salió de la habitación. Era una mujer llana, dulce y básicamente carente de color.

No era demasiado difícil adivinar contra qué se rebelaba Lily.

—Mi madre no tiene ni idea —suspiró Lily—. Se cree que Katie y yo somos todavía amigas. Sigue preguntándome si sé donde está Katie.

Allison y Nicole intercambiaron una mirada.

—La madre de Katie nos dijo que tú eras la amiga de más tiempo de Katie —dijo Allison.

—Nos conocíamos desde que íbamos en pañales —dijo Lily, tras expresarse con un sonido despectivo y un gesto con la cabeza. Luego bajó la mirada, tocándose el collar negro que casi le cortaba la suave carne del cuello—. Pero eso no quiere decir que seamos íntimas.

Allison decidió comenzar con un retrato general.

—Dime ¿cómo era Katie?

Lily levantó la cabeza y sus ojos asustados, realzados con lápiz negro muy ancho, encontraron la mirada de Allison.

—Querrá decir, cómo *es*. Ha dicho *era*.

Esta chica era más perspicaz de lo que parecía.

—Cómo es —rectificó Allison, dándose mentalmente un puntapié—. Lo siento. ¿Cómo *es* Katie?

—Es agradable.

Nicole emitió un sonido de escepticismo en lo profundo de su garganta, mitad signo de interrogación y mitad risa.

—¿Agradable? Suena como lo que dices cuando realmente no te gusta alguien.

Lily se movió y, cuando volvió a hablar, estaba de rodillas.

—Katie y yo *éramos* amigas cuando éramos pequeñitas. Nuestras madres se conocieron en una de esas clases de «mamá y yo» la clase cuando teníamos unos dos añitos. Pero nos hicimos mayores y nos hicimos diferentes.

—Explícamelo —dijo Nicole.

Lily le daba vueltas al anillo de plata de su pulgar izquierdo.

—Para ser sincera, Katie era una especie de pelotillera. Le gusta más a los adultos que a los niños.

—¿Pelotillera?

—Ya me entiende, una que hace más tarea de la que le piden. Quiere que le pongan un diez, quiere ir a Harvard, quiere ser abogada. Lo tiene todo planificado. Dice que un día llegará a presidenta.

—Entonces, ¿se presentó a delegada en el instituto Lincoln? —se le ocurrió a Allison.

—El año pasado se presentó, y perdió —dijo, entornando los ojos—. Traté de avisarla. Es como todo lo demás de la escuela. No se trata de lo buenas que son tus ideas, es una competición de popularidad. Katie siguió diciendo que tenía una gran... ¿cómo decía? Una gran plataforma. Solo que no se trata de ninguna *plataforma*. Se trata de cuántos amigos tienes.

—Estás diciendo que Katie no tenía... —dijo Allison, pero se corrigió—. ¿Que no tiene amigos?

—Tiene amigos —admitió Lily de mala gana—. Amigos como ella. Que desde luego no abundan.

Allison no podía imaginar que la propia Lily tuviera más amigos que ella.

—¿Habéis estado en contacto después de que ella entrara en el programa? —preguntó Allison.

—A veces me enviaba un sms si veía a alguien famoso. Ya sabe, como un actor o algo así que fuera al Senado. Era como si tratara de impresionarme. Lo cual es una tontería. Ella es la que ha logrado ir a la capital y emanciparse. Y yo me quedo aquí colgada en Villacharcos —dijo, y suspiró—. Estoy deseando irme a vivir sola.

—Así que Katie solo te mandaba algunos mensajes en el móvil —dijo Nicole con paciencia—. Entonces, no te llama.

—Me llamó una vez en octubre. Era como... justo antes de Halloween. Y me dijo que tenía novio.

Allison se enderezó.

—¿Quién era? ¿Lo sabes?

—Ella no me diría su nombre. Pero sí que dijo que era alguien importante. Alguien de quien todo el mundo había oído hablar. —dijo Lily encogiéndose de hombros—. Al principio creí que estaba mintiendo.

¿Mintiendo? Allison pensó en el blog de Katie. Katie sabía que otros podrían leerlo. Lo cual implicaba que podría haber ocultado la verdad. Allison lo sabía. Pero, de momento, nunca habría considerado que las insinuaciones de Katie sobre un novio podrían haber sido fruto de su imaginación. A esa edad, una podía sentirse tentada a imitar las vivencias emocionantes que veía experimentar a sus amigos.

—Por qué pensaste que podría estar mintiendo?

—Yo no estaba allí, ¿no? en Washington, digo. Podía decir lo que quisiera sobre lo que había allí, ¿y cómo iba yo a saber si era verdad? Quiero decir, si fuera yo, volvería y contaría historias de primera sobre lo que habría estado haciendo. Ya sabe, cosas como que había estado en una cena junto al presidente y su familia. Y nadie sabría que no sería verdad.

—¿Y qué te contó Katie sobre ese chico? ¿Su novio?

—Básicamente presumía de tener uno. Ella nunca había tenido novio antes. No en serio. Y cuando le pregunté quién era, dijo que todo lo que podía contarme es que era famoso. ¿Y a lo mejor también yo era famosa? Ya sabe, porque éramos de las veteranas del instituto, no que fuéramos estrellas de rock o algo así. Pero ella me decía que la había llevado a restaurantes caros, conducía un coche de lujo y le había comprado una pulsera.

Nicole y Allison intercambiaron miradas. Alguien rico y famoso. ¿Sería cierto? ¿O todo era simplemente lo que Lily había pensado, una elaborada mentira de Katie para sentirse mejor?

—¿Entonces fue cuando pensaste que se lo estaría inventando? —preguntó Nicole.

Lily asintió con la cabeza.

—Supuse que probablemente lo que hacía era que se quedaba en su cuarto haciendo la tarea. Ya sabe, como cuando a veces dices algo que no es cierto, pero para que la gente crea que dices la verdad tienes que inventarte cada vez más mentiras.

Allison asintió. Como fiscal, había conocido a mucha gente que hacía exactamente eso.

—Has dicho «al principio» —intervino Nicol—. Al principio pensaste que Katie estaba mintiendo. ¿Es que cambió algo para hacerte pensar que decía la verdad?

Lily respondió afirmativamente con un gesto.

—La vi el segundo día después de que volviera a casa por las vacaciones de Navidad. El día antes de que desapareciera. Su madre vino para tomar el café con la mía y se trajo a Katie. Nos juntamos en mi cuarto, pero realmente no teníamos demasiado de que hablar. A ella no le preocupaba lo que pasaba en el Lincoln, aun teniendo que volver en febrero. Lo único que quería era seguir hablando de ese tipo. Pero ya no era como en octubre, cuando presumía de lo maravilloso que era. Decía que era complicado, pero que así era el amor verdadero, y que era eso lo que importaba.

—¿Qué? —preguntó Allison.

El amor verdadero. Los jovencitos eran los únicos lo bastante inocentes para creer en aquella idea. Aquellas dos personas, pese a sus diferencias, estaban predestinadas para estar juntos sin importar cualquier obstáculo.

—¿Y cómo actuaba Katie cuando te contaba eso? —preguntó Nicole.

—Parecía triste, ya sabe. Era delgada, pero no de un delgado bonito. Era... huesuda. Y luego me enseñó la pulsera de oro que él le había regalado. Y que tenía 24K grabado sobre el interior, que significa que es de primera.

—¿Hay algo que no nos estás contando, Lily? —preguntó Allison con cuidado.

Había pocas posibilidades, pero si esta muchacha sabía si Katie se estaba escondiendo, o metida en algún problema, había que asegurarse de que se lo dijera.

—Digas lo que digas no vas a meterte en ningún lío, ni puede perjudicar a Katie. Simplemente tenemos que encontrarla. Y nada de lo que digas podría sorprendernos. Así que si te estás guardando algo, por favor, suéltalo.

Lily vaciló, luego habló a toda prisa

—Bueno, quién podría tener un coche de lujo, llevarla a sitios caros y regalarle cosas así? ¿Quién había que fuera famoso? Nadie de nuestra edad, desde luego. Así que supuse que era algún tipo mayor. Y como no me decía quién era, imaginé que sería algún mayor que está casado.

—¿Le preguntaste a Katie si era así? —preguntó Allison.

Lily bajo la mirada a la puntera de sus Converse altas.

—No exactamente.

—¿Qué le dijiste? —preguntó Nicole.

—Nada en realidad. Solamente que mejor que tuviera cuidado.

—Y... —presionó Nicole.

—Y le dije una cosa que yo sabía y ella no.

—¿Qué?

Lily volvió la cabeza hacia la entrada, a ver si escuchaba a su madre. Como no la oyó, habló, pero con una voz que era apenas un susurro.

—Hace tiempo, oí a mis padres hablando sobre la madre de Katie. Solo que no es su verdadera madre. Valerie es su madrastra. Su verdadera madre murió de cáncer cuando ella era un bebé. Todos lo saben. Pero lo que Katie no sabía, casi nadie lo sabe, es que su madrastra empezó siendo *su* niñera. La niñera *de Katie*. Y acabó acostándose con el padre de Katie después de que su madre muriera. Es algo muy desagradable. Entonces se quedó embarazada y tuvieron que casarse, y luego vino el bebé, que es Whitney.

Allison miró a Nicole. Hasta Nic, cuya cara raras veces se veía traicionada por la emoción, parecía sobrecogida. Allison estaba casi segura de que su propia boca le colgaba medio abierta.

—Entonces le dije a Katie que ella tenía que tener cuidado. Le dije que ella no se complicara la vida como hizo Valerie. Quiero decir, mi madre dijo algo sobre su necesidad de casarse mientras todavía estaba en el instituto. Ni siquiera terminó los estudios. Yo no quiero casarme hasta que tenga treinta o algo así —dijo Lily, pronunciando la palabra *treinta* como si fuera sinónimo de *muerta*.

—¿Cómo reaccionó Katie cuando le dijiste eso? —preguntó Allison.

—Estaba como loca. Dice que Valerie siempre la sermonea con lo de esperar hasta casarse. Katie no podía creer que Valerie fuera tan hipócrita.

—Entonces —dijo Nicole—, ¿qué crees que le pasó a Katie?

—Algo malo —soltó Lily, después de un suspiro—. Creo que le ha pasado algo malo.

—Has dicho que Katie estaba triste, que había perdido peso —dijo Allison—, ¿crees que estaba tan deprimida como para suicidarse?

Lily frunció sus labios y se sopló el flequillo de encima de los ojos.

—No dejo de pensar en ello, pero no. No, a no ser que pensara que iba a perderlo todo.

Costaba creer que no hubiera pasado ni una semana desde la primera vez que oyó el nombre de Katie, pensó Nic. Ahora ella era más que una simple muchacha desaparecida, era un proyecto que había adquirido peso y movimiento por sí mismo. El grupo de operaciones de Katie Converse había establecido un puesto de mando en el salón de baile de un hotel del centro de la ciudad. La enorme sala estaba llena de personal de cada ámbito de la ley, así como de expertos en bases de datos, taquígrafos, adiestradores de perros, equipos de búsqueda y rescate, expertos en topografía, pilotos de reconocimiento y representantes de los medios.

La mitad de la sala era estilo cine, con las filas de sillas frente a una mesa de presidencia y una pizarra blanca. En la parte de atrás se amontonaban informes, documentos y tantas copias de la foto de Katie como los buscadores necesitaran. Las paredes estaban repletas de fotocopiadoras, ordenadores, impresoras y cajas de papel. Encima estaban clavados con tachuelas los horarios, mapas, fotografías y listas. Nicole estaba en la parte de atrás de la sala, con un grupo de agentes del FBI y policías en una mesa donde estaban las pistas recibidas por teléfono.

—Si la encuentran, envíenme algo de ella, como su reloj o un zapato. El arma homicida sería perfecta —le dijo a Nic alguien que estaba al teléfono.

Era una médium, o eso había dicho. La misma afirmación de las tres últimas personas con las que Nic había hablado.

—Estoy segura de que entonces yo podría decirle quién lo ha hecho.

—Lo tendremos en cuenta. Muchas gracias por su llamada —dijo Nic.

Colgó y se quitó los auriculares. Le picaba el oído. Y la cabeza. Su cuerpo entero se sentía irritado. Quería estar afuera haciendo algo, no contestando al teléfono.

Seleccionar las pistas anónimas dejadas en una línea gratuita se consideraba demasiado importante como para que lo hicieran civiles. Aunque todos sabían que el noventa y nueve por ciento era pérdida de tiempo. Los solitarios, los locos y los vengativos salían de debajo de las piedras en casos como este. El teléfono directo había aportado más de mil pistas. Lamentablemente, más de ochocientos procedían de videntes o de personas que habían soñado con Katie. Pero por si acaso surgía alguna pista auténtica, todos los agentes se pasaban gran cantidad de tiempo contestando llamadas.

Al lado de ella, Leif Larson se quitó los auriculares y le dirigió una mirada de solidaridad.

—¿Otro chiflado?

—Dice que es una médium —suspiró Nic y trató de estirar el cuello. Ella no podía girar la cabeza sin una mueca de dolor—. Deberías haber visto a la charlatana con la que los Converse me hicieron hablar. Después de dejarlos, hice un poco de búsqueda en línea sobre sus «revelaciones». Un muchacho que ella decía que había muerto resultó estar vivo y metido en una secta. Así que, por supuesto, ella alega que había visto su «muerte espiritual». Lo más cerca que ha estado de acertar fue cuando les dijo a los padres de una niña de tres años que su hija estaba sumergida en el agua, atrapada bajo una rejilla metálica. Llovía mucho y todos pensaron que la muchacha se había perdido y se había caído en un desagüe. Esa era seguramente su mejor conjetura.

—¿Y qué pasó en realidad?

—La había violado y estrangulado su vecino, y luego él la metió debajo de su cama de agua. Entonces va esta señora y dice en su web que ella tenía razón, solo que los espíritus fueron un poco imprecisos en cuanto lo del agua y la rejilla.

—Bueno, mi última interlocutora soñó con un hombre en una casa al lado de unos árboles y un camino —dijo Leif— y está segura de que tiene algo que ver con Katie.

—¡Por fin tenemos algo con lo que trabajar! —exclamó Nic levantando el puño con un entusiasmo fingido—. ¡Árboles y un camino! Esto seguramente reduce el terreno —ironizó, aturdida de la frustración.

Ninguno de los dos vio a John Drood, el agente especial responsable del FBI de Portland, de pie detrás de ellos, hasta que era demasiado tarde. Era un hombre pálido con el pelo gris y a menos de seis meses de chocar con la regla del FBI que obligaba a los agentes a retirarse a los cincuenta y siete. Estaba claro que él tenía problemas con la sola idea de su retiro, lo que desgraciadamente repercutía en volverlo más rígido.

—No me importa si la pista nos llega en una flecha ardiendo —dijo, con las manos sobre su delgada cintura—. Investigas la pista primero y después la flecha. No podemos permitirnos descartar nada. No, cuando no tenemos nada con lo que avanzar. Y siempre es posible que alguien personalmente vinculado al caso pueda llamar y afirmar que es vidente.

—Tiene razón, señor —dijo Nic, asintiendo—. Alguien que afirma haber visto a Katie en un sueño puede en realidad ser la persona que se la llevó.

—Exactamente —concluyó Drood, que pareció calmarse, y se fue.

—Pero no tu señora —añadió Leif cuando Drood ya estaba lejos para oírlos.

—No —dijo Nic—. Probablemente no.

Hasta ahora, los profesionales y voluntarios habían buscado en Portland y los barrios periféricos. Comprobaron los rumores de un cuerpo visto en el río, un bulto de ropa en una zanja, un vecino que actuaba de forma sospechosa. Habían comprobado naves, muelles, el puerto, cobertizos y casas desocupadas. La búsqueda se había extendido bastante más allá de Portland. La gente buscaba por los bosques y granjas de todas partes de Oregón y Washington.

Pero no encontraban nada.

Nicole se levantó para estirarse, dejando la funda de la pistola un momento colgada de la barata silla plegable. Después de ocho años en el FBI, su Glock era parte de ella. Le pedían que estuviera armada, disponible y lista para cumplir con el deber en cualquier momento, estuviera en el trabajo o no. Llevaba su arma cuando viajaba en avión. La llevaba cuando se reunía con amigos para cenar. La llevaba en la representación de cuarto curso de Makayla. Makayla era ahora la celebridad de clase, gracias a algún niño sentado en el suelo que vio el arma de Nic en un momento en que se le abrió la chaqueta. La tenía debajo del brazo izquierdo, ceñida a su costado, justo debajo del pecho.

El FBI la había entrenado para disparar en cualquier clase de circunstancia, a la luz del día y de noche, en cualquier posición. Había sacado y disparado su arma cientos de veces. Pero ella nunca lo había usado contra una persona.

En casa, el arma tenía su caja de seguridad. Makayla sabía que podía pedir que se la enseñara siempre que le apeteciera, pero solo cuando estaban solas en casa. Y jamás tenía que tocarla.

Por suerte, a Makayla no parecía producirle mucha curiosidad el arma, ni el trabajo de Nicole en general. Y eso era bueno. Nicole no quería precisamente explicarle a su hija que había hombres a los que les gustaban las niñas de la edad de Makayla.

Mientras giraba la cabeza de lado a lado y se masajeaba los tensos hombros, pensó en cómo habían atrapado a PDXer el día antes. Con una citación judicial, Nicole había sido capaz de remontar la dirección del ordenador a la casa de un vendedor de zapatos de cincuenta y dos años. BubbleBeth había accedido a encontrarse con él en una parada de autobús en el centro. Al FBI no le estaba permitido usar señuelos para engañar a los delincuentes, así que no había ninguna niña de verdad con la que encontrarse. En su lugar había quince agentes, incluyendo a Nicole, todos ellos colocados en el entorno de la parada de bus.

PDXer resultó ser un tipo regordete, peinado con una mala permanente grisácea. Iba de arriba abajo, con una docena de rosas en la mano, buscando a una BubbleBeth de trece años, pero sin ver más que gente corriendo, compradores, trabajadores de la construcción y la gente esperando el autobús.

Nicole se acercó, sacó su placa y dijo:

—Sé por qué estás aquí.

Él ni siquiera se molestó en inclinar la cabeza. Hay delincuentes que se sienten aliviados cuando sus problemas quedan detenidos con ellos.

—Sí, estoy aquí para verme con una jovencita de trece años y llevármela a mi casa para practicar sexo.

Ella le habría golpeado un poco más fuerte de lo estrictamente necesario. Lo único que la había ayudado a contener la ira era saber que Imágenes Inocentes tenía un índice de condenas del noventa y ocho por ciento.

Con una expresión de dolor, Nicole se apretó lo más atrás que pudo del cuello y por la columna. Ella no había notado que Leif se había levantado también, hasta que le habló.

—Eh, prueba esto para el cuello torcido. Primero, levanta las manos.

Se dio la vuelta para ponerse frente a ella, que se percató de su altura. Muchos compañeros de la Oficina eran más bajos que Nic, pero Leif pasaba bastante del metro ochenta.

Levantó manos, con las palmas hacia delante, a ambos lados de la cabeza, de modo que parecía alguien a quien estaban arrestando.

—Esto se conoce como deslizamiento dorsal —aclaró, y esperó hasta que Nic levantó sus manos, luego metió la barbilla mientras movía despacio la espalda en línea recta. Ella hizo lo mismo.

Algo hizo clic entre sus omóplatos. El dolor no se fue, pero disminuyó notablemente.

—Oye —dijo ella—, gracias.

Nic vio a algunos de los otros agentes que los miraban, y agarró sus auriculares y se sentó rápidamente. Le gustaba Leif, y lo respetaba, lo que no siempre era lo mismo, pero no quería enviar el mensaje equivocado. Ser una mujer soltera implicaba ser el agua que movía el molino de los rumores de la oficina. Nicole sabía lo que algunos compañeros decían de ella a sus espaldas. Que era lesbiana. Y/o con fobia a los hombres.

Nicole ignoró las miradas de reojo de Leif cuando se sentó al lado de ella. Tenía razón para actuar así. Una razón mejor que las que podría contar de cualquiera de ellos.

—**H**ola, tú debes de ser Sonika. Soy Allison Pierce. Soy abogada —se presentó Allison y, cuando extendió la mano, la mujer delgada de ojos enormes y oscuros se estremeció.

—Lo siento —dijo Sonika.

Se tapó la boca con la mano, haciendo que Allison se acordara de Nicole. Solo que los dientes de Sonika eran ya perfectos, rectos y blancos. Su brillante pelo le enmarcaba la cara en forma de corazón.

La asistenta social le había dicho a Allison que Sonika era un inmigrante camboyana sin mucho dominio del inglés. Y que su marido le pegaba. Sonika había venido al refugio varias veces, pero siempre había dicho que no podía quedarse. Ni siquiera se llevaba un folleto, por miedo a que su marido pudiera encontrarlo. Se esperaba que Allison pudiera hacerla cambiar de opinión en cuanto a aceptar ayuda.

Motivada por Lindsay, Allison había hecho un poco de investigación sobre la violencia doméstica. Así supo que había más mujeres con daños físicos en Estados Unidos por esta causa que por ninguna otra: infartos, cáncer, caídas, accidentes de coche, asaltos y violaciones, todo junto. Para tratar de ayudar, Allison hacía unas horas de trabajo gratis para el refugio. No tantas como ella pensaba que debería, pero muchas más de las que su tiempo le permitía. Sobre todo ahora. Pero, al acercarse la Navidad, había tantos voluntarios que no estaban disponibles que el refugio le había pedido a Allison que fuera ese día. Que fuera enseguida, antes de que Sonika estuviera demasiado asustada. Allison accedió, con poco entusiasmo.

Cuando llegue el bebé (la idea era ya una cantinela que sonaba en la mente de Allison cada pocos segundos) probablemente tendría que dejar de ser voluntaria. Se puso la mano en el abdomen durante un segundo, luego la dejó caer cuando vio a la otra mujer volver. Sonika tenía la hipersensibilidad típica de las mujeres maltratadas.

Estaban en el cuarto de los niños, pero en ese momento no había niños. El olor a plastilina hizo que a Allison se le hiciera la boca agua, mejor que su reacción a la mayor parte de olores esos días. Se sentó en una silla Playskool verde de plástico y le hizo un gesto a Sonika para que tomara la roja.

En lugar de eso, Sonika se agachó hasta quedar sentada sobre sus talones. Adoptó esa posición fácilmente, y parecía mucho más cómoda que Allison encima de su diminuto asiento.

En dos años de voluntariado, Allison había aprendido las reglas tácitas para tratar con las víctimas de violencia doméstica. Tomarse su tiempo. Asentir cuando ellas decían que él no era tan malo, que era complicado. Decirles que escribieran el número de asistencia al lado de un nombre falso, para que nadie sospechara. No decirles que su matrimonio era una «relación de maltrato» hasta que estuvieran listas. No espantar a las mujeres por tratar de forzarlas a entrar en el refugio. Y nunca reprenderlas por marcharse, ni por regresar.

—¿Qué la trae aquí? —preguntó Allison.

Sonika se llevó los dedos al botón superior de su blusa de cuello alto, luego ahuecó las rodillas.

—Muy privado.

Allison asintió. Durante cinco minutos, estuvieron sentadas en silencio. Finalmente, Sonika se llevó los dedos a la blusa otra vez. Se desabrochó el botón superior y el siguiente. Sosteniendo los bordes de su blusa, la abrió y apartó la cara.

Tenía pequeñas contusiones negras en línea a los lados del cuello. Alguien había tratado de estrangularla.

—Lo siento —dijo Allison—, puede abrocharse la blusa.

Sonika lo hizo, todavía sin mirar a Allison a los ojos.

—¿Su marido?

Sonika no contestó, solamente se subió la manga. Tenía más contusiones en la muñeca. Estas eran más viejas, de un amarillo verdoso.

—Estas mi marido.

—Entonces quién ha intentado... —Allison evitó la palabra *estrangular*, esta mujer parecía un ciervo asustado—. ¿Quién le ha hecho daño en el cuello?

—Mi padre.

—¿Su padre? —exclamó Allison, con la voz traicionada por el asombro. *Guíame, Señor.*

—Pregunto si yo podría vivir en casa otra vez. Él dice que traigo vergüenza sobre nuestra familia. Él dice mejor yo muerta que la deshonra.

—¿Dónde cree su marido que está usted ahora?

—En el supermercado.

—Puedo ayudarla. Podemos hacerlo de modo que su padre y su marido estén lejos de usted. Soy abogada. Puedo hacer que la policía y los tribunales la protejan.

Sonika resopló y sacudió la cabeza como si Allison acabara de decir algo irónicamente gracioso.

—¡La policía! Ellos quieren el dinero. Mi padre, mi marido, ellos tienen dinero. Yo no.

Allison ya se había topado con este problema de inmigrantes de países donde la justicia se ofrecía al mejor postor.

—Aquí no, Sonika. Puedo hacer que su marido y su padre no puedan acercarse a usted si no quieren ir a la cárcel. Podemos ayudarla a conseguir alojamiento, vales de comida, y con el tiempo un trabajo. Podemos ayudarla a tener una nueva vida, Sonika. Una en la que nadie le hace daño.

—No entiende. Mi padre estaba en el ejército. Él sabe matar a la gente. Él sabe hacerlas desaparecer —dijo Sonika, chasqueando sus finos dedos para mostrar lo rápido que podría pasar.

—Pero usted es su hija.

—Él tiene cinco hijas. Yo desobedezco.

—Pero... —empezó a decir Allison, cuando oyó el zumbido de su teléfono en la cintura.

Ella miró la pantalla. Nicole. Nicole sabía dónde estaba Allison, sabía que no debía llamar a menos que fuera una emergencia.

—Perdone —dijo, sabiendo que estaba perdiendo a Sonika. Sabiendo que la iba a perder de todos modos—, tengo que contestar.

Allison salió en el pasillo.

—¿Sí?

—Siento interrumpirte, Allison. Pero se trata de Katie Converse.

Sintió como si su estómago fuera un ascensor dando una sacudida de un palmo.

—¿La habéis encontrado?

—No, hemos encontrado a su perro.

Ayer fue mi cumpleaños. Mis compañeras de habitación me montaron una fiesta tremenda y me llevaron a Starbucks a tomar pastelitos de limón y té árabe. Tengo un montón de regalos de mi familia en el correo y un CD de L, mi mejor amiga en casa. Papá me envió algo aparte. Ya antes de abrirlo podía decir que era de él. Era abultado y tenía demasiada cinta.

Dentro había un collar de mi mamá. Mi verdadera madre. Ella murió de cáncer de mama cuando yo era solamente un bebé. No tengo muchas fotos de ella. Estoy casi segura de que V las tiró todas en cuanto ella se casó con papá. El collar es una amatista en una cadena de plata. Ahora mismo lo llevo puesto. No voy a quitármelo nunca.

Hablé con toda la familia, pero al final mi padre se puso al teléfono y se salió al patio para hablar conmigo a solas. En mi cumpleaños siempre hacemos una excursión a Forest Park juntos, los dos solos. Cuando vuelva a casa tendremos pendiente la excursión, aunque unos meses tarde. El y yo solos. Y le diré que he estado pensando que yo podría ser senadora algún día, como dice el senador X. Tal vez hasta presidenta.

En la cena, uno de los otros ordenanzas me preguntó de dónde era y me dijo que yo tenía un acento encantador. Eso me hizo gracia. ¿De verdad tengo acento? En el Estado de donde vengo hablamos bastante parecido a los locutores de la tele. Por otra parte, deberías oírlo. Y por si acaso él lee esto, te diré que *él es* el que tiene acento.

Más tarde fuimos a la sala de tiempo libre con otros cuantos para ver la tele. Se fueron marchando todos y nos quedamos solos.

Y esto es todo lo que voy a contar sobre mi cumpleaños.

TABERNA BLUE MOON
21 de diciembre

Allison se encontraba examinando las caras de las personas que había en las aceras mientras buscaba una de las escasas plazas de aparcamiento libres en el Noroeste de Portland. Sabiendo que no veía a Katie, pero demasiado consciente de que había pasado otro día sin una resolución del caso.

Mientras caminaba por la pobremente iluminada acera hacia la Taberna Blue Moon de McMenamin, el restaurante que Cassidy había escogido, los pensamientos de Allison tomaron otra deriva, aún más sombría. Quien hubiera puesto la nota de amenaza en su coche podría estar en cualquier parte. Tenía entrelazadas las llaves en los dedos de la mano izquierda y el teléfono móvil listo en la derecha. Sus tacones sonaban en la acera de la desierta calle lateral. Pero una vez que llegó a la más transitada calle principal se relajó, al menos un poco.

Se encontró a Nicole dentro del restaurante, y las dos hicieron su pedido. Unos veinte minutos más tarde, Cassidy atrajo las miradas con su apresurada entrada. Su habitual apariencia de colores brillantes, incluyendo un impermeable naranja, destacaba entre los vaqueros y parkas oscuras.

—Siento llegar tarde —dijo, inclinándose para abrazar a Nicole—. El puente estaba levantado —justificó, lanzó un beso a Allison y luego se apartó un poco para evaluarla—. ¿Cómo te encuentras?

—Bien. La única diferencia que he notado es que puedo oler las cosas mucho mejor. He estado en PetSmart, y yo podía oler el serrín de las jaulas de los hámsters y las sustancias químicas de los acuarios.

Y el perfume de Cassidy rozaba lo agobiante, pero Allison decidió no mencionar eso.

Cassidy se acercó al mostrador. Le pidió al chico de detrás del grifo de la cerveza la hamburguesa gigante de lujo Wilbur, una pinta de Hammerhead, y una ración de las famosas patatas fritas de McMenamin.

—Cass, ya tenemos las patatas fritas! —le avisó Nicole en voz alta.

—Yo necesito mi propia ración —contestó Cassidy, tomando la jarra de cerveza y regresando a la mesa—. ¿Por qué si no crees que escogí este sitio?

La Blue Moon estaba en el Noroeste de Portland desde mucho antes de que los precios de la vivienda de ese barrio se disparasen. Ahora su decoración funky y sus castigadas sillas de madera eran un regreso al tiempo en el que la zona había sido un refugio económico para estudiantes y artistas.

Cuando Cassidy colgó su pesado monedero Coach del respaldo de su silla, el asiento se empezó a caer hacia atrás. Con una facilidad nacida de la larga experiencia, agarró el monedero con una mano mientras se quitaba el abrigo y lo dejaba en el respaldo de la silla con la otra. Justo antes de que todo el conjunto se fuera al suelo, se sentó.

—¿No se te ha ocurrido nunca comprar un monedero con carrito incorporado? —resopló Nicole.

—¡Oh, calla! Si alguna vez necesitas una tirita o una muda completa de ropa, no me vengas llorando —replicó Cassidy, y se volvió hacia Allison—. ¿Has ido ya al médico?

—Tengo una cita dentro de tres semanas. Quieren que se pueda oír el latido del corazón del bebé, y no pueden hacerlo hasta que crezca un poco.

Allison se había sorprendido de la poca formalidad con que la había tratado la recepcionista de su consultorio. ¿De verdad pensaban que se podía apañar sola? Se había pasado las dos últimas tardes leyendo *Qué esperar cuando esperas un bebé*, en vez de los archivos que ella había llevado a casa del trabajo.

—¿Y cómo es de grande ahora? —preguntó Cassidy, mientras se estiraba para hacerse con unas pocas patatas fritas—. ¿Lo sabes?

—Según lo que he leído, ya he pasado las etapas de grano de arroz y de guisante. Creo que estará en algún punto entre el frijol pinto y la aceituna.

—¿Por qué se mide siempre con alimentos? —protestó Nicole y apuntó a una patata frita de Allison—. A este paso, vas a dar a luz a un pollo de sartén.

—Deja de hablar de comida —dijo Cassidy, tomando con rapidez más patatas—. ¡Tengo hambre!

Nicole le dio un golpecito a Cassidy en la mano.

—Tienes la mala costumbre de comer de los platos de los demás, ¿lo sabías?

—En la escuela primaria —contestó Cassidy con sonrisa de poco arrepentimiento—, los niños hacían lo que fuera para no tener su comida cerca de mí, porque me la comía toda.

—Y eso te detenía? —preguntó Allison.

—¿Qué piensas? —dijo Cassidy arqueando una ceja.

Las tres se rieron.

—No elegí este restaurante por la calidad de su grasa —añadió Cassidy, ahora en serio—. Es que también está cerca de donde desapareció Katie. Os vi a las dos en la vigilia —dijo, alzando su cerveza en dirección de Nicole—, y oí que te han elegido para ser el enlace con los padres de Katie. ¡Felicidades! ¡El Club de La Triple Amenaza está en el caso! —brindó levantando su vaso hacia delante.

Allison tocó los otros vasos con el suyo. Estaba tratando de beber más leche para el calcio y comer más verduras para la vitamina K, de cuya existencia se había enterado esa misma semana. Por consiguiente, su cena esta noche era una ensalada Cajun Cobb y un vaso de leche. McMenamin, que no estaba precisamente al tanto de su dieta, había aliñado la ensalada con aproximadamente media taza de salsa de queso azul.

A veces la impresionaba su recién descubierta hambre, sobre todo desde que se alternaba con los ataques de náusea. Tres horas después del desayuno de esa mañana, había sentido un impulso irresistible de comer. Acabó en la cafetería del tercer piso, metida en una esquina, de espalda a las mesas vacías, zampándose un bocadillo de huevo y un plato de patatas. ¿Y si justo en ese momento se estaban formando los dedos del bebé? ¿Y si se le estaban haciendo las coyunturas y la única nutrición con que su cuerpo contaba era comida chatarra?

—Sí, puede considerarse un honor, pero no va a ser fácil —dijo Nicole con sonrisa pesarosa—. No tenemos escenario del crimen, ni pruebas, ni pistas, ni sospechosos, ni nota de rescate ni testigos verificables —lamentó, y crujió otra patata frita en su boca.

—Estoy como tú, Nic —dijo Cassidy meneando la cabeza—, tratando de trabajar en ello cuando no hay ninguna información nueva. Esta mañana he puesto al cámara a filmar de rodillas para ver si podíamos dar una perspectiva a vista de perro. Porque, como habéis encontrado al perro, hemos intentado mostrar una escena como la habría visto Jalapeño cuando estaba con Katie. ¿Os ha proporcionado alguna pista el perro?

Allison no se molestó en preguntar dónde se había enterado Cassidy de ese detallito. Ella tenía fuentes por todas partes de la ciudad. A veces sabía cosas antes que Allison y Nicole, lo cual les era útil.

Ese día, temprano, una mujer había estado paseando a su perro cerca de la escuela de primaria Chapman y descubrió al perro labrador negro, sin collar. Valiéndose de una galletita, lo engatusó y metió en su furgoneta. Pensó que se parecía al de las octavillas de los Converse, así que lo llevó a un refugio de animales. Por suerte, a Jalapeño le habían puesto un chip.

—Tenía algo oscuro enredado en el costado, pero el perro tenía el pelaje todo sucio, con cosas enganchadas, con cortes en las patas —dijo Nicole—. Estábamos todos expectantes. Pero resultó ser sangre canina, no humana.

—He estado intentando entrevistar a la mujer que lo encontró, pero el Canal Ocho la tiene bien atada —dijo Cassidy y se tomó otro trago de cerveza.

—¿Qué tendríais si no os dedicarais a una cobertura continua de esto? —dijo Nicole—. ¿Tal vez algunas noticias reales?

—Ya hemos hablado de esto —resopló Cassidy—. Cada una de las que estamos en esta mesa depende del crimen para ganarse la vida. No *hacemos* a los malos. ¡Los atrapamos!

—Pero los medios de comunicación lo deforman todo —dijo Allison, medio en broma medio en serio.

—Así es. Igual que todos los polis aprietan el gatillo enseguida y todos los abogados son tiburones —se rió Cassidy. No parecía que fuera con ella—. Los medios de comunicación no creamos el problema. Lo contamos. Hay una diferencia.

El camarero trajo el plato de Cassidy.

—Dentro de unos quince minutos, ¿podrías traernos un *brownie* bien oscurito y tres cucharas? —le dijo Nicole.

Él asintió y se retiró. Nic se volvió hacia Cassidy.

—¿Seguro que hay diferencia?

—Oye, sus padres han pedido la cobertura mediática. Quieren que todo el mundo sepa cómo es Katie, la buena chica que es. Creen que eso ayudará.

—A veces me preocupa que tanta cobertura solo dé ideas a la gente —dijo Allison apartando los restos de su ensalada—. Ahora cualquier psicópata que quiera su propio trocito de atención de noticias de las seis sabe que todo lo que tiene que hacer es ir y llevarse a una niña.

En vez de ofenderse, Cassidy bajó los ojos y rió para sí.

—Eso es lo que dice Rick también. Dice que solo los estoy alentando.

—¡Rick! —saltó Nicole—. ¿Así que hay un nuevo hombre? ¡Te lo has estado guardando, chica!

—Este es poli. Así que entiende lo de mis horarios. Sabe que cuando surge una noticia tengo que ir.

—¿Dónde lo has conocido? —preguntó Allison, que ya no podía imaginarse lo que era tener citas. Ella y Marshall llevaban juntos desde que eran estudiantes de segundo en la facultad.

—Lo entrevisté cuando dispararon a aquel empleado del 7-Eleven, y luego acabamos saliendo a tomar un café.

—¿Y es guapo? —preguntó Nicole arqueando una ceja.

—Muy guapo —afirmó Cassidy lamiéndose los labios—. Tiene un aire de zorro, o de lobo. Tiene unos ojos azules claros y un cuerpo *muy* fornido.

Nicole hizo aspavientos como de abanicarse por el sofoco.

Aunque se quejaba de que todos los guapos estaban comprometidos o eran gays, Cassidy conseguía citas dondequiera que fuera. Citas, sí. Novios a largo plazo, no.

Cassidy era una contradicción. Ella estaba siempre segura de sí misma cuando se trataba de cubrir una historia, pero en su vida privada necesitaba constantemente reafirmar su seguridad. Aunque hacía ejercicio como una obsesa, se quejaba de estar gorda, y se lamentaba en voz alta de estar haciéndose mayor, con la esperanza de que la contradijeran. Y era capaz de retorcerse como un *pretzel* para conseguir la aprobación de cualquier tipo con el que saliera.

Tres años antes, se metió en el *windsurf* durante aproximadamente dos semanas, cuando tuvo un novio que adoraba ese deporte. Luego se hizo vegetariana un tiempo, cuando estuvo saliendo con uno que lo era. Y hubo un tiempo en que estuvo realmente dispuesta a convertirse al catolicismo, hasta que se dio cuenta de que el hombre que había conocido en Match.com esperaba de ella que se quedara en casa teniendo niños. Muchos niños.

Tal vez este Rick fuera diferente.

Pero Cassidy seguía siendo la misma. Ni siquiera en las cenas con sus amigas dejaba de buscar la noticia.

—Jerry quiere un corte sobre Katie de un minuto cuarenta y cinco en las noticias de cada noche. Es una cantidad de tiempo increíble. El fin del mundo tendría suerte si le dieran un minuto y medio. Por lo general, empezaría con las últimas novedades y volvería a las secuencias de relleno; pero no parece que haya nada nuevo ¿no? —dijo, mirando a Nicole de cerca.

Nicole le echó una mirada a Allison, que esta contestó con un pequeño asentimiento. Nada de ello le pasó desapercibido a Cassidy, que mostró una sonrisa de adivinar que tenían algo.

—No debería decírtelo —dijo Nicole moviendo un dedo en señal de advertencia—. Pero no puedes usarlo, Cassidy. Todavía no.

—Está bien —asintió con tanta fuerza que su habilidosamente realizado peinado se balanceó hacia delante y hacia atrás.

—Sé lo que digo. No puedes. Te daré un aviso cuando estemos listas para que salga la noticia. Resulta que Katie tenía una cuenta de MySpace, y en ella llevaba al día un blog.

Cassidy levantó las cejas.

—¿Y sus padres no lo han quitado?

—Ellos no sabían nada —dijo Nicole, estirándose para hacerse con unas patatas fritas de Cassidy—. Es anónimo, o al menos tan anónimo como una muchacha de diecisiete años puede creer que lo es.

—En otras palabras, no muy anónimo —dijo Allison. La lectura del blog la había dejado con un regusto de tristeza. Le había hecho conocer a la Katie viva y, sin embargo, al leer sus palabras, Allison temía más por la vida de la muchacha.

—Así es —coincidió Nicole—. Teniendo en cuenta el nombre, «theDCpage», que se refiere al programa de ordenanzas becarios de Washington, y considerando la sección de comentarios, está claro que es de Katie. Hay solo una Katie en el programa de ordenanzas becarios del Senado. Lo que lo deja aún más claro es que ahora que no está, hay mucha gente pidiéndole que lo actualice y diciéndole que la echan de menos.

—¿Hay allí alguna pista? ¿Como «Querido Blog, hoy tengo la intención de desaparecer...»?

El camarero sirvió el postre. Cassidy fue la primera en recoger una de las tres cucharas.

—No. Ya quisiera yo —negó Nicole con la cabeza—. Está claro que tenía un novio en el programa, pero también da la sensación de que hubieran roto. Todo muy dramático, muchísimo amor en un minuto y lo peor de su vida en el siguiente. Algo que me ha llamado la atención es que parecía estar prendada de uno de los senadores. Lo llamaba Senador X, pero también decía que era su patrocinador. Ese sería el senador Fairview.

Allison no sabía qué hacer con el blog. ¿Habría correspondido Fairview a los sentimientos de la muchacha? ¿O habría sido siquiera consciente de los mismos?

—Fairview —dijo Cassidy, entornando los ojos—, he oído historias sobre él.

—¿Qué quieres decir? —preguntó Allison. Su corazón empezó a palpitar más rápido. Dejó su cuchara en la mesa.

—Lo he entrevistado en alguna ocasión —dijo Cassidy, tomando una cucharada de ese postre que estratégicamente abarcaba el *brownie*, el helado y la salsa de caramelo—. Siempre está flirteando y disfruta cuando las mujeres se quedan impresionadas por el hecho que es senador. Su esposa, creo que se llama Nancy, vive aquí con sus dos hijos. Tiene un negocio de ropa de lujo para niños. Así que él se pasa el tiempo en Washington en su apartamento de soltero y tal vez viene a casa un par de veces al mes. Y el que se va a Sevilla, busca vidilla....

—¿Así que es un estilo al senador Packwood? —preguntó Allison.

Bob Packwood, fue obligado a dimitir después de décadas como senador de Oregón, cuando docenas de mujeres le denunciaron porque las besaba o tocaba contra la voluntad de ellas.

—No. Por lo que sé, todas sus conquistas son voluntarias. Pero se oyen historias sobre él.

—¿Como por ejemplo? —se interesó Nicole, inclinándose hacia ella.

—Como practicar el sexo en un callejón con alguna universitaria a la que había conocido en un bar, mientras su chófer espera en el coche.

—Eso es enfermizo —dijo Nicole.

—Lo realmente enfermizo es que me lo contó *el conductor*. A nuestro honorable senador le gustaba hacerlo justo delante de él.

—Una mujer en un bar es una cosa —dijo Nicole con una mueca—, pero una muchacha de diecisiete años es otra muy distinta.

Allison tenía dificultades para respirar. La comida se le había convertido en el estómago en una bola de plomo. Se acordó de otro hombre al que había conocido. Uno al que también le gustaba ese riesgo. Cuanto más peligroso era, más disfrutaba.

Parecía como si una pieza importante del rompecabezas acabara de encajar en su sitio.

—Creo que no son cosas tan distintas —dijo Allison—. Da la impresión de que a Fairview le gusta el riesgo. ¿Qué podría ser más arriesgado, o más tentador, que una chica de diecisiete años?

Convertir en tu enemigo a un poderoso senador nunca sería una idea buena. Pero Allison sabía que era lo que había que hacer. Respiró hondo.

—Mañana, voy a inaugurar un jurado de acusación. Y voy a asegurarme de que lo primero que hagan sea examinar con toda atención al senador Fairview.

Todos los otros ordenanzas se quejan del horario.

No saben de qué hablan.

Al menos aquí puedo tomar mis propias decisiones en muchas cosas. Si me dan una recado para llevar, nadie se preocupa de cuánto tardo. Si me detengo para hablar con alguien, o para mirar un cuadro, no me fríen a preguntas sobre lo que he estado haciendo.

¡Además, este sitio es genial! Como el domingo por la tarde, que terminamos todos jugando al *frisbee* en el césped del Capitolio. Quiero decir, ¿quién más puede hacer eso? Hasta tuvimos a un policía del Capitolio tirando y recogiendo el disco un rato. Y en enero oiremos el Estado la Unión en directo. Mirar al presidente de cerca y en persona. ¿Sabéis que los ordenanzas somos los primeros en darle la mano al presidente cuando va a ese discurso? ¡Búscanos en la tele!

Al final he hecho una amiga aquí (esa chica, E) y a veces hacemos locuras. E y yo fuimos el otro día «a la caza del chico», que consiste en sacar fotos de chicos guapos con el móvil. Pero no pueden pillarte haciéndolo o se acabó el juego. Hicimos algunas de otros ordenanzas, de mensajeros en bici y de un poli. Hasta le tomé una al senador X, pero no se lo dije a E.

¡Cuando pasamos por la rotonda, la gente tomaba fotos de nosotras! Debe de haber sido por nuestros uniformes.

A veces te sientes como importante. Algunos senadores dedican tiempo a hablar contigo y te cuentan historias en el vestíbulo de atrás. Es imponente cuando un senador te llama por tu nombre o recuerda de qué Estado eres. Hasta nos permiten entrar en un ascensor con senadores, mientras no sea el ascensor privado del senador y no esté lleno.

A ellos no les cuesta nada, pero estar en este programa es muy poca cosa comparado con ser senador. Algunos senadores simplemente nos ignoran, pero hay otros que son agradables. El más súper es mi senador, el senador X. Dice que se acuerda cómo era cuando estaba en el programa de ordenanzas.

Estaba hablando con él hoy y un periodista comenzó a dirigir una cámara hacia nosotros. Noté como el senador X levantó la barbilla y empezó a gesticular mucho con las manos. He tomado apuntes mentales para cuando sea política un día. Se le veía importante. Se veía poderoso.

Y luego el senador X me miró y guiñó un ojo. Con el ojo que la cámara no podía ver.

—Estamos hablando de la destrucción de vidas humanas en su estadio más temprano para objetivos de investigación —dijo el senador Fairview.

Los tenía a todos cautivados. Podía sentirlo. Las galerías del Senado estaban abarrotadas. Se oían los clics y zumbidos de las cámaras. Se le salían las venas.

El senador hizo un gesto con la cabeza y Katie puso la base metálica y montó el tablero para carteles. Él estaba metido en el tema, como le gustaba creerlo, y aun cuando Katie estaba totalmente a la vista, él apenas la vio. El cartel mostraba una serie de fotos, que comenzaban con una colección de células en blanco y negro y terminaban con una foto de una niña a todo color.

Descendiendo del pulido estrado, Fairview tropezó en la base. Se ajustó un botón de plata que se le había salido de su blazer azul marino, luego señaló a la imagen con las células (que parecían un racimo de círculos grises) a la izquierda del tablero.

—Hasta el presidente, tan apuesto como es —dijo Fairview, e hizo una pausa para las risas, que llegaron y le hicieron sentir un *¡sí!* en sus entrañas— se parecía a esto en cierto momento, nada más que un grupito de células. Si él hubiera sido destruido en este punto, no estaría aquí ante ustedes hoy. Es importante recordar que así es como empezamos todos.

Pasó la mano de izquierda a derecha por la serie de fotografías (un bebé chupándose el pulgar en el vientre de su madre, un recién nacido envuelto en pañales, un niño de un año con un osito de peluche) que terminaba con una niña de seis años con coletas rubias y sonriendo con sus dientes separados. *¿Podría ser más perfecta?*

—Esto muestra el desarrollo que se ha producido para traer a Ellie hasta aquí —dijo, dando un toque a la fotografía y luego arrastrando los dedos de regreso al grupo de células—. Si la destruyen ahí, no tendrán a Ellie aquí —dijo haciendo volver los dedos atrás para dar un toque en la niña de la sonrisa—. Esta es la clave. Si hubieran destruido a Ellie y hubieran usado sus células para la investigación, esta niña no estaría viva hoy. Y Ellie sabe lo importante que eso es. Por eso ha dibujado esto.

Katie dio un paso para recoger el primer cartel cuando él lo quitó, revelando el segundo cartel, una serie de dibujos de un niño.

Fairview sabía que podría estar pontificando sobre la falta de fundamento de las afirmaciones de inminentes adelantos científicos en la investigación con células madre o hablando sin parar de cómo en realidad estaba demostrado que las células madre adultas o incluso células de la piel podían ser útiles en una variedad de casos. *¿Pero quién escucharía eso?* pensó. *Enséñales un niño. Un niño de verdad vivo. ¿Cómo van a votar para matar a una niña con coletas y una tirita en la rodilla?*

Él señaló en el círculo del extremo izquierdo, que tenía una sonrisa garabateada.

—Ellie ha dibujado esto para representar cómo era cuando fue adoptada siendo un embrión congelado. Ella es lo que ellos llaman un copo de nieve. La pareja que adoptó a Ellie tenía problemas de infertilidad. No podían concebir, así que la adoptaron siendo un embrión. La implantaron en su madre y ahora tenemos a Ellie, que ya apunta maneras de artista.

»Ella ha hecho estos tres dibujos para mí. Como la Biblia dice, 'de la boca de los niños viene gran sabiduría'. En esta primera imagen, Ellie ríe porque la adoptaron y tuvo la posibilidad para seguir viviendo su vida. En el medio tenemos otro embrión congelado —dijo señalando un círculo que no mostraba una sonrisa, sino una boca plana—. Está triste porque todavía se encuentra en un estado congelado. ¿Y este del final?

Ese círculo fruncía el ceño, con enormes lágrimas dibujadas que caían por el lienzo.

—Ellie me dijo que este dice, '¿De verdad vas a matarme? '

»Ya lo ven, Ellie sabe que esto no es una mera masa de tejido. Esto no trata de un simple grupo de células al azar. No es un folículo capilar. Es

Ellie. Y si se la nutre, se convierte en esta preciosa niña que nos acompaña hoy en el palco con sus padres.

La gente estiró el cuello para ver. Las cámaras se dieron la vuelta. Ellie saludó con la mano, tal como Fairview le había pedido.

—Estos niños y niñas no son piezas de recambio. De ninguna manera podemos usar el dinero federal para matar a niños como Ellie.

Cuando la galería irrumpió en aplausos, Fairview inclinó la cabeza en agradecimiento. *Hoy las noticias de la Fox, mañana YouTube. ¿Y en el futuro?* Adentro, sonrió.

Mientras conducía de vuelta a la oficina después de haber informado a los Converse sobre la ausencia total de progreso en la búsqueda de su hija, el teléfono móvil de Nic comenzó a zumbar en su cintura. Apretó los dientes. Últimamente el teléfono no dejaba de sonar. Empezaba a sentirlo como una atadura de la que nunca podía librarse.

Lo levantó al nivel de la vista. La pantallita mostraba a LEIF LARSON. ¿Por qué la llamaría? Pensó en cuando habían estado bromeando mientras contestaban las llamadas del teléfono directo. Algo había en Leif que había burlado sus defensas.

—Nicole Hedges —dijo, abriendo el teléfono, con tono eficiente y profesional. Disimulando como si no hubiera estado preguntándose por Leif en absoluto.

—Soy Leif —dijo él sin preámbulos—. Nos vemos en la Veintisiete con Vaughn. Tenemos a un chico de veintidós años, Michael Cray, sin antecedentes, pero su hermanastra dice que la noche que Katie desapareció llegó a casa con un ojo morado y lo que parecían arañazos en el pecho y las manos. Dice también que hay tierra en el suelo del sótano de la familia, como si alguien hubiese estado cavando. Llevo a algunos del ERP hasta que sepamos exactamente lo que tenemos.

Leif era el líder del Equipo de Recuperación de Pruebas del FBI.

—Voy para allá —dijo Nic.

Tomando la siguiente salida, cambió de sentido en la autopista, deshaciendo el camino por el que había venido. La dirección esta solo a unas calles de donde los Converse vivían, y de donde Katie había desaparecido.

Mentalmente, comenzó a ensayar cómo podría comunicar a los Converse la noticia de que su hija había sido encontrada enterrada en un sótano.

Había media docena de coches de policía aparcados delante de la vieja casa amarilla de estilo victoriano. Sobre el césped, una joven con el pelo amarillo en punta se estrechaba los brazos alrededor, con un cigarrillo en una mano. No llevaba abrigo, a pesar del frío, solo los vaqueros, una camiseta y un suéter marrón de punto.

Cuando Nic salió del coche, oyó a la muchacha hablar con un policía que anotaba sus palabras.

—Después de que me enteré de la desaparición de Katie, me acordé de cómo iba esa noche. Y eso fue como la puntilla. Era lo que faltaba. En ese momento supe lo que había hecho —dijo, y respiró hondo—. Porque esa es la clase de persona que él es, ¿lo ve? La clase de persona que haría algo así.

Sus ojos azules claros se encontraron con los de Nic durante un instante, pero no había nada en ellos, como si lo que habían visto perteneciera a otro tiempo, a otro lugar.

Nic le enseñó su placa al policía de la puerta de entrada. Dentro, el otro policía le hizo un gesto señalando a la cocina, donde había una puerta abierta que llevaba a la escalera del sótano. Pero ya antes de poner un pie en el escalón, pudo oír a los otros maldiciendo abajo. Cuando ella llegó, agarrada al pasamanos, el primero a quien vio fue Leif. Tenía la cara retorcida de disgusto.

—Otra pérdida de tiempo. ¿Cómo podía pensar que Katie estaba enterrada aquí? ¿Sabes lo que tenemos? Un suelo macizo. ¡Hormigón! Y tan viejo como la casa. Hormigón centenario e intacto.

—¿Y lo de la tierra? —preguntó Nic—. ¿No dijo que había tierra, como si hubiesen cavado?

—¡Es tierra de abono! Hay un montón de botes vacíos en la esquina. Tío, yo sabía que saldrían cosas así en cuanto los Converse subieron la recompensa inicial a medio millón. Solo que no creí que pasaría tan pronto.

—¿Han subido la recompensa? —preguntó Nic, que en ese momento se estaba enterando de ello.

—Sí, se lo han dicho a la rubia del Canal Cuatro esta mañana. Quinientos mil dólares si la encuentran viva. Han conseguido que algunos colegas del negocio del padre pongan la pasta, y han sacado una segunda hipoteca sobre su casa. Puedes imaginarte cómo va a afectar esto a la cantidad de pistas. Yo no sabía que una chica pudiera hacerle algo así a su hermano solo por dinero.

—Es su hermanastro —corrigió Nic. Pensando en lo distante que parecía la mirada de la muchacha, añadió—. Y tal vez ella tenía sus motivos. Tal vez realmente pensaba que lo había hecho. Tal vez sabe que su hermanastro es capaz de hacer cosas así.

Se giró sobre los talones y volvió a subir la escalera, dejando a un asustado Leif boquiabierto. La joven estaba ahora sentada en el porche, con la cabeza entre las manos. Cuando Nic pasó por delante, le dio un apretón en el hombro.

Ese mismo día, más tarde, el grupo especial de operaciones entregó una declaración.

—Todo indicaba que el tal Michael Cray había recibido aquellas heridas mucho antes de la desaparición de Katie Converse.

Los dos jurados de acusación se reunieron durante dos días en semanas alternas en una amplia sala situada en el tercer piso del palacio federal de justicia. Este singular grupo de veintitrés ciudadanos particulares de todas partes de Oregón, que recibía del tío Sam la enorme cantidad de cuarenta dólares al día, ya había trabajado durante once de los dieciocho meses que en última instancia servirían juntos. Durante el año anterior, Allison los había visto hacerse amigos y compañeros, celebrar cumpleaños, intercambiarse fotos de sus mascotas y de sus niños, pasarse libros. En los recesos se juntaban en la cocina para compartir aperitivos y hacer té y café.

Mientras iba con prisa a la sala del jurado de acusación, la nariz de Allison recibió el ataque del olor de las sobras de una grasienta pizza. Tragándose las nauseas, puso sus cosas sobre la mesa de fiscal y se dio la vuelta hacia las caras expectantes de los jurados. El grupo nunca sabía qué podrían pedirles que investigaran: terrorismo nacional de ecologistas extremistas, delitos racistas contra una sinagoga local, hombres que usan Internet para buscar sexo con adolescentes. Por el momento habían oído más de cien casos.

El jurado de acusación era el brazo investigador de Allison, y de cualquier fiscal. Incluso cuando no estaban en sesión, Allison podía emitir en su nombre una orden de registro o una citación que obligara a un testigo a declarar ante ellos.

—Buena días —dijo Allison—. Hoy voy a traerles un caso de una muchacha desaparecida. Queremos averiguar si ha habido un hecho delictivo. El nombre de la muchacha es Katie Converse.

Mientras hablaba, sostenía el cartel de Katie y vio varios gestos de reconocimiento. Los jurados de acusación no tenían prohibido mirar los medios de comunicación, lo que significaba que a menudo estaban familiarizados con los titulares de alguno de los casos que ella les traía. Pero ahora que sabían que iban a ocuparse del caso, tendrían que mantenerse lejos de cualquier noticia al respecto. Y no importaba la importancia del caso, habían jurado mantener en secreto lo que sucediera dentro de la sala del jurado de acusación.

Aunque un jurado de acusación podía considerar docenas de casos en un año, nunca estudiaban uno solo hasta el final. En lugar de eso, trabajaban para investigar varios casos criminales y procesar formalmente a cualquier sospechoso. En algunos, votaban para que no se procesara. Como no les pedían determinar si era culpable o inocente y solo decidían qué acusaciones había que archivar oficialmente, sus reglas eran menos estrictas que las de un jurado de juicio. Y el jurado de acusación ni siquiera tenía que ser unánime: bastaba con que dieciocho de los veintitrés estuvieran de acuerdo.

—Me gustaría llamar a la agente especial del FBI Nicole Hedges.

Después de hacerla pasar y de que el secretario judicial le tomara juramento, Nicole explicó al jurado de acusación quién era Katie, el programa de ordenanzas becarios en que trabajaba, y los avances que las autoridades ya habían hecho en sus esfuerzos por encontrar a la chica.

—Recuperamos un ordenador que pertenecía a Katie —dijo Nicole—, y hemos visto que Katie había estado manteniendo un blog, algo así como un diario en línea. En el blog, Katie hablaba de un muchacho de la Casa Blanca o del programa de ordenanzas del Senado, pero esa relación se terminó varios meses antes de su desaparición. Parece que tenía una turbulenta relación con alguien, pero no sabemos quién. Con el paso del tiempo, iba hablando cada vez más de alguien a quien ella llamaba el senador X. El senador Fairview era el patrocinador de Katie en el programa de ordenanzas becarios. Creemos que hay una buena posibilidad de que él sea en realidad el senador X.

—¿Tienen alguna pregunta para la agente especial? —preguntó Allison al jurado. Le gustaba oír lo que la gente normal quería preguntar.

Si hubiera hecho delictivo, y ella rogaba por que no fuera así, entonces las preguntas de los miembros del jurado podrían ayudar a dar forma a la manera en que Allison se planteara un eventual juicio. Y a veces los jurados pensaban en perspectivas que ella había pasado por alto.

El portavoz, un dueño de ferretería jubilado, era el primero en hablar. Allison sabía que siempre podría contar con Gus Leonard para hacer preguntas. Montones de preguntas.

—¿Cómo es la familia de la chica? —dijo inclinando la cabeza a un lado, como un pájaro curioso delante de un agujero que podría contener o no un gusano—. ¿Hay alguna posibilidad de que alguien de la familia esté implicado?

—El padre es un famoso contratista —respondió Nicole—. La madre hace labor de voluntariado. Hay también una hermana pequeña. Todos están destrozados por el dolor.

Gus y algunos de otros jurados hicieron más de media docena de preguntas. Una vez satisfecha su curiosidad, Allison excusó a Nicole y se levantó para dirigirse de nuevo a ellos.

—Hay una posibilidad de que Katie todavía pueda estar viva, pero tenemos muy pocas pistas para seguir. Contando con el blog de Katie, les pido rastrear las llamadas de los teléfonos del senador Fairview para ver si hay alguna prueba de una relación entre ellos.

A diferencia del pinchazo telefónico, que registraba el contenido de una conversación, el rastreo era simplemente un registro de llamadas hechas y recibidas. El rastreo del teléfono de Katie había dado poco que fuera sospechoso. De hecho, apenas había aportado nada en absoluto. Y esto en sí mismo había suscitado las sospechas de Allison. Una muchacha de esa edad estaría al teléfono todo el tiempo. Tal vez Fairview la llamaba a su habitación.

—¿Dice que el senador Fairview es sospechoso? —preguntó una miembro del jurado llamada Helen.

—No. Es objeto de investigación.

Después del descalabro tras las bombas de las Olimpiadas de Atlanta, cuando Richard Jewell fue declarado sospechoso y resultó ser un héroe, las fuerzas de la ley evitaban llamar a nadie sospechoso hasta estar seguros.

Allison paseó su mirada por la sala, tomándose unos segundos para mirar a cada miembro a los ojos.

—Pero si el rastreo nos da una cantidad de movimiento que parezca inapropiada, teniendo en cuenta que él es un senador y ella una estudiante de secundaria, entonces sí. En ese momento consideraré sospechoso al senador Fairview.

DESPACHO DE ABOGADOS DE STONE, HUTCHENS Y LANGFORD
23 de diciembre

Michael Stone siempre conseguía encontrar clientes potenciales en su propia oficina, donde él era claramente el mandamás. No importaba quiénes fueran los clientes, no importaba lo ricos o poderosos que eran, él siempre les hacía esperar al menos veinte minutos en recepción.

Él no hizo ninguna excepción para el senador Fairview. Cuando su secretario hizo pasar a Fairview, Stone pidió perdón efusivamente por hacerle esperar.

—Estaba en una teleconferencia con un cliente. No puedo mencionar el nombre, pero puede que lo haya visto en primera página del *New York Times* la semana pasada.

En realidad, Stone había estado veinte minutos en el *messenger* con sus hijos para recordarles que hicieran sus tareas, así como haciendo preparativos para el golf del sábado por la mañana.

—Permítame decir, senador, que me siento muy honrado de haber sido escogido como abogado por alguien a quien siempre he admirado.

Mientras hablaba, podía ver con facilidad la tensión en los hombros de Fairview. Stone tomó asiento detrás de su escritorio mientras su cliente se acomodaba en una de las sillas de invitado. La silla de Stone era quince centímetros más alta que la de los demás, un truquito que había aprendido de Johnny Cochran.

Se recostó en su silla, sonriendo afablemente.

—Entonces, Senador, ¿se lo hacía usted con esa muchacha o qué?

—¿Qué? —Fairview parecía demasiado impresionado para estar enfadado.

Bueno. Stone quería dejarlo desconcertado. Sus clientes tenían que saber quién era el jefe; y ese no era la persona que pagaba.

—He visto sus fotos. Era un bombón. Y usted es el senador número uno. Apuesto a que usted era como una estrella de rock para ella. Entonces, ¿se lo estaba montando con ella?

—¡No! —protestó Fairview, que estaba ya a años luz lejos de la relajación—. Yo era su mentor —dijo, dando la sensación de que lo leía en un *teleprompter*—. A menudo me tomo un interés especial por uno o dos de los becarios ordenanzas cada año, porque esto es parte del programa de internado y...

—Sí, sí, sí. Mire, esto es lo que pasa. Es muy simple. Han constituido un jurado de acusación para investigar su desaparición. Ahora van tras los registros telefónicos. Si tuviera usted sexo con ella o la matara o hasta le enviara la última bazofia de video de Paris Hilton en *Youtube*, no habría modo de que usted tuviera obligación de hablar con los federales o con cualquier otro representante de la ley. No se preocupe, yo no tengo que juzgarlo. Lo que tengo que hacer es descubrir y marcar dónde están los indios que se esconden tras los árboles. ¡Solo quiero asegurarme de que al menos ve usted los árboles!

—Pero están arrastrando mi nombre por el fango. Mi gente y yo hemos decidido que hay que detener esto. Donde voy, siempre hay alguien que me pregunta por esa chica. No solo me está preguntando a mí, también a mi esposa —dijo, y empezó a llorar—. A mis hijos.

—Es usted un tipo inteligente —dijo Stone con amabilidad—. Demonios, es un senador. ¿Quién era aquel político que dijo que el Senado es el club de alterne más exclusivo del mundo? No importa; entiendo por qué su «gente» y usted creen que es importante para usted salir ahí y decir «Yo no he hecho nada malo». Solo que no se le ocurra decir «No soy un timador» —añadió secamente—. Ya está hecho. Pero si habla con los agentes del FBI, o dice la verdad o no dice nada de nada.

—Entiendo. ¿Qué más debería yo saber?

Por fin, Fairview hacía una pregunta inteligente.

—Muy sencillo. Sea breve y conciso. Nada de discursos ni grandes explicaciones. Cuando le hagan una pregunta, la contesta con las menos palabras posible. Si ellos no dicen nada más, no añada nada a su respuesta. Ahí es cuando lo dejan seco.

—De acuerdo, está bien —asintió Fairview como un muñeco de salpicadero.

—Si quiere sentarse con los agentes del FBI, estaré con usted. Pero no se ponga a tirar piedras a su tejado. Mi consejo puede resumirse en dos palabras: Martha Stewart. Esa señora acabó entre rejas después de ser condenada por mentir acerca de un crimen del que en un principio nadie la había acusado.

—Bueno, a mí tampoco me han acusado de ningún crimen —dijo Fairview, que parecía listo a volver a su posición de arrogancia.

—¿Está seguro? —dijo Stone con palabras tintadas de sarcasmo—. ¿Cuánto hace que se le ha estropeado la televisión? Tal vez debería llamar a que se la arreglaran. Porque cada noche escucho a dos rubias ex fiscales y a mis colegas defensores debatir sobre su inocencia. Y permítame decírselo: esto no pinta muy bien para usted. Puede que los federales no tengan cargos contra usted, pero la opinión pública ya le ha declarado culpable.

—¿Algo más? —dijo Fairview con tono irritado.

Stone supuso que el senador estaba acostumbrado a verse rodeado de pelotilleros, no a alguien que le dijera las cosas como son.

—Sí —dijo Stone—. ¿Tiene un cheque para mí?

—¿**C**uándo lo contarás en el trabajo? —preguntó Cassidy, mordiendo una patata frita cargada de salsa.

Salpicó una gota en la profunda V de su blusa azul turquesa que hacía juego con sus ojos. Allison miró cómo se lo quitaba con el índice como si nada y lo chupaba.

Allison, Cassidy y Nicole se estaban sirviendo una comida rápida en Taquería San Felipe, un pequeño garito del Sudeste de Portland que servía los mejores tacos de pescado de la ciudad. Cassidy había pedido un margarita, Nicole una cerveza, y Allison, a pesar de la mirada perpleja de la mujer del mostrador, había pedido un vaso grande de leche. Le llegó en una jarra con un logo de cerveza.

—No se lo voy a contar a nadie más hasta estar segura de que todo va a ir bien —dijo Allison—. Cuando trabajaba en McGarrity y White, había una socia que le dijo a todos que estaba embarazada cuando solo llevaba unas semanas. Luego se enteró de que el bebé tenía síndrome de Down. Se tomó una semana de vacaciones y cuando volvió ya no estaba embarazada. Pero todos sabíamos lo que había pasado —dijo, y suspiró—. Todavía me pregunto si todo va bien. Esto debe de ser lo que la gente siente cuando averiguan que tienen cáncer. Es como algo secreto que sucede en lo profundo de tu interior, dividiéndose y creciendo, algo que no puedes ver.

—Pero esto es un bebé —dijo Cassidy con mirada de espanto—, no un cáncer.

—A veces se parece —intervino Nicole con una mueca que no era una sonrisa auténtica—. El bebé es lo primero, y si no hay bastantes nutrientes por ahí, la madre es la que pierde. Por eso las mujeres de hace cien años solían perder los dientes.

—¿Hablando de madres, qué piensas de la de Katie? —preguntó Cassidy levantando las cejas.

—¡Qué diablos! Si yo fuera esa muchacha, me escaparía solo por alejarme de ella —dijo Nicole moviendo la cabeza—. Es tan rígida... Y, según ella, Katie era una santa. No hay nadie tan perfecta.

—¿Ni siquiera Makayla? —bromeó Allison. Por debajo de la mesa, se puso la mano en el estómago. ¿Si este bebé fuera niña, podría hacer un trabajo mejor del que su propia madre había hecho con ella?

—Mi niña puede ser un poco obstinada. Pero sabe que no voy a tolerar ninguna salida de tono. No le gusta el horario que ahora tengo por el grupo especial de operaciones, pero yo le digo, «cariño, ¿cómo esperas que pague tu escuela privada y las lecciones de ballet?»

—¿Y cómo van las cosas con el caso de Katie Converse? —dijo Cassidy mirando a Nicole y Allison con expectación.

—Tenemos muchas pistas, pero el noventa por ciento es de chiflados. Los grandes casos hacen salir a los grandes locos. Creo que la mitad del condado ha tenido alguna especie de sueño profético sobre ella —dijo Nicole, e hizo estallar otra patata frita en su boca—. Tenemos órdenes de tratarlos a todos en serio. Así que seguimos con búsquedas inútiles, pero no hemos encontrado nada. Es como si Katie hubiera sacado a pasear al perro enfrente de su casa y se hubiera desvanecido.

—Los resultados del rastreo de llamadas no han mostrado nada extraño —suspiró Allison—. Casi todas son llamadas entrantes y salientes con sus padres. Alguna llamada al senador cuando comenzó el programa y luego nada —dijo, guardándose por el momento la información sobre la orden para los registros del senador Fairview.

—¿Y el blog? —preguntó Cassidy, que parecía decepcionada.

Detrás de ella, una telenovela mexicana se desarrollaba sin voz en el televisor. Allison miró a una joven de deslumbrantes ojos negros dar una bofetada en la cara a un apuesto caballero. Un segundo después, estaban abrazados.

—Está claro que Katie tenía alguna especie de relación escabrosa con alguien —dijo Nicole—. Pero si era el senador o un jovencito, o los dos, o alguien totalmente distinto, no lo sabemos. Y hemos comprobado su correo electrónico, pero no hay nada que ayude en él.

—Pero mira a Fairview —dijo Cassidy—. Sabe que empiezan a correr rumores. Se hace ver con su esposa al lado en cualquier evento donde haya cámaras. Siempre aparece con el brazo sobre el hombro de ella. Creo que actúa como un culpable. Y Rick también —suspiró—. Rick. ¡Este hombre es asombroso! ¡No estaba tan encendida por un chico desde mi primer novio!

—Si tú lo dices —comentó Allison.

—Bueno, ¿y cómo fue tu primera vez? —dijo Cassidy a la defensiva.

—Lo normal —contestó Allison mirando a lo lejos. Recogió una patata—. Más idea de él que mía.

Nicole levantó su cabeza, como si se oliera algo interesante.

—¿Cuántos años tenías?

—Dieciséis —dijo. Se dio cuenta de que era más joven incluso que Katie. Pero ella no se sentía joven entonces. Su padre acababa de morir, y ella se sentía tan vieja como el planeta.

—¿Era un compañero de clase? —preguntó Cassidy, lamiendo la sal del borde de su margarita.

—Algo así —dijo Allison, que apenas podía oír sus propias palabras.

—¿Qué? ¿Se largó? —siguió Cassidy, arqueando una ceja—. ¿Tuviste una especie de rebelde novio? —dijo. Nicole y ella intercambiaron una sonrisa.

Puede que no se hubieran movido en los mismos círculos, pero ambas sabían que Allison había sido tan conservadora en el instituto como lo era ahora. Una parte de ella estaba deseando ver sus miradas de sorpresa.

—No. Fue el señor Engels.

—Espera —dijo Cassidy bajándose las gafas—. ¿El profesor de Lengua? ¿Pero no tenía unos cincuenta o así? ¿Y no estaba casado?

—Me dijo que nosotros éramos dos enamorados.

—¿Amor? ¡Ya! —dijo Nicole con rotundidad—. Si no eras más que una niña. Eso no es amor. Eso es que un adulto te manipula usando la palabra mágica —dijo y se echó para atrás en su asiento cruzando los brazos—. Todos los días veo esas majaderías.

No era eso lo que parecía entonces, pensó Allison. *En absoluto.*

Allison ya se sentía adulta cuando conoció al señor Engels. No solo había perdido a su padre, sino que se saltaba clases y fumaba, metida en una cuesta abajo y sin frenos. La mayor parte de las mañanas, cuando Allison se levantaba, su madre estaba acostada en el canapé, dormida bajo el edredón que Allison había extendido sobre ella la noche antes, con una botella de brandy en la mesa de centro.

El señor Engels había hablado con Allison sobre acontecimientos mundiales y nacionales. Quería conocer sus opiniones. La escuchaba con respeto. Ella comenzó a quedarse después de clase y a ayudar en el aula en lugar de ir a casa y enfrentarse a la deteriorada situación de su madre, a la ausencia de su hermana. Al menos el señor Engels se fijaba en ella. En pequeñas cosas, como cuando se compró pendientes nuevos o se recogió el pelo. El profesor *era* viejo, cuarenta y seis años, pero al cabo de un rato Allison apenas era consciente de eso. Era su amigo. Él le habló de su esposa, de cómo estaba tan ocupada con la panadería que había abierto que ya no tenía tiempo para hablar. Eso era lo que le gustaba de Allison. Que podía hablar con ella, y que ella escuchaba.

Y era justo eso lo que a ella le gustaba de él. Eran almas gemelas, como él lo había expresado.

—Yo creía que éramos almas gemelas —dijo. Lo dijo en voz alta, y las palabras sonaron ridículas. Pero en aquel entonces no lo eran.

—La primera vez estaba en su despacho. Me quedé después de clase para ayudarle. Y yo estaba en el cuarto trastero, y él entró y tuve que apretujarme —dijo. Temblaba recordando lo que pasó—, y una cosa condujo a la otra. Durante mucho tiempo pensé no era realmente culpa de él.

—¿Y de verdad lo creías? —preguntó Nicole—. Tú eras la niña. Él era el adulto responsable.

Allison se dio cuenta de que años atrás le había pedido perdón a Dios, pero que ella misma nunca se había perdonado. Sintió un destello de compasión por aquella muchacha que ella fue una vez. Compasión y ternura. Suspiró—. Estaba sola y buscaba atención. Y él me dijo que me quería, y yo lo creí. Dijo que era amor verdadero.

Hasta Cassidy, que hacía mucho les había contado a sus dos amigas cómo perdió la virginidad cuando tenía catorce años, parecía escéptica.

—Tal vez cuando eres adolescente puedes decirte que es amor verdadero. Pero un adulto sabe que no.

—Te apuesto lo que quieras —dijo Nicole—, a que tú fuiste una de una larga lista de chicas. No fuiste la primera. Ni la última.

Escuchar a sus amigas era como abrir la puerta de una habitación que hubiera estado cerrada durante años y se llenara de la luz del sol y de aire fresco. Al mirar hacia atrás, Allison vio lo sola y vulnerable que había estado. Y lo habilidosamente que el señor Engels la había manipulado. ¿Habría hecho el senador Fairview lo mismo con Katie?

Allison juró otra vez que haría justicia en el caso de Katie Converse. Costara lo que costara.

—**A**llison Pierce —dijo Allison en tono distraído. La oficina empezaba a quedarse vacía conforme la gente se marchaba, más temprano, para celebrar la Nochebuena.

Pero Katie llevaba once días desaparecida, y Allison sentía que no podía dejarla. Línea a línea, seguía revisando las docenas y docenas de páginas del informe de rastreo de las llamadas del senador Fairview. Tenían la información de los teléfonos de su casa de Portland, de su apartamento en Washington y de su oficina del Capitolio, así como de su teléfono móvil personal. Tres meses, empezando por el día en que Katie entró como ordenanza del Senado y terminando ahora. El montón de papeles era de casi veinte centímetros. Solo el intento de leer las diminutas líneas le producía dolor de cabeza.

—Soy Allison Pierce —repitió en un tono más agudo, porque no había tenido más respuesta a su saludo que el silencio.

—¿Ally? —dijo la voz de una niña, pero no era realmente una niña. Era su hermana.

—Lindsay —respondió con cautela. ¿Cuánto tiempo llevaba sin noticias de su hermana? ¿Dos meses? ¿Tres?—. ¿Qué ha pasado? —preguntó, porque siempre iba algo mal.

—La he fastidiado —dijo, y por la línea telefónica Allison podía oír que Lindsay estaba aguantando las lágrimas.

—¿Qué ha pasado? —insistió, reprimiendo su impaciencia para no añadir «*esta vez*».

Cuando su papá había muerto y su madre se había quedado destrozada, Allison había cargado con la responsabilidad de ser el adulto de la familia, aunque solo tenía dieciséis años. Lindsay era un poco alocada. Fue Marshall el que, con mucho tacto, había indicado que, en cierta forma, Allison y su madre habían recibido con agrado los problemas de Lindsay. Al centrarse en Lindsay, se pudieron olvidar temporalmente de que su padre y marido estaba muerto.

—Estoy en Tennessee, creo —dijo Lindsay—, o puede que en Alabama.

—¿Qué haces ahí? —preguntó Allison. El agotamiento se estrelló contra ella como una ola. No tenía fuerzas para tratar con Lindsay. No encima de todo lo demás.

—He conocido a alguien.

A primera vista parecían buenas noticias. Allison odiaba a Chris, el último novio de Lindsay.

—¿Y cómo has acabado en Alabama? ¿O donde quiera que estés?

—Este chico es un camionero de rutas largas. Pero lo nuestro no ha funcionado. Y ahora, ahora estoy sin blanca. Todas mis cosas están en su camión. Y creo que me he torcido el tobillo al saltar de él.

—¿Pero dónde estás exactamente? —preguntó Allison frotándose las sienes—. ¿Es un sitio seguro?

—Estoy en una gasolinera. ¿Mira, podrías tú poner algún dinero en mi cuenta corriente? Solo quiero llegar a casa. A casa por Navidad. ¿No sería estupendo, Ally? Como en los viejos tiempos.

Allison estaba muy lejos de apreciar una idea así. Dale algo de dinero a Lindsay, y es más que probable que se lo meta por la nariz o se lo beba. Al menos, esos eran los únicos sitios por los que Allison esperaba que se lo metiera. *Por favor, Dios, no en vena.* Lindsay iba tan ansiosa por colocarse que si usara drogas inyectadas no pasaría mucho tiempo antes de que acabara con hepatitis C o con SIDA

—Mira, Linds. Vete al aeropuerto más cercano, entérate de en qué ciudad estás, me das una llamada, y te preparo un billete de avión.

—Sí, seguro —dijo su hermana ásperamente—. Ya sabía yo que no me ayudarías. Te llamo en Nochebuena, *Nochebuena,* y me mandas a paseo.

—Te ayudaré, Lindsay, pero no voy a darte dinero. Las dos sabemos por qué.

—¿Cómo... cómo se supone que llego al aeropuerto? No tengo dinero para un taxi. Ni siquiera para el autobús.

Allison suspiró. Mañana era Navidad, después de todo. Y si Lindsay realmente se presentaba, ese sería para su madre un regalo mejor que el perfume Lauder y el libro sobre la Guerra Civil que Allison le había comprado.

—Te pongo cincuenta dólares en tu cuenta, pero nada más. Y luego me llamas en cuanto estás en el aeropuerto, ¿de acuerdo? Y te compraré un billete.

—¡Ah, gracias, Ally! ¡Gracias! Voy para allá, ya voy. ¡Feliz Navidad! ¡Te llamaré en seguida, y mañana nos vemos! —dijo, y colgó antes de que Allison pudiera siquiera decir adiós.

¿Cuánto tiempo pasaría antes de que volviera a tener noticias de Lindsay?

¿Hasta era posible que su hermana no estuviera, digamos, en Alabama o Tennessee, sino a seis calles?

Con un suspiro, Allison pasó la siguiente página del rastreo. Todas parecían llamadas hechas y recibidas por el senador Fairview. Otros senadores, miembros del Congreso, un conocido actor conservador, docenas y docenas de nombres que ella no reconoció y que probablemente eran electores y gente de los *lobbys*. Pero había un número que aparecía cada vez con más frecuencia en su teléfono móvil. Las llamadas hechas y recibidas a ese número llegaban a cuatro, cinco, seis veces al día, y a veces duraban veinte o treinta minutos. Pero no podía reconocer el nombre: «Norma K». Y entonces el descubrimiento golpeó a Allison con tanta fuerza que echó la cabeza para atrás. ¡Cómo podía haber estado tan ciega! Con razón el rastreo de las llamadas de Katie solo había mostrado llamadas hechas y recibidas de sus padres. Katie tenía un segundo teléfono y lo había registrado con el nombre de Norma K. La K de Katie, y Norma como un juego de palabras con «ordenanza».

Allison clavó el dedo en el listado. No podía esperar para ver cómo trataría de explicar esto el senador Fairview.

—Tal vez deberías correr el asiento para atrás —dijo Marshall mientras conducían hacia la iglesia para el culto de Nochebuena. A Allison le gustaba la rutina de dar la bienvenida al Niño Jesús en medio de la noche. Cuando era niña, regresaban a casa del culto a medianoche, se tomaban un chocolate caliente y se iban a dormir, aunque Allison y Lindsay normalmente solo se hacían las dormidas, demasiado impacientes por la Navidad de la mañana siguiente.

—¿Por qué? —preguntó Allison, y dejó de teclear su código de acceso al sistema de correo de voz del trabajo. Aunque había salido de la oficina tres horas antes, su mente todavía estaba. No había ninguna nueva palabra sobre el caso Converse. Y Lindsay no había llamado. Parecía que tanto los cincuenta dólares de Allison como Lindsay habían desaparecido. Solo esperaba que Lindsay no hubiese usado el mismo truco con su madre.

—Tal vez tú no deberías estar tan cerca del *airbag* —dijo Marshall señalando al salpicadero.

—Creo que para *eso* precisamente está el *airbag*.

—El *airbag* impide que te partas el cuello. No está diseñado para proteger a un bebé. Lo he leído en Internet; el Ministerio de Transporte dice que las embarazadas deberían sentarse en la parte de atrás, lo más lejos posible del *airbag* y mantener los brazos apartados del salpicadero.

—¿Vas a estar así todo el tiempo? —dijo Allison acariciando la rodilla de Marshall—. Recuerda, las mujeres llevamos miles de años teniendo bebés. ¿Es que no has leído los diarios de las pioneras?. *Hoy hice una docena de panes, labré cuarenta hectáreas, parí al niño y maté al cerdo.* Ellas no se preocupaban del ácido fólico ni del *airbag*, y todo salía bien.

Pero, mientras hablaba, Allison buscó la palanca al lado del asiento y lo corrió hacia atrás todo lo que pudo. Terminó de introducir su código y se puso el teléfono en el oído.

—Tiene dos nuevos mensajes de voz —anunciaba agradable la voz de la mujer. El primero era una petición para cambiar el horario de una reunión. El segundo era la voz de un hombre, nada amable, al que no reconoció.

—¡Eh, guarra! Escúchame. Sé dónde está tu refinada casita en West Hills. Voy a darte lo que te estás ganando.

Allison se quedó sin aliento. Marshall la miró y se asustó. Haciendo de tripas corazón, siguió escuchando las amenazas del tipo.

—Voy a atarte y violarte, y luego te voy a cortar el cuello —dijo, y luego él pronunció las mismas palabras con que terminaba aquella nota— y me va a gustar.

Se oyó un clic.

—Fin del último mensaje —anunció alegremente la voz de la mujer.

Allison cerró el teléfono.

—Esto no es lo que necesitaba ahora mismo —dijo, con la voz casi rota.

Marshall fue rápidamente al extremo final del aparcamiento de la iglesia, apagó el coche y se volvió hacia ella.

—¿Qué pasa? ¿Ha llamado Lindsay? ¿Algo va mal?

—Bah, solo un mensaje. De alguien que está loco por mí.

—Allison —dijo Marshall tocándole la barbilla para hacer que le mirase a los ojos—. ¿Qué ocurre?

—Que he tenido un par de amenazas recientemente —le contó, después de dudarlo—. Ya sabes, de gente a la que he puesto en su sitio. Gajes del oficio.

—Pero ahora es diferente, Allison. tienes que pensar en el bebé.

—A esa gente le gusta escucharse —dijo ella, tratando de convencerse a sí misma tanto como a Marshall—. Además, tomo medidas de precaución. Hay patrullas suplementarias que protegen la casa. Y Rod ha puesto un rastreador en mi teléfono, así que podré averiguar de dónde ha venido esta llamada.

Marshall suspiró.

—Tal vez, con el bebé en camino, deberías pensar en dedicarte a un área diferente de ley. Una menos peligrosa.

—Soy fiscal de tercera generación, Marshall. Lo llevo en la sangre —replicó, y pensó en todos sus compañeros de clase que habían entrado en empresas de primera línea. Para ellos, todo consistía en conseguir algo más grande: una casa más grande, un coche más grande, un sueldo más grande—. Yo creo que Dios me tiene aquí para hacer del mundo un sitio menos peligroso. Y no estaría tan cerca en cualquier otro empleo.

»Además, en realidad estoy más segura en mi trabajo —dijo, mientras Marshall la seguía mirando dudoso—. El que quisiera acercarse a mí en mi trabajo tendría que pasar un detector metálico, una puerta de seguridad, y entre un buen número de agentes de la ley —añadió.

En vez de contestar, Marshall la abrazó torpemente por encima del freno de mano. Al sentir sus fuertes brazos alrededor de ella, Allison liberó por fin sus emociones y empezó a temblar mientras le acariciaba con mano tranquilizadora el pelo.

—Sé lo importante que tu trabajo es para ti —dijo, después de unos momentos de silencio—, pero quiero que me prometas que tendrás cuidado de ti, y de nuestro bebé. Por una vez, piensa primero en ti.

—Te lo prometo —respondió, apretándole la mano—. El servicio está a punto de comenzar. Deberíamos entrar.

Fuera de la iglesia, había las plumas a los lados de la puerta principal. Un agricultor local siempre traía animales recién nacidos para el servicio de Nochebuena. Este año era un cordero y dos terneros, uno tan joven que apenas podía mantenerse sobre sus inseguras patas.

Mientras los miraba, Allison se frotó el vientre. El año próximo llevaría en brazos a un bebé. Dentro de dos años, tendrían un niño que aprendía a mantenerse en pie, como estos que miraban absortos entre los barrotes a las crías de animales.

Una vez sentados en un banco de la iglesia, Marshall le pasó el brazo por los hombros. Allison cerró los ojos y se recostó en su afecto. No oyó la mayor parte del sermón. En vez de eso, estaba haciendo una lista breve de los sospechosos que podrían haberla amenazado.

Había procesado a docenas de personas. ¿Por qué iba a saltar una ahora? Tal vez eso quería decir que se trataba de alguien a quien hubiera procesado recientemente, o un amigo o pariente. O uno que hubiese salido últimamente de la cárcel. O puede que se tratara de un chiflado cualquiera que había visto su nombre en el periódico. Si al menos hubiera podido ver la cara del hombre que había parecido seguirla a la vigilia de Katie. ¿De verdad sabía este tipo dónde vivía, o solamente la zona?

Solo conectó con el servicio cuando cantaron los himnos. «What Child is this?» le arrancó unas lágrimas. «Adeste fideles» la llenó de fuerza y esperanza. Y «Al mundo paz» la hizo olvidarse de todo, al menos por un momento.

Cuando ella le dio la mano al pastor Schmitz en la puerta después del culto, él no le soltó la mano. En lugar de eso, se inclinó hacia ella y Allison podría asegurar que la había visto, realmente la había visto.

—¿Va todo bien?

—Claro —comenzó ella a decir, pero se le cerró la garganta. No podía hablar. Finalmente, movió la cabeza.

—Son muchas cosas —dijo Marshall.

—¿Quiere que hablemos? —preguntó el pastor Schmitz.

Ellos se miraron y asintieron.

—¿Por qué no bajan a mi despacho y me reúno con ustedes en un minuto?

Allison y Marshall estuvieron callados mientras atravesaban el vestíbulo, por delante de las caras sonrientes que intercambiaban abrazos y pequeños regalos envueltos.

—¿Qué sucede? —les preguntó el pastor Schmitz cinco minutos más tarde, cuando se sentó en la butaca marrón que había al lado del canapé de paño rojo donde ellos se habían sentado.

—Allison está embarazada —dijo Marshall.

—Esa es una noticia maravillosa —dijo el Pastor Schmitz, pero mantuvo el rostro serio—. ¿Qué más?

—Estoy recibiendo amenazas de muerte en el trabajo —contó Allison—, y estoy investigando lo que le pasó a esa muchacha que está desaparecida.

—Katie Converse —dijo el pastor Schmitz. No era una pregunta. Gracias a la incesante cobertura mediática, todo el mundo conocía el nombre de Katie—. ¿Están relacionadas las amenazas de muerte con Katie?

—No lo creo. Pero ella es mi prioridad número uno ahora mismo. Ya puede ver que estamos pasando por mucho.

—Dios nos da momentos como estos para que dirijamos la mirada hacia su poder —dijo el pastor Schmitz—. ¿Por qué no hablamos con Él sobre el asunto?

Allison cerró los ojos. Sintió cómo el pastor Schmitz le tomaba una mano, y luego Marshall la otra. Los tres formaron un círculo.

—Señor, gracias por este regalo, este maravilloso regalo de un niño —comenzó el pastor.

Oró por protección para Allison y el bebé, y por Katie, y por fuerza para los que la buscaban, y por paz y consuelo para su familia.

—En el nombre de Jesús... —dijo cuando hubo terminado su oración.

—Amén —musitaron los tres.

Los miedos de Allison se calmaron. Pero solo un momento.

—¡**H**a venido, mamá! ¡Ha venido! ¡Papá Noel ha venido!

Makayla saltaba al lado de la cama. Nic abrió un ojo. Todo la hacía sentirse a la vez bien y mal. Mal porque esta no era su cama, ni su casa. Y bien porque hace mucho tiempo sí lo habían sido.

Y mal porque era desde luego demasiado temprano para levantarse.

Desde que Nic había tenido a Makayla, había pasado todas las Navidades con sus padres. En primer lugar, no parece Navidad cuando solo son dos para divertirse, y Nic sentía que todos los niños se merecen una verdadera Navidad. La Navidad no era la Navidad a no ser que estuvieras rodeado de la familia.

Y luego estaba el tema de la comida. Últimamente, las comidas de Nic eran más de barbacoa afuera y cereales fríos, pero con la abuela podías contar con que prepararía todos los platos que convierten las vacaciones en especiales: jamón, maíz dulce, repollo, tomates guisados, salsa de arándano, batatas y tarta de nueces. Esa tarde, la mesa iba a estar tan repleta que apenas habría sitio para los platos.

Makayla la empujó.

—¡Ha venido, mamá! —repetía tercamente.

No había ningún modo de que Nic pudiera volverse a dormir, por mucho que su cuerpo lo quisiera.

—Métete en la cama conmigo un segundo. Tengo frío.

No lo tenía, pero era la única manera de poder convencer a Makayla para acurrucarse con ella. Ella ya no le dejaba a Nic ni tomarla de la mano cuando cruzaban la calle.

Nic envolvió a su hija con los brazos, contrastando su propia piel varios tonos más oscura que la de Makayla, café con leche. Mientras tenía a su hija cerca, se preguntaba si los Converse podrían volver a tener a Katie. Nic pensó en los ojos ojerosos de ellos. No importaba cuánto intensificaran la búsqueda, hasta los padres de Katie sabían ya que no había esperanza. La muchacha tenía que estar muerta. Lo único que quedaba era descubrir dónde, cómo y por qué. Y darle su merecido al que lo hubiera hecho.

—¡Me aprietas muy fuerte! —se quejó Makayla retorciéndose.

Aunque no quería, Nic la liberó.

—¿Así que Papá Noel te ha traído muchos regalos?

Makayla no creía en Papá Noel desde que tenía seis años. Pero era divertido para las dos fingir.

—¡Un montón! ¡Y hay uno que *tiene que* ser una bici! Lo he tocado y he podido notar los manillares y el asiento y los pedales —exclamó, se puso de pie otra vez y apartó el brazo de su madre—. Tienes que venir a verlo.

—Bueno, tal vez podamos ir abajo y abrir un regalo. Pero uno pequeño. Y tenemos que estar calladitos, para no despertar a los abuelos.

Más tarde, los tres hermanos de Nicole traerían a sus familias y todos juntos se turnarían para desenvolver los regalos.

—No, no están durmiendo. Al menos la abuela no. Está en la cocina haciendo panecillos de canela.

Panecillos de canela. Era todo lo que Nic necesitaba. Con un falso quejido de luchar contra su resistencia, se levantó de la cama.

Su hija bailaba con un pie y con el otro, y le saltaban las trenzas. Ya le llegaba a Nic por encima de la nariz. Makayla era alta para tener nueve años. La gente solía pensar que era mayor, debido a su altura. Y tenía los ojos de un verde nada usual. Hasta los extraños lo comentaban y a veces preguntaban de dónde había sacado esos ojos.

No importaba cuánto se esforzara en pretender que Makayla se parecía solo a ella, había ocasiones en que la verdad le daba una bofetada a Nic en la cara. Los ojos verdes, la altura, la piel clara: todo eso venía del padre de Makayla.

Pero Nicole se había jurado que Makayla nunca, jamás, lo sabría. Ni le conocería.

—Tengo que prepararme para el trabajo —murmuró Cassidy. Estaba recostada sobre el brazo de Rick, con las sábanas a su alrededor. Su ropa estaba esparcida por todas partes de la habitación. Había una botella de vino vacía sobre el tocador, y otra volcada en el suelo.

—No puedes ir, cielo —le dijo, agarrándola del brazo—. No hay derecho. Todavía no puedo creer que tengas que trabajar en Navidad. ¡Encima en sábado!

—Este año he perdido en el sorteo. Tengo que sustituir a Brad, así que no es tan malo. Hay quien cree que soy una presentadora. Esta podría ser mi oportunidad para lucirme.

—Estarías mejor sin tener que lucirte para nadie más que para mí —dijo Rick, cambiando la expresión.

—¡Ja, ja!, muy gracioso —respondió ella, empujándole en el hombro—. ¿Cuándo iba a tener yo tiempo para ver a otra persona? En realidad ni siquiera tengo tiempo para *ti*.

Se inclinó y le dio un beso de picotazo, pero Rick lo convirtió en un apasionado beso que amenazaba con llegar a ser algo más.

Cassidy consiguió finalmente que la dejara. Al ponerse de pie, le brotó un dolor de cabeza detrás de los ojos. ¿A qué hora se habían ido a la cama? ¿Seguro que se había ido a dormir?

Lo de Rick iba rápido y a lo loco. Justo como a Cassidy le gustaba. Le gustaba el modo en que él la miraba ahora, mientras andaba por el dormitorio desnuda y sacando ropa del armario. Ni siquiera le importaba si llevaba el pelo hecho un asco, aunque a ella eso le revolvía las tripas.

Había algo en sus ojos azul claro, siempre entreabiertos, que la recordaban a alguna especie de animal. Un lobo, tal vez. Algo que parecía domesticado y tranquilo por fuera, pero que por dentro no tenía nada de domesticado. Él siempre la miraba, pero ella nunca sabía lo que pensaba. Tal vez viene en el lote cuando sales con un poli.

Después de una ducha larga, Cassidy se sintió la cabeza un poco más aclarada. No se acordaba de haberla traído, pero había otra botella de vino en el cuarto de baño. Tomó un trago largo antes de cepillarse los dientes. El modo más seguro de deshacerse de una resaca, esto es lo que todos siempre decían.

Ella salió del cuarto de baño con unos pantalones negros y un suéter rojo arándano con cuello de pico.

—No te vas a poner eso —dijo Rick. No era una pregunta. Se había apoyado sobre la cabecera con un par de almohadas.

—¿Por qué no? Es un color muy navideño.

—Tiene demasiado escote. No quiero que todo Portland te coma con los ojos.

Cassidy se inclinó sobre la cama.

—Ah, ¿así que tú eres el único que puede comerme con los ojos?

En un segundo se inclinó hacia él, y en el siguiente Rick la había tirado de espaldas, sujetándole los brazos por encima de la cabeza.

Cassidy se rió de la sorpresa, pero ella se dio cuenta de que no sonaba mucho a risa.

—¿Qué haces?

—Hacer que llegues tarde al trabajo —dijo y empezó a besarla en el cuello.

—No, Rick, no. No quiero.

—No digas eso. Sé que sí quieres —dijo, deteniéndose y lanzándole una mirada de lobo.

—No, en serio, no quiero.

Rick estrechó la mirada. Su expresión cambió, en cierta forma endurecida.

Cassidy sintió como un pulso grave en el abdomen. ¿Era deseo, o miedo?

—Quiero decir, claro que quiero. Me encantaría pasarme el resto del día aquí contigo en la cama, pero tengo que ir a trabajar. Cuentan conmigo.

Como respuesta, él le agarró las dos muñecas con una mano.

Decir que eres ordenanza en el Senado suena glamuroso, pero no lo es. Somos básicamente recaderos. Parece tan pasado de moda, todo el papel que llevamos por ahí. ¿No se han enterado de que existe correo electrónico? Me parece que esto no ha cambiado desde que Daniel Webster era ordenanza.

Esta tarde me encontré con el senador X. Me preguntó qué iba a hacer mañana en la cena. Cuando le dije que tenía un vale para comer en la cafetería de Union Station, puso la voz del chico que trabaja en el Krusty Burger de *Los Simpsons*. «¿Quieres una guarnición de grasa con tu hamburguesa?»

Me reí. La comida allí tiene una pinta un poco pasada. Entonces me dijo que deberíamos ir a aquel mismo restaurante japonés al que fuimos con V. Por lo general tienes que ir a cualquier parte con otro ordenanza, pero cuando estás con un adulto no es necesario. Yo sabía que íbamos a estar solos él y yo, lo que resulta un poco extraño. Pero he oído que cada año elige a un ordenanza para ser su mentor.

En el restaurante, pidió por mí. ¡Recordaba exactamente lo que me gustaba, después del tiempo que había pasado desde que estuvimos allí! Me contó que cuando él era ordenanza no se parecía nada a ahora: muchas horas, ninguna gloria y mala comida. Le dije que no se olvidara del ridículo uniforme. Pero esa noche yo llevaba pantalones negros y mi suéter de cachemira azul. Todos dicen que me hace los ojos más azules.

Hasta me ha hecho un regalo (una pulsera preciosa) xq se había enterado de que había sido mi cumpleaños. ¡No podía creerlo! Me dijo que yo siempre podría mirarlo y acordarme de mi tiempo aquí.

La noche se pasó volando. Cuando llegué a casa, mis compañeras de habitación estaban todas dormidas. Seguramente habían estado viendo la tele en la sala de tiempo libre y se habían acostado. ¡Y yo había estado hablando con un senador sobre mi futuro!

El rastreo de llamadas dice que la amenaza procedía de una cabina telefónica —le dijo Allison a Nicole. Estaban en la oficina de Allison, esperando al senador Fairview y su abogado.

—¿Te pareció familiar la voz?

—Tal vez. Sí. No —se encogió de hombros —. No lo sé. Ya sabes a cuánta gente he procesado. Has trabajado en la mayor parte de esos casos conmigo.

Nicole asintió con la cabeza.

—¿Entonces por qué van por ti y no por mí? ¿O por las dos?

Allison había pensado en eso.

—Yo soy la que mete entre rejas a la gente. Soy en quien piensan cuando están sentados en sus celdas... o cuando se escapan.

Cuando el teléfono de Allison sonó, las dos se prepararon.

—El senador Fairview está aquí —dijo el recepcionista.

Allison miró a Nicole.

—Aquí están. Vamos a dejar a este idiota contra la pared.

Como fiscal que era, Allison nunca entrevistaría a un testigo potencial sola. Si alguien le dijera algo en una entrevista y luego dijera algo diferente en el estrado, ella no podía subir al estrado para refutarlo. Necesitaba que hubiera alguien más presente.

Pero, sobre todo, ella y Nicole hacían un buen equipo. En una entrevista, Nicole se sentaba atrás y escuchaba con toda su atención, lo que hacía que algunas personas se sintieran desconcertadas. Podrían decir que las estaban poniendo bajo el microscopio. Y con lo astutos que con seguridad eran el senador Fairview y su abogado, su equipo necesitaba todas las ventajas a su alcance.

Michael Stone, el abogado de Fairview, había consentido la entrevista solo si le concedían a Fairview el «uso de la inmunidad». El uso de la inmunidad quería decir que el gobierno no podía utilizar lo que se dijera hoy en contra de Fairview en un futuro juicio; era solo por la información. Aunque se viniera abajo y confesara el asesinato de Katie, sería inadmisible en el juicio.

Allison estuvo de acuerdo con la condición, pero mentalmente puso un asterisco junto al acuerdo. Si Fairview vacilaba y se iba por la tangente, si decía algo que hacía saltar su radar, entonces se acabaría la entrevista, y la vez siguiente en que vería a Fairview sería delante del jurado de acusación. Y si le decía algo diferente en lo más mínimo al jurado de acusación, ella sabría que estaba mintiendo. Aunque técnicamente ella no podría usar esta información, no dejaba de ser importante.

Ella era consciente de que Stone iba a decir «no, gracias» a una entrevista, ni con el uso de la inmunidad. Pero Stone era un amante del riesgo. Ejercía la abogacía con pericia, pero a menudo muy cerca del límite. Desde luego, además se iba a volver a decirle a los medios de comunicación no solo que su cliente cooperaba, sino que en realidad estaba ayudando a encontrar al verdadero asesino.

Los dos hombres esperaban en el vestíbulo.

Pulcro y aseado, con el pelo negro plateado en las sienes, el senador Fairview llevaba un traje a medida negro y una conveniente expresión afectada. Le dio la mano a Allison con la cantidad justa de firmeza. Con sus tacones de cinco centímetros, ella le miraba a su altura.

Michael Stone era tan famoso por sus caros trajes como por sus importantes clientes. Hoy llevaba un traje gris carbón de fina tela a rayas, que probablemente le había costado más que a Allison su coche, así como unos brillantes zapatos Prada con su rayita roja en el tacón.

—Hola. Soy Mike Stone. ¿Cómo va eso? —dijo Stone, que también les dio la mano, con los dientes brillando en su bronceada cara.

—Le agradecemos que venga durante las vacaciones —dijo Allison—, lamento tener que privar a su familia de su compañía.

—Este es un asunto de vida y muerte —dijo Fairview solemnemente—. Haré todo lo que esté en mi mano para ayudarles a encontrar a
esa muchacha.

Allison les hizo pasar a una sala de conferencias que daba al río
Willamette. El senador Fairview alisó la parte delantera de su chaqueta
antes de sentarse. A ella le recordaba una especie de animal sigiloso, inde-
pendiente, un gato tal vez, o una nutria. Ella sabía que cada palabra de su
boca la habría ensayado con Stone muchas veces.

—Ahora, Senador Fairview —empezó Allison.

—Por favor, llámeme James —dijo él, tras aclararse la garganta.

—Entiendo que Katie Converse era su ordenanza —dijo ella,
con cuidado de no acusarlo de nada—. ¿Cuántos ordenanzas tiene
simultáneamente?

Los hombros de Fairview parecieron relajarse.

—Así no es como funciona el sistema de los ordenanzas. Ella no era
«mi» ordenanza. Hay solo treinta ordenanzas del Senado en cada programa, y dos programas por año. Por lo general solo patrocino a uno cada
dos o tres años. Pero no trabajan para mí. Trabajan para todo el Senado.

Mientras hablaba, Nicole tomaba apuntes. Más tarde ella escribiría un
informe y se lo enviaría a Allison.

Stone tecleaba apartado en su PowerBook. O estaba tomando muchí-
simos apuntes o es que estaba jugando al solitario. Fuera como fuera,
parecía distanciado de la entrevista, dando vía libre a Allison y Nicole. Si
se trataba de una estratagema, estaba dando resultado para Allison.

—¿Cuántos aspirantes tenía cuando eligió a Katie? —preguntó
Allison.

—Creo que cinco o seis —contestó encogiéndose de hombros—. Mi
personal los preseleccionó por mí. Solo hablé con los tres que quedaron
primeros.

—¿Entonces conoció a Katie...?

—La primavera pasada, cuando la entrevisté.

—¿Había alguien más presente?

—Su madrastra, Valerie, estaba allí, pero le pedí que se quedara en la
sala de espera. Valerie y su marido han donado a mi campaña, y nos hemos

visto en eventos organizados para recaudar fondos —dijo Fairview, y se permitió una pequeña sonrisa—. Pero, francamente, esa mujer parece un poco asfixiante como madre, no sé si me entiende.

—¿Sobreprotectora? —preguntó Allison.

—Exactamente. Me interesa informarme del estudiante que se presenta para ser patrocinado por mí, no de un padre que interrumpe constantemente para decir «lo que mi Jonatán quiere decir es que...»

—Ha dicho que los Converse habían donado a su campaña. ¿Es un requisito previo para ser ordenanza?

—Desde luego que no —dijo Fairview en un tono abochornado—. Katie fue elegida por sus propias cualidades. Era brillante, elocuente y tenía excelentes referencias de sus profesores. Otros candidatos tenían lo mismo, pero Katie destacó por lo mucho que le gustaba la política. Ella no pensaba en la influencia que pudiera tener para la universidad su paréntesis como ordenanza del Senado. Ella estaba realmente interesada. Sus padres podrían haber sido demócratas y aun así yo querría patrocinarla, aunque admito que no es probable que unos liberales me hubieran pedido patrocinar a su hijo.

El senador sonrió con todo su encanto. Allison se sorprendió a sí misma correspondiendo a su risa.

—¿Y cuál fue su impresión de Katie?

Fairview fingió consultar con la mirada a Stone

—Dígales lo que sabe, James, tal como lo hablamos —dijo el abogado—. Simplemente cuénteles la verdad.

Allison se esforzaba por reprimir un gesto de escepticismo. Las palabras de Stone le recordaron que todo aquello era una actuación de principio a fin.

Fairview se aclaró la garganta.

—En aquel tiempo, pensaba que Katie era brillante y muy capaz.

—¿En aquel tiempo? —repitió Allison, mostrando más entusiasmo del que quisiera—. ¿Es que cambió de opinión?

El senador frunció los labios.

—Un poco después de empezar el programa —dijo entonces—, me encontré a Katie por los pasillos mientras se encargaba de un recado.

Empezó a contarme lo sola que estaba. Desde luego, yo la entendía. Siempre se produce un choque cuando uno está lejos de casa, de la familia y de los amigos por primera vez. Además, ser ordenanza del Senado es un trabajo duro. Yo lo sé. Lo fui hace tiempo. Es como tener dos empleos de jornada completa: estudiante y trabajador del Senado. Es sumamente agotador.

—¿Hablaron más veces después de esa? —preguntó Allison.

—Katie tenía muchas preguntas sobre la política. Y quería comentarlas. Es una adicta a la política, como yo. Quería conocer los pormenores, el toma y daca, cómo se hacían los proyectos de ley, el trabajo de los comités —contó Fairview, cuya voz se elevaba con una pasión sincera—. ¿Sabe usted qué pocas son las personas que se preocupan por esas cosas, aun cuando afecten a toda su vida?

—¿En alguna ocasión la llamó? —preguntó Allison, mirándolo de cerca. Esta era su oportunidad de ver cuán lejos llegaría con su mentira.

—Varias veces —dijo, sin parecer preocupado—. Me pareció que debía asegurarme de que todo iba bien. Estaba preocupado por ella, francamente. Hasta le hablé a mi esposa del asunto.

¿Varias veces? ¿Así es como describe un par de cientos de conversaciones?

Allison ocultó su regocijo.

—¿Qué le preocupaba?

—Katie era una chica de emociones muy volátiles. Todo era o lo mejor que le había pasado o el fin del mundo. Se veía con un muchacho, alguien de la Casa Blanca u otro ordenanza del Senado, pero no iba bien. Era una relación difícil. Muy imprevisible.

Nicole alzó la vista de sus apuntes.

—¿Quién era? —dijo Allison.

—No sé cómo se llama. Ella nunca me lo dijo.

—Alguna vez lo vio usted? ¿Puede describirlo?

¿Se está inventando al muchacho para su conveniencia? Había algunas entradas en el blog sobre un chico, pero no parecían tan agitadas como Fairview entendía.

—Entre la Casa y el Senado, hay docenas de ordenanzas —dijo Fairview encogiéndose de hombros—. Ella nunca me lo presentó, y yo nunca la vi con un chico en particular.

—¿Le contó Katie de dónde era el muchacho?

—No —dijo, y su voz por fin mostraba tensión—. No sé nada sobre él. Todo lo que sé es que le dije a Katie que si le causaba tanta confusión, tal vez ella debería romper. Quizás me equivoqué —contó, y se le llenaron los ojos de lágrimas—. Tal vez ella necesitaba a todos los amigos que pudiera tener, y yo le hice perder a uno.

—Katie estaba realmente sola —dijo Allison con una expresión de compasión—. Mire, a veces las jovencitas no se dan cuenta de las señales que ellas envían. No sería algo extraño que ella estuviera interesada en usted. ¿Fue eso lo que pasó? Y luego la relación se hizo demasiado complicada...

—No fue así en absoluto —dijo él rotundamente.

—Entonces afirma que se sentía halagado por cómo ella confiaba en usted.

—Sinceramente, no —dijo Fairview moviendo la cabeza, en lugar de sentirse insultado—. No necesitaba a ninguna niña pegajosa que pensaba que sus problemas eran lo único en el mundo.

¿Estaría diciendo la verdad?

—Hemos sabido que llevó a Katie a cenar.

—Sus padres, que, como he dicho, son también contribuyentes de mi campaña, me rogaron que cuidara de ella —contestó, manteniendo su expresión inocente y abierta—. A medida que avanzaba el programa, noté que Katie comenzó a perder peso. Para ser sincero, me recordaba a mi hija, que también ha tenido algunos problemas con la comida. Yo de vez en cuando sacaba a Katie a comer fuera y así estaba al tanto de cómo comía.

—¿Cómo podía sacarla? —preguntó Allison—. Los ordenanzas tienen que ir con un compañero siempre que no están en su trabajo.

—No cuando están en compañía de un adulto —negó Fairview con la cabeza.

—¿No le preocupaban las apariencias? —intervino Nicole por primera vez, dirigiéndole una mirada escéptica.

—Soy su mentor —dijo Fairview enderezándose—. Katie me ve como una figura paterna. Estaba preocupada y traté de ayudarla. Y ahora me crucifican por eso —expresó, sacando la mandíbula como un bulldog—. Cada vez que abro la puerta de mi casa, los periodistas me lanzan preguntas a la cara. Están acosando a mi familia.

—¿Y por qué no buscó alguna ayuda para Katie? —preguntó Allison—. ¿No debería haber informado al supervisor de ella?

—Yo sabía lo que pasaría entonces. Se limitarían a devolverla a casa para quitarse el problema. Y estaba seguro de que eso aplastaría a Katie. Ser ordenanza en el Senado era su sueño. Para ella era el primer paso hacia una carrera en la política. Si informaba de sus problemas, su sueño moriría —dijo, y se puso la mano en el corazón—. Y yo habría sido el culpable.

Era el momento de mostrarle que dentro del guante aterciopelado había un puño.

—De modo que no hizo caso de los problemas de Katie —dijo Allison.

—Sí que hice caso —contestó Fairview irguiéndose—. Traté de ayudarla —explicó, y su cara mostraba señales de molestia—. ¿Sugiere que debería haber forzado a una muchacha preocupada a renunciar a lo único que daba sentido a su vida?

—Dice usted que estaba preocupada. ¿Y no le prestó usted atención al asunto?

—Sí que hablé con ella sobre el tema. Muchas veces. Quería que viera a un consejero. Pero habría tenido que hacerlo entre los que aporta el programa, y tenía miedo de que hicieran un informe negativo. Ella decía que yo era el único a quien podía dirigirse.

—Entonces, ¿en algún momento deseó que hubiera un modo de simplemente quitársela de encima? —preguntó Allison suavemente—. Es comprensible, de veras.

El senador se puso rojo.

—¿Insinúa que yo le hice algo? No. Pasaré por el detector de mentiras. Haré lo que quiera para demostrarle que yo no le he hecho nada a esa muchacha —dijo, luego suspiró y se calmó—. Cuando se acercaban las vacaciones de Navidad, me preocupaba que pudiera cometer una locura.

Estaba deprimida por tener que regresar a casa con su madrastra. Valerie tiene normas muy estrictas, y Katie se había acostumbrado a vivir sola.

—¿Cuándo fue la última vez que la vio?

Fairview parecía contenerse con cuidado, escogiendo sus palabras con cautela.

—De hecho, fue el trece de diciembre. Unas horas antes de que desapareciera. Yo estaba haciendo las compras de Navidad con mi esposa en Nordstrom cuando me encontré con Katie. Estaba buscando algo para su madrastra. Nuestra conversación duró solo unos segundos.

—¿A qué hora fue eso?

—A la hora de comer. Sobre mediodía, más o menos.

—¿Parecía alterada o preocupada?

—No, en realidad no. Parecía estar bien. He dado muchas vueltas a aquellas pocas frases en mi memoria, pero no se me ocurre ninguna pista. Como he dicho, nuestra conversación fue muy breve.

—Entonces, ¿esa fue la última conversación que tuvo con ella? —dijo Allison conteniendo el aliento.

—Sí, creo que sí.

—¿Lo cree o lo sabe?

A Fairview se le ensancharon los ojos. Lo habían pillado, lo sabía.

—Ella también le llamó varias veces ese día. ¿No es así? —dijo Allison.

—Bueno, no, no es así.

—Sus registros telefónicos lo demuestran. Sus registros telefónicos muestran que un teléfono que pertenece a Katie llamó repetidamente a su teléfono móvil el día en que desapareció. Cinco veces.

—Bueno, esto... —vaciló Fairview.

Stone parecía tratar de aparentar que eso no era nada nuevo para él. Pero no lo conseguía. Esto era una auténtica sacudida.

—Quiero decir, puede que hubiera dejado un mensaje. Podría haber llegado a mi contestador, mi eh... ah, el de mi compañía telefónica. Puede que hubiera llamado y dejado un mensaje.

—Sus padres están en un infierno, senador —dijo Nicole. Su rostro reflejaba compasión cero—. Imagínese que desapareciera uno de sus hijos.

—Me lo imagino, cada día. Me siento muy mal por los Converse —dijo, con lágrimas en los ojos—. Un día tras otro, sin saber nada. Pero a veces te preguntas si el no saber no será mejor para ellos. Quiero decir, cuanto más se prolonga esto, más probable es que no vuelvan a ver a Katie viva. ¿Es mejor aferrarse a una pequeña esperanza que ser machacados por la certeza?

Ese fue el momento en que Allison supo en su interior que Fairview sabía dónde estaba Katie. Sabía lo que le había pasado.

Lo sabía, porque él había estado allí.

Cassidy tenía que salir en directo a las 12:03. Nunca antes había tenido una historia que pasara de noticiario en noticiario. Pero con la historia de Katie Converse, era como si se hubiera subido al caballo del éxito.

Solo que a veces no estaba segura de si iba montada o cargando con todo.

En las escenas de exteriores no había *teleprompter*, obviamente, así que Cassidy tuvo que memorizar todo lo que iba a decir ante la cámara. Las voces superpuestas las habían grabado previamente en el estudio, pero había todavía muchas frases largas que recitar al pie de la letra en directo.

Andy le dio la señal. Cassidy suspiró:

—En la parte izquierda de sus pantallas, pueden ver una imagen en directo de la puerta principal de los Converse. Hemos estado siguiendo el desarrollo de esta historia durante los últimos catorce días: la desaparición de la ordenanza del Senado Katie Converse. Hoy los padres de Katie Converse, cuya desaparición ha atraído la atención nacional debido a su amistad con el senador de su circunscripción, han urgido al senador James Fairview, de Portland, Oregon, a contar lo que sepa.

Mientras hablaba, Cassidy sabía que habían cortado al metraje de las secuencias adicionales de los Converse, en las que llevaban chapas con la foto de Katie, con aspecto aturdido y cansado al ponerse ante las docenas de reporteros. Cassidy se apretó el auricular de IFB de plástico (no tenía ni idea de lo que indicaban esas iniciales) en el oído para asegurarlo. En teoría era a medida y se suponía que debía encajar exactamente, pero a veces ella notaba que tenía que ajustárselo. El IFB le permitía oír las instrucciones del productor, las preguntas del presentador, y todos los demás sonidos del noticiario. El cordón rizado marrón, de un color semejante a la piel, le bajaba desde el oído por la espalda, donde estaba sujeto.

Esta parte del equipo se la habían preparado antes en el estudio, así que todo lo que Cassidy tenía que hacer era escuchar. En el IFB oyó a Valerie:

—Estoy muy afligida, pero sigo siendo optimista. Creo, y sigo esperando y orando para que Katie regrese viva. Pero si el senador Fairview puede aportar algo de luz sobre lo sucedido, lo necesitamos a él también.

Las secuencias de archivo pasarían entonces a mostrar la ineludible toma de Katie pasándole materiales al senador Fairview mientras le hablaba al Senado.

Acto seguido, Cassidy oyó su propia voz, grabada antes en el estudio:

—La rueda de prensa de la pareja se produjo justo después de que el señor Fairview, que está casado y ha descrito a Katie Converse simplemente como «una joven de la que él era mentor» se entrevistase con las autoridades. El senador republicano de cincuenta y dos años ha donado diez mil dólares del excedente de su campaña para un fondo de recompensa para el regreso de la señorita Converse, de diecisiete años. En una declaración escrita publicada hoy, ha dicho que compartía el dolor y la preocupación de sus padres y que ofrecía su continua cooperación. Las autoridades dicen que no hay ninguna prueba que le relacione con la desaparición de Katie.

»Pero, según algunas fuentes, hay registros que demuestran que Katie llamó por teléfono al señor Fairview repetidamente. Katie también le confió a algunos amigos que tenía un novio cuya identidad no reveló. El senador Fairview se niega a conceder entrevistas. En una declaración de hoy, ha criticado la "tabloidización" del caso.

Andy le indicó a Cassidy que estaba en directo y en el aire de nuevo.

—Katie, que tenía que volver a Portland el mes que viene para reanudar sus clases en el Instituto Lincoln, ha pasado el otoño en el programa de ordenanzas del Senado, en Washington DC —dijo, y señaló a la casa de detrás de ella, con la enorme foto de Katie en la puerta de entrada—. Regresó aquí para las vacaciones de Navidad.

»Por todo Estados Unidos, hay cientos de personas desaparecidas. Lo que hace que Katie Converse sea diferente son los rumores de su supuesta relación con el senador de su distrito —dijo. Una hora antes, el abogado de la cadena había estado de acuerdo, de mala gana, en que esta declaración probablemente no provocaría una demanda por difamación.

—Cassidy —le dijo por el auricular Brad, el presentador—, ponlo un poco en perspectiva. ¿Puedes describirnos la escena de los medios de comunicación delante de la casa de los Converse?

—Hay literalmente docenas de personas de los medios de comunicación aquí, pero trabajamos con cuidado para no molestar a los Converse —dijo Cassidy mientras Andy recorría con la cámara la multitud de reporteros, una toma que era un signo seguro de cuando una historia no tenía nuevas noticias—. Tenemos conversaciones regulares con la familia para asegurarnos de que no interferimos en lo que ellos tienen que hacer y mantener nuestra presencia de modo que si quieren hablar, estamos aquí en un momento. Y los Converse se han mostrado de buen grado dispuestos a hablar con nosotros cuando tengan algo que decir. Obviamente, toda esta atención de los medios beneficia al caso de su hija desaparecida.

»Ahora oímos que hay una negociación en marcha. El abogado de Fairview, Michael Stone, dice que está dispuesto a hablar de la posibilidad de un polígrafo. La negociación se ha estancado en lo referente al interrogatorio. Stone dice que tiene que haber algunas limitaciones, pero la abogado de la acusación Allison Pierce ha dicho que las autoridades decidirán cuáles serán las preguntas, y no habrá limitaciones. Así que está todo en tablas.

—¿Cómo va la búsqueda de Katie? ¿Hay nuevos indicios? —dijo Brad por el IFB.

—No, Brad, pero no por falta de intentos. La policía sigue buscando en edificios de las afueras, cobertizos, garajes y lugares así, en el área donde Katie desapareció. Hay también planes de utilizar perros detectores de cuerpos, que son lo que su nombre indica: los perros que buscan cuerpos sepultados bajo avalanchas.

»Las autoridades han buscado a conciencia en casa de Fairview, en su coche y en su despacho, buscando señales de violencia. El material conseguido parece ser prácticamente nulo. Pero hemos sabido que la policía tiene a sus técnicos de pruebas trabajando en ello. Los expertos dicen que pueden encontrar los restos de sangre, fluidos corporales, pelo y otros signos de violencia, aunque hayan intentado limpiarlos. También dicen que Fairview es una de las casi cien personas que han entrevistado. Con todo, todavía no pueden contestar la pregunta más importante: ¿Qué le pasó a Katie Converse? A las autoridades les queda todavía un largo camino de investigación hasta ser capaces de contestar esta pregunta.

—Devolvemos la conexión, Brad —añadió Cassidy, con expresión seria.

El poli de Portland inclinado ante el monitor de vídeo miraba cómo no había absolutamente nada en la pantalla, que mostraba la entrada de los Fairview y su puerta principal. La cámara de vídeo que proporcionaba la señal la había instalado en la calle de los Fairview un tipo con el uniforme de una empresa de tele por cable local.

El monitor estaba en una casa, a pocas manzanas de los Fairview, que el grupo especial de operaciones había alquilado y convertido en un pequeño puesto de vigilancia. Cualquiera que saliera de la casa, pasara por la entrada o atravesara el jardín frontal era visto inmediatamente.

Siempre que Fairview salía, lo seguían. Dos coches de paisano tenían la misión de seguir sus movimientos. Para que él no se percatara de nada, «no se mosqueara», como decían los vigilantes, hacían rotar las unidades, de modo que los vehículos no fueran nunca los mismos de un día para otro.

El FBI había donado el uso de una de las avionetas Cessna para apoyar a las unidades sobre el terreno. Sobrevolaban todo el día la casa de Fairview, desplazándose entre las nubes, dando vueltas sin parar. Si el senador cruzaba el umbral de su casa, la unidad aérea lo seguiría. Un observador sentado al lado del piloto observaría los movimientos de Fairview, asegurándose de no perderlo.

—Todo bien —diría el vigilante, hablando por radio con las unidades de tierra—. Lo tenemos en la mira.

Su única esperanza era que Fairview les condujera a Katie. Viva o muerta.

Entre el embarazo y el caso de Katie Converse, Allison tenía problemas para dormir. ¿Podría estar Katie viva todavía? ¿La tendría el senador Fairview oculta lejos de modo que no hablara con la prensa? Algunas entradas de su blog revelaban su confusión y depresión. ¿Podría haberse suicidado? ¿Podría haberse escapado?

Uno a uno, entraron los informes de varias oficinas de FBI de donde estaban los jóvenes ordenanzas pasando sus vacaciones. Una de las compañeras de habitación de Katie divulgó que el senador parecía dedicar más tiempo a Katie que a ningún otro ordenanza. Otra de ellas no había notado nada fuera de lo normal. La tercera dijo que eran buenas amigas y que no notó absolutamente nada, que el senador era amable con todas. Ella fue quien le dio a Allison el nombre del ordenanza con quien Katie había estado viéndose: Dylan Roessler, que vivía en Nashville.

Un agente del FBI de Tennessee llamó a Allison. Le hablaba con una voz lenta y pesada que le hacía rechinar los dientes.

—Entrevisté al tal Dylan, con el que salía tu muchacha desaparecida. Aunque lo de «salir juntos» tal vez sea decir demasiado. Más bien fue que durante una semana o así se dieron algún morreo en la sala de ocio de la residencia. Cuando ella rompió, cito literalmente, con él, el chico pensó al principio que era porque él quería llegar más lejos. Pero después se dio cuenta de que era porque había otra persona.

Allison sintió ganas de colarse por el teléfono y sacudir al agente.

¿Por qué no había seguido esa pista?

—¿Y quién era esa persona?

—Dijo que no podía ser uno de los ordenanzas, porque todos vivían muy unidos y él lo hubiera sabido. El chico creía que era un adulto. Dijo exactamente: no un universitario o algo así, un adulto de verdad.

—¿Dónde estaba Dylan el día que Katie desapareció?

—En casa. A mil seiscientos kilómetros. Y la verdad es que no se hablaban desde que rompieron.

—¿Pensaba el chico que ella podría suicidarse?

—Él no diría tanto. Como máximo, que estaba de mal humor.

Esa pista se había esfumado. Con un fingido aire de cordialidad, la entrevista con Fairview había terminado en empate. Incluso en el momento en que se desenmascaró su mentira sobre las llamadas telefónicas de Katie, Fairview seguía manteniendo que había dicho la verdad. ¿Qué importaba con qué teléfono lo había llamado? Él no sabía que ella tuviera un segundo móvil, y desde luego no fue idea suya. Katie era una muchacha atormentada. Había tratado de ayudarla. Y eso era todo. La única relación entre ellos había sido platónica.

Para demostrarlo, la esposa de Fairview, Nancy, había accedido a ser entrevistada por Nicole y Allison. La ley protegía la comunicación en ciertas relaciones: entre médico y paciente, entre sacerdote y confesante, entre abogado y cliente. Y entre marido y esposa. Pero Fairview había renunciado a ese derecho y había consentido que Nancy hablara con Allison y Nicole.

Ya que Michael Stone no podía representar al senador y a su esposa a la vez, era un conflicto de intereses, Nancy fue con su propio abogado, un tipo tranquilo, el asesor corporativo Joel Rickert. Nancy era una mujer alta, delgada, probablemente de la altura de su marido, de cara alargada, dientes grandes y amplias encías. A Allison le traía la infortunada evocación de un caballo.

Se reunieron en la misma sala de conferencias en la cual Allison y Nicole se habían entrevistado con su marido.

—¿Conoció a Katie Converse? —preguntó Allison después de los saludos preliminares mientras llegaban a la sala.

—En realidad, James me la presentó cuando nos encontramos con ella mientras hacíamos nuestras compras de Navidad en Nordstrom. Tuvimos una muy breve conversación.

—¿Fue el mismo día de la desaparición de Katie, verdad?

—Supongo —dijo Nancy encogiéndose de hombros—. Realmente no pensé en la fecha hasta más tarde.

—¿Y parecía ella alterada por algo? —preguntó Allison—. ¿Les contó algo de lo que pensaba hacer ese día?

—Nuestra conversación solo duró un minuto o dos, si acaso. Hablamos sobre el tiempo, sobre si iban a disfrutar de las vacaciones.

—¿Y qué piensa usted de ella?

Nancy apretó los labios, bajó la mirada a las manos, volvió a mirar a Allison—. Creo que estaba coladita por James.

Allison quedó sorprendida por su honestidad. Dirigió una mirada a Rickert, pero su expresión no delataba nada.

—¿Qué le hace pensar esto?

—Apenas me miraba a mí, pero a él no le apartaba los ojos de encima. Le dio un abrazo. Le elogió por la corbata, por todo. ¡Su corbata! Yo elijo toda la ropa de James.

—¿Cree que su marido tenía algo con ella? —preguntó Allison.

—No lo sé. Y, francamente, no quiero saberlo. Pero, después de veintitantos años de matrimonio, sabes cuándo algo podría ser más. James es un hombre sociable. A veces está solo, viviendo a miles de kilómetros. Pero sus pequeños flirteos no quieren decir nada. No significan nada para nuestro matrimonio. Y lo entiendo. Siempre hay alguna joven que se fija en él. Le gusta esto. Alguna sonrisita bobalicona —dijo Nancy, y se detuvo bruscamente.

Allison se preguntaba si el abogado le habría dado un toque en la rodilla bajo la mesa. La habría advertido para que se callara. *Sonrisita bobalicona...* Nancy o su abogado deben de haber recordado que estaban hablando mal de una muchacha que estaría más que probablemente muerta.

—¿Y qué pasó después? ¿Habló con su marido sobre eso?

—¿Hablarlo? —resopló Nancy—. No había nada de que hablar. En cuanto dejamos Nordstrom, le dije que no volviera a la oficina, que regresara a casa conmigo. Y luego me pasé el resto de la tarde recordándole a James que no me parezco a ningunas de aquellas muchachas tontas con las que le gusta flirtear. No soy ninguna ingenua y virginal bobalicona que no sabe nada de la vida —dijo Nancy, levantada la cabeza, la mirada entrecerrada y la respiración audible—. Porque amo a mi marido, y haré lo que sea necesario para ayudarle. Incluso si eso significa, como ahora, tener que hablar de mi vida privada con extraños.

—¿Qué piensas? —preguntó Allison cuando Nancy y su abogado se hubieron marchado.

Nancy había salido de la sala con la cabeza en alto, como desafiándolas a tratar de imaginársela dándole una lección a su marido.

—Creo que miente —dijo Nicole—. Solo que no estoy segura de en qué. ¿Y tú?

—Creo que tienes razón. Nancy no nos ha contado la verdad, al menos no toda la verdad, pese a lo avergonzada que afirmaba estar —dijo Allison mirando hacia la silla vacía donde Nancy había estado y dándole vueltas a las palabras de la mujer—. Pero la cosa es que tal vez ella no miente para salvarle el pellejo a su marido.

—¿Qué quieres decir? —dijo Nicole, levantando la vista del informe sobre el cual daba los últimos retoques.

—Tal vez Nancy mienta para salvar su propio pellejo. Esa coartada es útil tanto para su marido como para ella. Está claro que odia a Katie. Tal vez lo bastante como para matarla.

Nicole no contestó, solamente se dio un toque en los dientes con su pluma y miró pensativa.

Cuando Allison dejó la oficina, eran mucho más de las ocho, y no había comido desde el almuerzo, lo cual no podía ser bueno para el bebé. En el coche, puso la radio. Todavía estaba sintonizada la emisora que escuchaba por la mañana para estar al tanto de la situación del tráfico. Aparte de la información de tráfico, tenía una serie de programas conservadores de entrevistas. Allison oía tantos argumentos partidistas en el tribunal que no quería oírlos también en el coche. Alargó la mano para pulsar el botón cuando reconoció el tema: el senador Fairview.

Reconoció la sonora voz del anfitrión de ese espacio, Jim Fate.

—¿Es que no basta con mentir en una investigación criminal? ¿No es eso bastante, senador Schneider? —decía, con tono de repugnancia. El programa radiofónico de Fate, *De la mano de Fate*, empezó siendo pequeño, pero Allison había oído los suficientes anuncios promocionales de él entre los partes meteorológicos y de tráfico para saber que ahora lo emitían a escala nacional.

—Si uno está bajo juramento, desde luego que lo es. Es perjurio.

—No estaba bajo juramento —dijo Fate—. Pero sabe usted que nuestras fuentes dicen que Fairview acaba de rechazar hablar con las autoridades de su *affaire* con un menor. Simplemente no iba a hablar. Primero lo niega, y luego se calla. ¿No es suficiente para acusarlo?

—Yo diría que no —dijo Schneider con tono suave.

—¿Seguro? —sonó la voz de Fate destilando su repugnancia—. ¿Si usted, Luke Schneider, estuviera en el Comité de Ética del Senado, que no lo está, y llegaran pruebas de que un senador mintió a las autoridades en lo que bien podría ser una investigación de asesinato, sugiere que no sería suficiente para acusarle?

—Pero el senador Fairview no ha sido acusado de nada.

—De acuerdo, ¿y si el FBI dijera: «Este tipo ha obstaculizado la investigación»?.

—Desde luego, sería suficiente —dijo Schneider.

—¿Suficiente para expulsarlo? —resonó Fate.

—Bueno, suficiente para pasar por el Comité de Ética. Pueden promover la expulsión, una censura o una amonestación.

—Entonces, amigos, ¿qué les costaría deshacerse de este tipejo? —exigió Fate—. Es decir, esto ya ha alcanzado el punto crítico. ¿No cree que cualquier individuo decente ya habría dimitido, con todo lo que sabemos de él? Hablamos de corrupción de menores, violación de la normativa, y de cruzar fronteras estatales para tener sexo con la chica.

—En este momento todo eso son solo rumores —dijo Schneider—. No se han probado. Si alguien presentara pruebas, entonces podríamos tratar el asunto. No tomamos decisiones basándonos en lo que la gente dice por televisión. Hay un proceso. Está la Constitución. No se puede sin más fastidiar a alguien y darle la patada.

—¿Y qué pasa con Katie Converse? —exigió Fate—. ¿Tenía ella algún derecho en todo esto? ¿Quién se preocupa de sus derechos, senador?

Se hizo una pausa de medio segundo. Schneider acababa de comenzar a contestar cuando Fate lo calló.

—Me temo que estamos fuera de tiempo, Senador. Senador Schneider, gracias por acompañarnos en *De la mano de Fate*.

—El placer ha sido mío, Jim —se despidió, con tono seco, Schneider.

En mi instituto de siempre, yo era siempre la lista. Sería mucho más difícil ser la lista en este grupo. Pero a veces pienso que tal vez no tengo por qué serlo aquí. Yo podría ser la graciosa. O tal vez la guapa.

Como hay solo treinta ordenanzas del Senado, llegas a conocer a cada uno en un nivel muy personal. Trabajamos juntos todo el día y vivimos en el mismo dormitorio. Lo hacemos casi todo juntos. Así que hay cierta gente que preferirías no volver a ver, pero la ves cada día: en las comidas, en clase, en el trabajo y en los viajes de fin de semana. Algunas personas no entienden que existe el amor verdadero y luego hay cosas que no son el verdadero amor, sino juegos.

Lo gracioso es que creo que yo podría haber encontrado el verdadero amor. Tal vez habrá quienes digan que soy demasiado joven para saber lo que es el verdadero amor. ¿Pero cómo saben lo que siento? ¿Cómo pueden ver los pensamientos que se arremolinan en mi cabeza? Solo xq nunca he estado enamorada antes no quiere decir que yo no pueda encontrar el verdadero amor ahora. No quiere decir que espere hasta ser mayor, hasta ser universitaria.

¿Y si ya he encontrado mi amor verdadero?

—**C**assidy, tengo noticias—. Era Jerry, el gerente de la cadena.

—¿Eh? —reaccionó Cassidy, que apenas lo oyó. Ante el ordenador, reorganizaba el orden de las preguntas que iba a hacer esta noche. El senador Fairview y su esposa habían estado de acuerdo en ser entrevistados por ella. Por Cassidy Shaw. En vivo. Por televisión en las horas de mayor audiencia. La entrevista se emitiría a escala nacional. Esta era su última, su gran oportunidad.

Todos los empleados de la cadena corrían de un lado para otro como locos. Llevaban tres días con una promo ininterrumpida, una que mostraba el ahora infame corte de Katie Converse ayudando al senador Fairview con una pizarra de gráficos en una audiencia del senado. El diseñador gráfico había sobreimpreso un logo en el que decía «¿DÓNDE ESTÁ KATIE?» con tipografía rasgada.

Jerry vaciló tanto tiempo que Cassidy finalmente alzó la vista.

—Madeline vuela hacia acá —le dijo, haciendo una mueca de sonrisa preocupada—. La historia de Katie Converse sigue creciendo. Ahora está en noticias nacionales, no solo locales. Va a salir en la portada de *People*. Así que Madeline quiere ocuparse de esto.

—Ah no —dijo Cassidy estirando el cuello—, no me van a pisar.

Madeline McCormick era la presentadora de los noticiarios nocturnos de la red propietaria del Canal Cuatro.

A pesar de las palabras de Cassidy, ella y Jerry sabían que esos atropellos se producían a cada momento. El reportero menor conseguía algo bueno, hacía todo el trabajo, y luego, antes de que saliera al público general, el reportero principal se quedaba con la historia y se atribuía los méritos.

—No tienes opción —dijo Jerry, torciendo las manos—. No podemos permitirnos poner furiosa a Madeline.

—No puedes hacerme esto. Esta es mi historia. Yo la destapé y yo la estoy manteniendo.

—Y Maddy te lo agradece —dijo Jerry, como si él y «Maddy la Loca» fueran ahora colegas de toda la vida.

Cassidy estaba segura de que lo más probable era que solo habría hablado con la secretaria de la famosa.

—No, no lo entiendes. ¿Sabes todas las pistas que he estado consiguiendo? Pues bien, las fuentes que tengo en esta investigación son *mis* fuentes, y solo mis fuentes. ¿Cómo crees que descubrí la historia del blog de Katie? ¿Cómo crees que supe antes que nadie que la sangre que había en Jalapeño era del perro y no de Katie? Dale esta historia a Madeline y será la última que tengamos de mis fuentes, te lo prometo.

Jerry la miró fijamente. Ambos sabían que Cassidy decía la verdad.

—Te lo aviso —dijo ella, permitiéndose una pequeña sonrisa—. Madeline puede hacer la intro y poner al día a los espectadores. Pero esta es mi entrevista. De nadie más.

Esa tarde, Cassidy sintió descender una sensación de calma mientras esperaba una señal indicando que estaban en antena. como ella esperó una señal de que ellas estaban en el aire. Hasta entonces, parecía que el senador y su esposa no estaban en absoluto de humor para la charla. Estaban sentados juntos en un sofá azul, frente a ella, pero sin mirarla, y sin mirarse. Ambos tenían expresión afligida. Estaba claro que lo único que había traído aquí al senador Fairview era un esfuerzo por salvar su reputación.

Lo que no sabían era que Cassidy había dado instrucciones a uno de las cámaras para que estuviera siempre encima de ellos, incluso ahora, antes de que el programa comenzara. Uno nunca sabe cuándo un corte podría ser la secuencia más valiosa de una carrera. El senador Fairview con expresión aburrida, o moviendo los ojos de un lado a otro, o ignorando a su esposa: todo eso podría servir para momentos posteriores de la cobertura de la noticia.

La historia había adquirido una dimensión que ya producía fanáticos. Cassidy había recibido ya dos veces advertencias de no hacer tantas preguntas sobre Katie, diciéndole que no era asunto suyo. Ella esperaba que la siguiente llamada fuera aún más jugosa, para así ponerla en antena.

El cámara hizo la cuenta atrás con los dedos y ya estaban en conexión. Cassidy suspiró. Los telespectadores se quejaban a veces de que las mujeres no podían dar noticias serias, no con esa tendencia a tener una media sonrisa incluso cuando anunciaban terribles estadísticas de muertes. No con su sonsonete agudo. Ella procuraba evitar cualquier esbozo de sonrisa en sus labios, mientras hablaba en un tono grave y uniforme.

—Senador Fairview, señora Fairview, muchas gracias por acompañarnos esta noche. Senador, me gustaría preguntarle lo que cada persona de Oregón, y de todo el país, se está preguntando. ¿Sabe usted qué le sucedió a Katie Converse?

—No, no lo sé —contestó Fairview ya antes de que las palabras abandonaran la boca de Cassidy.

Ahora él la miró con firmeza. A su lado en el sofá azul marino, Nancy le sostenía la mano a su marido. Su expresión había pasado a ser de preocupación.

—¿Cuál era su relación con Katie, senador?

Él alzó la vista arriba y a la derecha, como si buscase en su memoria, en vez de como si sacase la respuesta que traía cuidadosamente ensayada. Cassidy estaba seguro de que Fairview había practicado cada palabra, cada expresión, cada frase de respuesta. Igual que ella.

—Bueno, conocí a Katie Converse la primavera pasada, cuando ella se presentó para que yo la patrocinara como ordenanza del Senado. Cosa que accedí a hacer. Y luego en septiembre pasó a formar parte de las docenas de jóvenes que trabajan como ordenanzas en la Casa Blanca y el Senado.

—¿Tuvo usted algo que ver con la desaparición de Katie? —preguntó Cassidy, manteniendo un ritmo de entrevista rápido. Quería llegar al meollo, a los temas que podrían dejar a Fairview tocado.

—No, no tuve nada que ver —respondió llanamente. Se notaba preocupación, con un atisbo de ira.

—¿Mató usted a Katie Converse?

—No, no la maté.

Ella decidió cambiar un poco la línea y mostrarse comprensiva.

—Supongo que todos los rumores y especulaciones han sido difíciles de sobrellevar para usted y su familia.

Fairview se giró hacia Nancy e intercambiaron una mirada que parecía personal, pero que Cassidy apostaba a que también la habían ensayado una docena de veces.

—Los medios de comunicación han tratado de examinar el expediente médico de mi esposa, y la prensa sensacionalista ha estado persiguiendo a mis hijos —dijo, volviendo su mirada de la esposa a la presentadora—. Pero el tema no está en los Fairview. Es la tragedia de los Converse. Y lo que hemos experimentado es un dolor mínimo comparado con el que los señores Converse están pasando. Los acompañamos con el corazón.

—Nancy, ¿cómo se enfrenta usted al acoso de los medios de comunicación? —preguntó Cassidy—. ¿Lee lo que se publica? ¿Lo oye? ¿O tiene la tentación de taparse los oídos y no recibirlo?

—Los medios ya no tienen en el objetivo a Katie —dijo Nancy, con una mueca en la boca—. En lugar de ello, se dedican a lanzar insinuaciones y verdades a medias y a mentir descaradamente sobre mi marido.

—Es absurdo incluso que tengamos que responder a estas preguntas —dijo Fairview moviendo la cabeza—. Katie es una joven con problemas, y yo he tratado de ayudarla. ¿Y este es el pago que recibo? ¿Ser acusado de su asesinato?

¿Era esta la primera grieta en la fachada? Cassidy tenía la sensación de poder levitar de su asiento.

—¿Con problemas? ¿Qué quiere decir con problemas?

—Cuando uno conoce a Katie —dijo, tras un suspiro—, da la impresión de ser mayor de lo que es. Es decir, ¿cuántas chicas de su edad quieren hablar sobre la elaboración de los proyectos de ley? Cuanto más la conoces, más puedes ver su soledad e inseguridad.

—Pero Katie es una chica de dieces —replicó Cassidy negando con la cabeza—, era la presidenta de varios clubs de su instituto, y entró en este competitivo programa de ordenanzas en el que solo entra un puñado de estudiantes de todo el país. Se mire por donde se mire, Katie es una joven de éxito.

—La mayor parte de estos jóvenes parecen seguros en la superficie —contestó Fairview haciendo con las manos el gesto de barrer todo eso a un lado—. Pero por dentro están necesitados. Dentro están llenos de la confusión, de debilidad y de baja autoestima.

De repente, Cassidy *supo* que Fairview hablaba tanto de él como de Katie. Nada se le escondía a ella, no había sombras, todo brillaba. Y no era por los focos del estudio. Iba bien encaminada.

—Entonces, ¿qué sugiere? ¿Katie estaba ... deprimida?

—Katie era una joven muy atribulada. Y al ver una cara amistosa y de su tierra, se volcó en mí. Me daba miedo darle la espalda. Temía que si lo hacía, ella cometiera una temeridad.

—¿Una temeridad? ¿Qué quiere decir con temeridad? ¿Es que le preocupaba que se escapara? ¿Cree que eso es lo que ha pasado?

—No tengo ni idea de lo que le ha pasado a Katie. Pero sí, Cassidy, me preocupaba que pudiera escaparse —dijo Fairview, y se le movió la nuez al tragar saliva—. Incluso que pudiera llegar más lejos y optar por la escapada definitiva.

Cassidy ensanchó los ojos. Su mente y su boca estaban funcionando en dos planos diferentes ahora. Sopesaba sus siguientes palabras, escudriñando en sus bancos de datos mentales, anticipando la respuesta del senador, mientras simultáneamente componía con la boca y la lengua las palabras que había escogido un segundo antes.

—¿Afirma que Katie se suicidó?

—No soy psicólogo. Lo que sé es que Katie es una joven con problemas. Ella puede estar llorando en un momento y derrochando alegría al siguiente.

—¿Pero no es esa la descripción de un típico adolescente? Usted mismo tiene un hijo de quince años y una hija de trece —dijo Cassidy, observando cómo la piel en torno a los ojos de Fairview se comprimía. Solo esperaba que la cámara lo hubiera captado—. Como padre, ¿no cree que ese tipo de cambios bruscos de humor es propio de cualquier adolescente?

Esperaba que los espectadores captaran la observación implícita: *Como padre, ¿no ve que no le gustaría que un señor madurito como usted saliese con su hija?*

—Los cambios de humor de Katie eran más que eso. A veces hablaba como si ya no pudiera más. Traté de hacer que hablara con un consejero, pero lo rechazó de plano. Decía que yo era la única persona a la que ella podía dirigirse. Y tuve miedo de que, si la obligaba, ella podría cumplir sus amenazas. Sinceramente, me vi atrapado en la intensidad de la situación.

—Senador, perdóneme, pero tengo que hacerle esta pregunta —anunció Cassidy, respirando hondo—. Hay rumores de que su relación con Katie era de carácter sexual.

Esta era claramente la pregunta que Fairview había estado esperando. Su ensayada respuesta brotó de él como si acabara de destapar el corcho de una botella.

—Bueno, Cassidy, no he sido un hombre perfecto, y he cometido mis errores. Pero llevo casado veinticuatro años, y tengo la intención de seguir casado con esta mujer mientras ella me quiera.

Nancy y él se miraron, y la esposa llegó incluso a mostrar una costosa sonrisa a las cámaras.

—Pero por respeto a mi familia —dijo Fairview volviéndose a Cassidy—, y por petición expresa de la familia Converse, creo lo mejor es que yo no entre en esos detalles. Esa no es la cuestión ahora. La cuestión es que Katie ha desaparecido.

—¿Entonces niega que tenía un *affaire* con Katie Converse?

—Permítame decir solamente esto. Puedo haber cometido algunos errores de juicio, pero no he hecho nada ilegal. Nunca le he tocado un pelo a Katie. Pero el hecho es este. Llevo casado veinticuatro años, he cometido algunos errores en mi vida, y no soy perfecto. Pero, por respeto para mi familia, y por una petición, una petición expresa de los Converse, no entraré en los detalles de mi relación con Katie Converse.

Ahí estaban. Todos los mensajes en una exhalación. *Otra vez.* Prácticamente literales.

—¿Qué es exactamente lo que le han pedido los Converse? —preguntó Cassidy, que no había oído nada de eso. De hecho, por lo que ella sabía, los Converse y los Fairview ya no se hablaban.

—Hace un par de noches —respondió indeciso—, en un programa de televisión, este... dijeron que no querían enterarse de los detalles de la relación, de mis sentimientos por Katie, o los de ella por mí. Por tanto, trato de hacer honor a esa petición. Creo que los estadounidenses entienden que las personas tienen derecho a cierta privacidad. Estoy en mi derecho de tratar de mantener la privacidad en lo posible. Los Converse tienen derecho a conservar en la mayor privacidad posible todo lo concerniente a su hija. Tengo que respetar eso.

¿Eso era lo mejor que su abogado y su asesor de imagen podían preparar? ¿Que a los Converse les había salido alguna declaración televisiva, que Fairview ahora trataba como una petición específica hecha directamente a él?

—Pero, senador —dijo Cassidy poniendo una mirada severa—, protege usted su privacidad a expensas de una joven desaparecida.

—Bueno, eso no es así —dijo, con un asomo de ira en la voz—. No es así en absoluto. Porque he colaborado con las fuerzas de la ley. Quiero decir que no he formado parte del circo mediático si…, si eso es a lo que se refiere. No, no he dado una rueda de prensa, y no, no participo en programas de entrevistas. Pero he cooperado. He trabajado con los agentes de la ley en cada paso y he renunciado a la mayor parte de mis libertades civiles para asegurarme de que ellas tuvieran toda la información que necesitasen.

—¿No merece la verdad el pueblo de Oregón? ¿La gente que le eligió para su cargo?

—Merecen la verdad —respondió Fairview levantando la barbilla—. Y la verdad es que he hecho todo lo que me han pedido todos los responsables de encontrar a Katie Converse. Y no es la responsabilidad de la prensa encontrar a Katie Converse. Es de los agentes de la ley. Y he colaborado con las autoridades justo para encontrarla.

Tal vez Nancy era el eslabón más débil.

—¿Qué precio está pagando por esto, Nancy? —dijo Cassidy suavizando el tono—. Me explico, cuando eres la esposa de un funcionario público y oyes estos rumores y tienes a las fuerzas de la ley detrás y haciendo preguntas sobre lo más íntimo de su relación, ¿cómo lo lleva una esposa?

—No presto atención a los rumores —dijo Nancy esbozando media sonrisa—. Conozco a James Fairview. Sé cómo es nuestra relación, y me siento muy segura al respecto. Y no necesito que otros me cuenten lo que piensan de mi relación —continuó, con una expresión triste—. En vez de centrarse en encontrar a Katie, o de hablar de todo lo bueno que mi marido ha logrado, los medios de comunicación tratan de sacar algo de la nada.

¿*De la nada?* Esta señora, o no quería reconocerlo o era completamente despiadada. Cassidy estaba impaciente por ver cómo reaccionarían a lo que iba a decir.

—Cambiemos de tema —corrieron las palabras de su boca—. Una joven, una cocinera de la cafetería del Senado llamada a Luisa Helprin, me ha dicho que mantuvo una relación con usted, senador. Y que usted le pidió que mintiera sobre ello. ¿Es cierto?

Durante un segundo, Fairview y su esposa intercambiaron una mirada. Cassidy lamentaba no poder interpretar aquella mirada. ¿Lo sabía ya Nancy? ¿Lo imaginaba? ¿Había decidido no saberlo?

—Yo no le he pedido a nadie que mienta sobre nada —tartamudeó Fairview—. Yo no le pedí a Luisa que no cooperase con la ley. Eso es una absoluta mentira.

Simplemente la manera como Fairview pronunció *Luisa* lo confirmó todo. Obviamente, su abogado y su asesor de imagen no lo habían preparado para esto. Cassidy apostaría a que si los dos estaban viendo esto en la tele sufrirían un infarto. Y luego Allison la llamaría en cuanto el programa estuviera terminado, exigiendo la información de contacto de Luisa.

Cassidy sonreía abiertamente por dentro, pero su expresión estaba sellada como una tumba

—Tenemos una declaración que sus abogados le dieron a Luisa, donde dice: «No tengo ni he tenido una relación sentimental con el senador Fairview».

El senador titubeó. Ella podía ver cómo le brillaba la frente de sudor. Nancy ya no sonreía. Tenía la boca entreabierta, con una expresión entre atontada y congelada.

—Bueno, vamos a ver —tartamudeó Fairview—, esa es una declaración que un abogado le envió a otro abogado. No tuve nada que ver con eso.

—¿Pero por qué escribiría su abogado un borrador de algo sin su autorización? ¿Por qué iba a querer usted que ella firmara que no tenía una relación con usted?

—Porque no la tenía —dijo Fairview, afianzándose.

Intentó sonar auténtico. ¿Cuánta destreza tenía en esa práctica de compartimentar su mente? ¿Había dicho tantas mentiras que a veces se las creía él mismo? ¿O era una de esas personas que podía hacer un análisis lingüístico (se acordó del famoso «yo no he tenido sexo con esa mujer») tan exhaustivo que acabara permitiéndole creer que decía la verdad?

—¿Por qué se lo iba a inventar esa joven? —preguntó Cassidy, acentuando la palabra *joven*.

Fairview apretó los labios y movió la cabeza como si asintiera a algo de lo que ella había dicho.

—¿Sabe, Cassidy? Me deja perplejo la gente que se aprovecha así de una tragedia.

—¿Sugiere que Luisa se lo inventó todo?

—Ella se aprovecha de esta tragedia. Esa señorita no conocía a Katie Converse. Así consigue su momento de publicidad, y de ganancias. Eso me deja perplejo.

Por lo que Cassidy sabía, Luisa solo se lo había contado a ella. Y en el Canal Cuatro nunca pagaban por entrevistas. Desde luego, eso no quería decir que no apareciera una entrevista remunerada con Luisa a la mañana siguiente en algún tabloide sensacionalista. Ni que Fairview no echara tantas calumnias sobre Luisa como pudiera.

—¿Cree que la desaparición de Katie Converse le ha hecho menos eficaz como senador?

—No.

Cassidy esperó, pero estaba claro que Fairview estaba decidido a no decir nada más.

—¿Pero no se merece el pueblo de Oregón un senador que no esté distraído por este tipo de alegaciones? ¿Ha pensado en dimitir?

—No —dijo Fairview dando un respingo, como si Cassidy le hubiera pegado con la mano—. No voy a dimitir. Voy a terminar mi mandato. Permítame decirle...

Nancy puso la mano sobre el muslo de su marido y se inclinó adelante.

—Porque hay muchos, muchos más que no quieren que James dimita.

Él asintió enérgicamente.

—Mi padre me enseñó que cuando empiezo un trabajo tengo que trabajar duro para terminarlo, no importa lo difícil que se ponga.

—Pero, con todo el respeto, senador, su padre no podía prever una muchacha desparecida y una investigación del Comité de Ética del Senado.

—Creo que el principio se aplica a todo lo que haces en la vida —respondió Fairview estrechando los párpados—. Y esa es la salida fácil. La gente conoce mi historia y mi trabajo. La gente sabe que soy un luchador. Y esta es la lucha más difícil de toda mi vida política. Por eso quiero agradecerle esta oportunidad de aclarar las cosas.

—Muchas gracias, senador y señora Fairview.

—Gracias —respondieron al unísono, fulminándola con la mirada.

PALACIO NACIONAL DE JUSTICIA MARK O. HATFIELD
31 de diciembre

Incapaz de dormir después de ver la entrevista de Fairview, Allison había ido a trabajar noventa minutos antes de hora. Mientras introducía la llave en la cerradura, comenzó a sonar el teléfono dentro de su despacho. Abrió rápidamente la puerta y se abalanzó hacia el aparato, descolgando justo antes de que la llamada fuera al buzón de voz.

—Allison Pierce.

—Soy Greg.

Greg trabajaba debajo de donde estaba el despacho de Allison. La conexión era mala, y tuvo que esforzarse por oírle.

—Me he olvidado la tarjeta de seguridad. Baja y ábreme.

Antes de que Allison pudiera decir nada, oyó un clic. Había colgado. Con un suspiro, dejó caer su bolso y su abrigo en la silla y luego fue al ascensor. Cuando se abrieron las puertas, entró y presionó el botón de la planta baja.

Pero había algo en la petición que no le gustaba. Greg estaba cerca de la jubilación, era tranquilo, cortés, y muy responsable. Rara vez hablaban, a no ser que coincidieran de pie ante la cafetera de la oficina. Él siempre se encargaba de servir primero en la taza de ella, la dejaba pasar primero al ascensor y le aguantaba la puerta, como a cualquier otra mujer.

Eso era lo que no le gustaba, pensó Allison, mientras iba descendiendo las plantas. Greg no la mandaría bajar y abrirle. Greg se habría disculpado por molestarla y educadamente hubiera esperado a que ella le ofreciera ayuda. O se las habría entendido con los de seguridad y no la habría molestado en absoluto. En realidad, no había ninguna razón para que acudiera a ella. El servicio de seguridad debía de tener un procedimiento para cuando alguien perdía o se olvidaba su identificación.

Allison tembló. Sintió como si algo frío le hubiera tocado la nuca. ¿Entonces *por qué le había* llamado Greg? ¿Y cómo sabía él que ella estaba en su oficina tan temprano?

Rebobinó de nuevo la conversación en su mente, no centrándose en las palabras, sino en la voz. Una voz ronca, que parecía aún más áspera por la mala conexión. Podía ser Greg. Pero era igual de posible que no fuera Greg ¿Había sonado la voz como la de aquel que le dejó el mensaje en el buzón de voz?

Se le erizó la piel y el vello de los brazos. ¿Y si la persona que la esperaba en el solitario vestíbulo no era Greg?

¿Y si era el hombre que había dejado claro que quería matarla?

El edificio estaba envuelto en la oscuridad; faltaba al menos una hora para que se viera la luz del día. Cualquier otro día, a esta hora no estaría aquí. ¿La habrían estado observando, siguiéndola, esperando la oportunidad de encontrarla sola? Allison recordó las palabras de la nota, de su correo de voz. *Voy a matarte. Y me va a gustar.*

Las puertas se abrieron. El vestíbulo del ascensor estaba vacío. El mismo vacío parecía expectante, amenazador, como si alguien estuviera a punto de saltar sobre ella. Allison vaciló, con la mano sobre el borde negro de goma de la puerta del ascensor abierta. Todo lo que tenía que hacer era pasar la siguiente esquina, salir por la puerta de seguridad, y estaría en el recibidor principal.

Pero una vez que atravesara la puerta de seguridad ¿qué le esperaría?

Finalmente, Allison salió del ascensor y presionó su espalda contra la pared, demasiado asustada para orar. Sus oídos estaban atentos al más leve sonido. No oía nada más que su propia respiración acelerada. Se sacó el teléfono móvil del cinturón y marcó.

—Seguridad.

Reconoció la voz. Era Tommy, que hacía el turno de medianoche hasta las ocho. Entre la tarde y la noche, regentaba un asador en el Noreste de Portland. A pesar de que apenas había dormido, Tommy siempre llevaba una sonrisa.

—Soy Allison Pierce —dijo ella en voz baja—. Estoy en el vestíbulo del ascensor en la planta principal. Acabo de recibir una llamada en mi oficina de parte de un hombre que dice ser Greg Keplar. Me ha dicho que se le ha olvidado la tarjeta de identificación y que bajara yo para abrirle —dijo, y mientras hablaba podía sentir el pulso en la garganta.

Hubo una pausa.

—Y usted no cree que sea Greg —dio por hecho Tommy.

—No, no lo creo. ¿Puede comprobarlo?

Mientras esperaba, el aliento se le hizo más y más rápido. *Esto no puede ser bueno para el bebé,* pensó, tratando deliberadamente de hacer ralentizar la respiración, pero su miedo era casi insoportable.

Estaba todo tan tranquilo que hasta pudo oír unos pasos suaves sobre la alfombra del vestíbulo principal. Alguien andaba hacia ella. En cualquier instante el sujeto daría la vuelta a la esquina. Y ella no tenía dónde ocultarse. Presa del pánico, apretó rápidamente el botón del ascensor. ¿Por qué no habría vuelto arriba para esperar?

Entonces Tommy giró en la esquina. Tenía el arma en la mano. Estaba serio.

—Había alguien, pero estoy seguro de que no era Greg. Empezó a correr en cuanto me vio, pero lo he perdido —dijo, moviendo la cabeza, abatido—. Era un tipo con una parka azul.

En la gran pantalla de televisión del gimnasio del FBI, Shepard Smith, de la Fox, se inclinaba hacia Valerie Converse. Subieron el volumen lo suficiente para que Nicole pudiera oírlo incluso por encima del ruido de su cuerda de saltar pegando contra la esterilla .

—¿Usted quiere que el senador Fairview se someta al detector de mentiras?

—Desde luego, Shepard —asintió Valerie enérgicamente—. Queremos la tranquilidad de saber que las personas más cercanas a Katie dan una información completa y verídica a los investigadores. ¿Lo ha contado todo? Francamente, no lo sabemos.

Smith asintió con aire pensativo.

—Disculpe si esta pregunta es dolorosa, Valerie, pero ¿se sintió sorprendida o impresionada ante las noticias de que el senador Fairview puede haber tenido una relación inadecuada con su hija? ¿Un hombre que tiene hijos de edades cercanas a la de su hija?

—Ya nada me sorprende, Shepard, y todo me impresiona —dijo Valerie. Se le notaban los pómulos en su rostro adelgazado—. Todo esto parece irreal. Lo que más me importa es volver a ver a Katie.

Dejando caer su cuerda de salto, Nic se inclinó, se apoyó las manos en las rodillas y trató de recuperar el aliento. Lejos de ocultarse de los medios de comunicación, los Converse se habían abrazado a ellos. Wayne, Valerie, o los dos, habían aparecido en todos los programas de televisión matinales, en todos los espacios de entrevistas de radio, y ahora se les veía incluso con más frecuencia en la Fox y la CNN. Estaban decididos a mantener el foco de los medios de comunicación sobre su hija. Por tanto, el interés por Katie crecía cada día. El número de pistas que inundaban la línea directa crecía exponencialmente.

Pero todavía no tenían verdaderas pistas que llevaran a alguna parte. Esa mañana Nic había tenido noticias de un agente del FBI en Washington que había entrevistado a Luisa Helprin. La joven hacía sus propias rondas ahora por los programas de entrevistas, exprimiendo su pasada relación con el senador Fairview todo lo que se podía. Que no era mucho. Se habían reunido seis o siete veces en el transcurso de un mes. Luisa tenía dieciocho años cuando comenzó la relación, así que no era menor de edad. Todo lo que la entrevista con Luisa había demostrado era que el senador Fairview era un tipo calenturiento. Y eso ya lo sabían.

La carencia de progreso llenaba a Nic de frustración y no sabía qué hacer con ella. Por eso estaba aquí. Se fue al cuadrilátero, se puso la protección de la mano y los guantes, y comenzó a trabajar el saco de boxeo, acallando el dolor de Valerie, la compasión de Smith.

Nic había conocido la alegría de boxear en Quántico. La primera prueba física, que implicaba abdominales, flexiones y carreras, tuvo lugar en su segundo día allí, y los resultados hicieron que algunos candidatos a agentes hicieran la maleta. Pasar esas pruebas era una lucha tanto mental como física, y a los instructores, a los consejeros y al personal en general les gustaba pasar a ver quién daba la talla. Los nuevos reclutas también fueron instruidos en técnicas defensivas, como inmovilizar, esposar, desarmar, y el boxeo.

En Quántico, Nic había descubierto que disfrutaba boxeando. Le gustaba porque se vaciaba en ello. Era una de las pocas ocasiones en que su cerebro desconectaba completamente. Después de salir de la academia, dejó de luchar con alguien enfrente, pero se ejercía con un saco de boxeo dos o tres veces por semana.

A veces, cuando los agentes nuevos veían a Nic ponerse las protecciones rosa en las manos, con los guantes del mismo color aguardando en el suelo, se reían. Como si fuera una tontita que iba a darle unos toquecitos al saco.

Entonces la veían en acción y dejaban de reírse.

Hoy sus directos eran rápidos como rayos, alimentados por la frustración. Ella sabía que a la mañana siguiente le iban a doler los dedos, que tendría todos los músculos de brazos y hombros doloridos. Pero valía la pena. Dejaba su tensión en cada derechazo, golpe al mentón y gancho, rugiendo con cada directo. Luego venían las combinaciones, el gancho izquierdo, el derecho a la mandíbula, el doble directo de izquierda. Lo que tiene el boxeo es que pones tu cuerpo entero en él. No solo el brazo. Usas las piernas, las caderas y la espalda. Golpeas con la mente y el corazón.

Cuando se acercaba al saco para lanzar unos cuantos golpes, Nic se imaginaba lanzándolos contra la fofa tripa de Fairview.

Era un circo mediático, justo lo que a Cassidy le encantaba. A la ciudad de Portland se le iluminó la mente y empezó a alquilar el espacio de acera de delante de la oficina del senador Fairview a varias redes que querían cubrir la historia de Fairview. Y en eso era en lo que se estaba convirtiendo gradualmente: en la historia de Fairview. Ya no tanto la historia de Katie Converse. Porque cada día traía media docena de nuevos acontecimientos relacionados con Fairview, a medida que los periodistas comenzaron a desenterrar su pasado.

La dirección de la cadena, sintiendo que el propio senador era la nueva noticia, había redirigido muchos de sus recursos hacia Fairview. La sabiduría convencional de la sala de redacción decía que ningún canal llegaría a ser el número uno a menos que poseyera la nueva gran noticia del día, fuera cual fuera. La regla era apostarlo todo a una potencial historia, y luego retirarse si era necesario.

¿Como en el caso de Katie Converse? Katie seguía desaparecida, pero no había nuevos testimonios de haberla visto, nuevas pistas. ¿Y cuántas veces se puede arar la misma tierra?

Pero cada historia en torno a Fairview engendraba media docena de nuevas historias. Cualquiera con un viejo rencor o un nuevo deseo de desequilibrar el igualado reparto de fuerzas del Senado se presentaba con nuevos cuentos chabacanos. Y algunos hasta eran verdad.

Ahora cada parcelita de espacio en la acera de delante de la oficina de Fairview estaba cubierto de una estructura parecida a una tienda con unos cientos de miles de dólares de equipo técnico en su interior. Dentro de cada tienda había también lo que llamaban «la tribuna improvisada», la caja que destacaba al reportero por encima de la multitud cuando rodaba sus tomas en directo.

Se había corrido el rumor de que iba a haber una especie de declaración esa mañana. Habían tenido que competir por la noticia con tanta rapidez que Cassidy todavía llevaba el pelo mojado en la espalda. Pero la cámara solo la tomaría de frente.

Todos pensaban que el maquillaje de televisión y el peinado impecable eran cosa de la perfección de la hermosura. En su lugar, todo se limitaba a la eliminación de distracciones. Las frentes sudorosas, las barbas de media tarde y el pelo sobre los ojos hacían que los espectadores dejaran de prestar atención a la narración. No se trataba de tener apariencia bonita, sino profesional.

Cassidy notaba cómo le bombeaba la adrenalina al subirse a la caja. No había nada como estar en directo. Nada. Objetivamente, no podías equivocarte. Además, tenías que ir rápido con lo que sabías. Tenías que ser capaz de hablar coherentemente y organizar y escribir la historia incluso mientras la estabas contando.

—Informando en directo desde los exteriores de la oficina en Oregón del senador Fairview —dijo Cassidy en cuanto el cámara le dio la señal—. Ayer, las transcripciones de los supuestos mensajes instantáneos, o *messengers*, de Fairview, a una ordenanza del Senado que sirvió el año antes que Katie Converse han trascendido a los medios. El contenido es demasiado gráfico para comentarlo en antena, pero pueden ir a nuestra web y leerlos. No obstante, debemos advertir que son explícitos y escalofriantes. No está claro si Fairview tuvo una relación sexual con esta segunda muchacha. Lo que sí está claro es que ya no se trata de una simple cuestión de la carrera política de Fairview. Esta investigación ha pasado al terreno legal.

A su alrededor, Cassidy podía oír el bullicio de los otros reporteros en sus presentaciones. Había tanto ruido que tuvo que reprimir su impulso de gritar. Ella sabía que el micrófono recogía su voz por encima de la muchedumbre que tenía detrás.

—El FBI ha anunciado que está investigando si Fairview violó la ley federal enviando estos mensajes instantáneos y correos electrónicos inadecuados a muchachas menores de edad.

Estar por encima de la multitud quería decir que Cassidy podía ver más allá del grupo. La puerta principal del edificio se abrió y salió Michael Stone. Ella casi le compadeció. Por mucho que le pagara Fairview, seguro que hoy no parecía suficiente. Así que, de nuevo, esta historia estaba también haciendo subir su carrera.

—Bien, parece que el abogado de Fairview va a hacer una declaración —dijo Cassidy mientras la cámara se apartaba de ella. Se bajó de la tribuna improvisada y se abrió camino a codazos hacia delante. Otros reporteros le echaron malas miradas cuando les pisaba y se colaba por espacios inexistentes, pero ella había cubierto esta historia desde el principio. Era ella la que lo había *convertido* en una historia.

Michael Stone no parecía estar nervioso en lo más mínimo mientras se acercaba al entramado de micrófonos semejante a la cabeza llena de serpientes de Medusa. Como Cassidy, el abogado parecía ser de esas personas a las que les gusta una campaña de los medios. Llevaba una hoja de papel en la mano.

—Soy Mike Stone y represento al senador Fairview. Me gustaría leer una breve declaración del senador.

Stone esperó hasta que los chicos del sonido tuvieron sus micros de jirafa adecuadamente situados por encima de la multitud y los cámaras dejaron de moverse buscando el mejor ángulo. Hablando lento y claro, dijo: «La declaración del senador Fairview dice así: "Soy alcohólico, y gracias a la ayuda de asesoramiento y terapia, he llegado a reconocer y aceptar el hecho de que el alcoholismo es una enfermedad y tiene que ser tratado como cualquier otra enfermedad. Los acontecimientos recientes han provocado el reconocimiento de mi problema de muchos años con el alcohol y los problemas emocionales que acompañan a dicha adicción. Lo lamento profundamente y asumo plenamente la responsabilidad por mi inapropiada conducta mientras estaba bajo la influencia del alcohol.

»El sábado, con el amoroso apoyo de mi familia y amigos, ingresé como paciente en un centro para tratar mi enfermedad y las cuestiones relacionadas. No tengo palabras para expresar mi agradecimiento por las oraciones y aliento que he recibido. Sin embargo, mi principal temor es que los medios de comunicación hayan volcado su atención en mí y la hayan apartado de la búsqueda de Katie Converse. Le he pedido a mi abogado que colabore en todo con respecto a cualquier investigación que pueda surgir durante mi tratamiento. Es vital que no existan distracciones de ningún tipo mientras Katie siga desaparecida. Mi único deseo es que Katie sea encontrada o se presente"»

Antes de que Stone hubiera terminado de doblar el papel por la mitad, los reporteros ya le gritaban preguntas.

—¿Cómo se llama el centro donde está? —gritó un reportero con una especie de acento de la Europa del Este. La enredada historia de la ordenanza menor de edad y el senador había comenzado a atraer el interés por todo el mundo.

—Con objeto de mantener la privacidad el senador Fairview y otros pacientes, no tenemos libertad para revelarlo —dijo Stone.

—¿Ha acudido alguna vez bebido Fairview al Senado? —gritó un reportero de Canal Dos.

—El senador Fairview se ha conducido de manera totalmente apropiada y ha estado totalmente sobrio en todo momento mientras cumplía con sus obligaciones y responsabilidades como senador de los Estados Unidos —dijo Stone —. Eso siempre ha estado fuera de duda.

—¿Y en cuanto a esos nuevos mensajes instantáneos —alzó la voz Cassidy— que muestran una conversación de carácter sexual con una ordenanza mientras participaba en una votación nominal en el Senado?

Stone se estremeció visiblemente. Estar ebrio era la única excusa de Fairview para su comportamiento. Pero si Stone decía que Fairview estaba bebido cuando él mandó esos mensajes de *messenger*, el abogado estaría negando otra parte de la afirmación que había hecho segundos antes. Se conformó con una declaración de las que responden a todo y a nada.

—No soy consciente de esos informes y no puedo comentarlos. Mire —siguió Stone, con una voz que por fin manifestaba tensión—, aunque el senador Fairview puede haber intercambiado algunos mensajes inadecuados de broma con una ordenanza, él nunca, en ningún momento, ha tenido contacto sexual inadecuado con un menor en su vida. Desde luego, lamenta las comunicaciones tontas, pero inofensivas, que mantuvo mientras estaba bajo la influencia de alcohol, pero carecen de importancia. El

senador está afligido, arrepentido y destrozado por el daño que sus accio-
nes han causado a otros —dijo Stone, y suspiró mientras su mirada fija
recorría en un barrido las docenas de reporteros—. Les pedimos, les roga-
mos, que dirijan sus focos al verdadero problema. Una brillante joven está
desaparecida y hay que encontrarla. No olvidemos que Katie Converse es
la única que importa.

Luego Stone se dio media vuelta y regresó al edificio, indiferente al
ruido de docenas de periodistas que gritaban preguntas para las que él no
tenía una respuesta válida. Se acabó el espectáculo... al menos por ahora.

Cuatro guardias de seguridad impidieron que nadie le siguiera.

—**A**llison Pierce —dijo Allison después de descolgar el teléfono, que estaba sonando.

—Tiene una llamada del Refugio Safe Harbor en la uno.

—Gracias —dijo, pero era imposible que tuviera tiempo para esto. Ella presionó el botón parpadeante—. Soy Allison.

—Está aquí otra vez. Sonika. Creo que sucede algo malo. ¿Puede venir? Ella dice que solo hablará con usted.

—En realidad no pue...

—Por favor. Creo que necesita ir a un hospital, pero se niega a que la llevemos. Está muy asustada. Temo que pueda irse.

Allison echó uno mirada más a su escritorio, que estaba tan cubierto de papeles que no se veía la superficie.

—Ya voy —dijo con un suspiro.

Veinte minutos después estaba en el cuarto de juegos infantiles. Sonika, que seguía llevando un abrigo marrón oscuro, estaba sentada sobre sus talones, con la cara apretada contra las rodillas. Levantó la cabeza, y Allison se quedó sin aliento.

—Usted ve. Él me pone fea.

Sus ojos eran ranuras rodeadas de piel roja hinchada. De sus labios inflados le caía un lento hilillo de sangre hasta la barbilla. Con cuidado, se lo limpiaba en el abrigo. Allison vio que la tela estaba ya empapada.

Allison le alcanzó la mano.

Sonika se estremeció, casi cayéndose.

—Lo siento —dijo Allison. Se arrodilló al lado de ella, con cuidado para mantener alguna distancia—. ¿Qué ha pasado?

Sin una palabra, la joven extendió la mano. Sus yemas rozaron el vientre de Allison, luego se tocó el suyo.

Allison no se molestó en preguntar cómo lo había sabido Sonika.

—¿Está embarazada?

Quedarse embarazada y tratar de marcharse eran los dos momentos más peligrosos para una mujer maltratada.

—Tal vez —vaciló Sonika—, tal vez ya no.

Y luego Allison vio lo que antes no había visto: la sangre en el suelo entre los talones de Sonika. Se sacó de un tirón el teléfono móvil de la cintura. Al cabo de unos minutos, las sirenas sonaron.

Mientras los paramédicos abrían las puertas de la ambulancia para meter la camilla, Sonika agarraba con fuerza la mano de Allison. Otras mujeres del refugio miraban desde sus ventanas, algunas con resignación, otras, asustadas. ¿Cuántas de ellas habrían pasado por una situación similar? Dolor si no se resistían, dolor si lo hacían. Una de las clientes de Allison había sido condenada a diez años después de haber matado a su marido; su argumento de defensa propia hizo reír al tribunal. Demasiada gente, incluyendo a policías y jueces, pensaba todavía que la violencia doméstica era algo que no se debía comentar fuera de la familia.

—Él me dijo que lo avergüenzo si me marcho —dijo Sonika antes de que el paramédico empujara la camilla adentro de la doble puerta.

Mientras Allison conducía de regreso a su despacho, pasó por el refugio de animales donde encontraron a Jalapeño. Apretando el volante para reprimir el temor de sus manos, pensó: *En este país, hay más refugios de animales que de mujeres.*

Leif Larson estaba de pie al lado de la chimenea en la fiesta de Nochevieja de Rod Emerick, cuando su vista se posó en la mujer más hermosa.

Y luego fue como cuando se ajusta la lente del microscopio. Era Nicole. Hacía nueve meses que Leif había sido transferido a la oficina de Portland desde Oklahoma. En todo aquel tiempo, él siempre veía a Nicole vestida con variaciones del mismo equipo: trajes oscuros de pantalón, con zapatillas y pequeños pendientes dorados.

Esta noche estaba casi irreconocible con un vestido largo, sin mangas, negro. Tenía cintas anchas que se entrecruzaban en la espalda, dejando ver los fuertes músculos de sus hombros. Ella se rió de algo que Rod había dicho, con sus grandes aros de plata balanceándose adelante y atrás.

Leif no podía apartar los ojos de ella.

Nicole era la mujer más simpática que conocía, y con diferencia. Era como un gato, pensó, y no solo por sus rasgados y puntiagudos ojos.

Había personas que se parecían a los gatos y personas que se parecían a los perros. A ambos les gusta ir con las personas. Pero unos vienen cuando los llamas, pueden aprender muchos trucos, y suplican para el afecto y los premios.

A las personas gato tienes que esperarlas.

Leif decidió que estaba dispuesto a esperar.

Brad Buffet se inclinó y le besó la mejilla a Cassidy en la fiesta que había organizado para todos los del Canal Cuatro. Ella se rió tontamente cuando su media barba le rozó la piel. También podía haberle besado el anillo. Brad había sido el rey de la estación durante los tres años anteriores, después de haber venido desde Santa Fe. Ahora estaba claro que la estrella que brillaba era la de Cassidy.

—Ven afuera. ¡Ahora! —le dijo Rick al instante en el oído y se la llevó tirándole del brazo—. Te he visto —le dijo cuando estaban en el vestíbulo—. He visto cómo coqueteabas con ese tipo.

Rick tenía ojos de loco, como si les hubiera sorprendido practicando el sexo, en lugar de en ese beso, prácticamente al aire, entre colegas. Cassidy se sintió consternada e incluso, en cierta forma, culpable. Ella había estado riéndose y tonteando, claro. Pero esa era ella, ¿no?

—Solo me estaba divirtiendo —dijo—. Eso no significa nada.

Rick le metió la mano bajo el top de lentejuelas plateadas y le pellizcó en el talle con la fuerza suficiente para despabilarla al instante. Ella sabía que esto le dejaría una marca.

—Escúchame —le urgió—. Escucha.

Cassidy podía oler el whisky en su aliento.

—Te portas como una guarra.

Esa palabra fue un golpe directo al estómago. Era la palabra que su padre había usado cuando la sorprendió con Tommy Malto en el patio trasero una noche de verano, cuando pensaban que todos dormían. Ella tenía catorce años. Sus padres le dejaron claro que ella era artículo usado, sin valor para nadie.

—No, yo no hago eso —dijo ella, con voz no enfadada, sino suplicante.

—Hablas con los tíos como si estuvieses lista para acostarte con ellos —espetó Rick, que estaba tan cerca que ella podía sentir cómo le salpicaba su saliva—. Debería darte vergüenza.

Algo se rompió dentro de Cassidy. Era como si se le llenara la cabeza de líquido. Lágrimas y el principio de las náuseas.

Ella y Rick se marcharon un minuto más tarde.

A la mañana siguiente, de alguna manera Rick había comprado dos docenas de rosas rojas. No sabía lo que le había pasado, le dijo a Cassidy, con los ojos brillantes de lágrimas. Era celoso, nada más. Solamente celoso. Y, añadió él, eso era solo porque la amaba.

El primero de año fue un día de pereza para Allison. Durmió casi once horas. Cuando por fin se levantó, ella y Marshall salieron para tomarse un largo y tranquilo desayuno-almuerzo.

Se pasaron el día poniéndose al corriente de tareas y mirando cunas en Internet, cambiando mesas, mecedoras, y el millón de otras cosas que supuestamente se necesita cuando tienes un bebé.

En unas semanas, Allison estaría en su segundo trimestre y tendrían que hacerlo oficial. Decírselo a colegas y parientes. Ella compraría la ropa de embarazada y dejaría de intentar abrocharse los pantalones poniendo una cinta del ojal al botón.

Y siempre que empezaba a pensar en Katie, Allison apartaba el pensamiento. Solo por hoy, su vida era la suya.

—¿**P**ero si no aparece el cuerpo de Katie, cómo vas a procesar a alguien por el asesinato?

Cassidy se inclinó a su plato y tomó un pedazo grande de la pizza de queso y pepperoni. A Allison siempre le asombraba que su amiga pudiera comerse las cosas más pringosas sin mancharse la ropa ni estropearse la pintura de los labios.

Pizza Pizzicato era la sucursal en Portland de una cadena, y el sitio ideal para hacerse con una rodaja rápida. Allison, Cassidy y Nicole se sentaban detrás de la parte central del cuchitril, que proveía pizzas a todo el mundo, desde hombres de negocio a turistas y a niños de la calle que habían logrado mendigar bastantes monedas para comprar una ración de pizza de queso.

—Obviamente, es mucho más fácil con el cuerpo, pero no es imposible sin él.

Intentando no mirar con envidia a las otras dos devorando su pizza, Allison bañó su tenedor en una pequeña taza de aliño balsámico y luego pinchó otro poco de su ensalada de rúcula.

—Procesé un caso hace seis años de una mujer que había desaparecido. Descubrieron su coche en el aeropuerto. Limpio de huellas, así que era bastante difícil de creer ella acabara de tomar un vuelo. Sus tarjetas de crédito y cuenta bancaria estaban intactas. Todo lo que encontramos fueron unas manchas de sangre en la entrada a su casa.

—Yo no vivía en Portland entonces, pero recuerdo el caso —dijo Nicole—. Es ese en el que su marido fue visto regando la entrada a la casa la noche siguiente a la desaparición.

—Eso es —dijo Allison—. Así que lo llevamos a juicio. Su abogado dijo que seguramente Darcy se había escapado con algún tipo misterioso que podría haber conocido. En su alegato final dice: «Como su cuerpo no ha sido encontrado, es posible que Darcy esté todavía viva. De hecho, damas y caballeros, Darcy podría entrar por esa puerta ahora mismo». Y se da la vuelta y señala dramáticamente a la puerta. *Todos* los de la sala, el juez, el jurado, los asistentes, todos se giraron y miraron. Pero yo no. Yo miraba al acusado. *Y él* fue el único que no miró.

—Porque él sabía que Darcy no iba a volver —dijo Cassidy.

—Exactamente. Pero, incluso sin el cuerpo, conseguí que lo condenaran a veinticinco años.

—¿Apareció su cuerpo alguna vez? —preguntó Cassidy.

—No.

De noche, Allison solía acostarse junto a Marshall y pensar en sitios donde podrían buscar: en un poco de bosque que había cerca de la casa del tipo, en la granja de un amigo, bajo un paso elevado cercano. Incluso después de ser condenado, el marido de Darcy se negó a decir dónde estaba su cuerpo, o incluso a admitir que estaba muerta. Pero Allison lo había presentado desde el momento en que la madre de Darcy le había entregado una fotografía de su hija.

Como parte de lo que Allison había sabido cuando vio la foto de Katie por la tele la primera vez.

—¡Hombres! —dijo Nicole resoplando—. Si una mujer mata a su marido, una hora más tarde la encuentras todavía junto al cuerpo con la pistola y llorando. Si lo hace un hombre, en el minuto siguiente está calculando cómo ocultarlo. Las mujeres no matan a sus esposos a no ser que el tipo les dé una maldita buena razón. Las mujeres no entran en Internet y tratan de hablar con niños de once años para que vayan a su casa a jugar a los médicos. Son los hombres los que violan y estafan y roban.

—Y los que empiezan las guerras —añadió Cassidy amablemente.

Allison se irguió.

—¡Eh! —se opuso —. No dejes que unos malos ejemplos te hagan borrar a la mitad la raza humana. No todos los hombres son ladrones barra asesinos barra violadores barra belicistas. Mira a Marshall. Mira a tu padre, Nic, o a tus hermanos. Todos ellos son buenos hombres.

—Tal vez —dijo Nicole encogiéndose de hombros—. Pero a veces pienso que son la excepción que confirma la regla.

—Hasta hace poco te ha pasado los días chateando con pervertidos —dijo Cassidy—. Eso suele quemarte.

Nicole asintió con la cabeza, pero Allison diría que no estaba totalmente convencida.

Allison era la única con una relación estable, sólida. Cassidy cambiaba de hombre con tanta frecuencia como de zapatos. Y Nicole nunca tenía citas.

Para sí, Allison pensaba que quienquiera que fuera el papá de Makayla, debía de ser alguien pésimo. Cuando las tres se reencontraron, no había papá en la foto, solo Makayla con sus ojos vivos, con su trenza. Nicole nunca hablaba de quién era el padre de Makayla, y hasta el experto sondeo de Cassidy había chocado contra un muro. Un muro revestido de acero.

—Darcy debería haberse marchado —dijo ahora Nicole. Su voz era normal, no la juzgaba—. Recuerdo haber leído sobre su marido. Era encantador, pero manipulador en sus primeras citas, y luego fue a más gritándole, los vecinos lo oían, y después, hacia el final, la golpeaba. Con tipos así, siempre se va intensificando.

—Pero —dijo Cassidy—, yo no diría que todos los encantadores y manipuladores acaben limpiando la sangre de su esposa de la entrada.

—Sí —dijo Nicole encogiendo los hombros—, pero demasiadas mujeres dan justificaciones cuando el tipo se vuelve violento. Demasiadas piensan que dice la verdad cuando dice que lo siente y les regala flores y besos —sentenció, se limpió la cara con la servilleta, la arrugó y la dejó caer encima del plato—. Y cuando se percatan de que él no lo siente en absoluto, es demasiado tarde.

Sus palabras se oyeron deformadas mientras se volvía a aplicar el lápiz de labios. En el trabajo, Nicole siempre se vestía de manera conservadora, pero Allison pensaba que su lado secreto lo ponía de manifiesto ese lápiz omnipresente que resaltaba sus labios. Hoy era de un color vino tinto oscuro, un buen contraste para su traje pantalón azul marino.

—Tal vez después de que esto de Katie Converse se termine, debería hacer un programa sobre el maltrato doméstico —dijo Cassidy, con una inusual apariencia apagada. Rompió un pedazo de la enorme galleta con trocitos de chocolate que compartían.

—Ya sabes, de qué hay que tener cuidado, cómo ayudar a tus amigas, qué hacer si eres víctima de maltrato. ¿Qué les dicen a las mujeres que acuden al Refugio Safe Harbor?

—Les decimos que siempre tienen que saber dónde está el teléfono más cercano —dijo Allison, enumerándolas con los dedos—. También les decimos que tengan un teléfono móvil, a ser posible. Les decimos que la cocina y el dormitorio son los dos sitios más peligrosos. Y que tienen que guardar todos sus objetos imprescindibles, los documentos y recetas, en un lugar a mano, listos para irse con ellos. Ah, y que tienen que usar una frase código cuando están al teléfono y él puede oírlas.

—¿Qué es eso? —dijo Nicole, rompiendo un pedazo de galleta y estallándoselo en la boca.

—Les decimos que usen la frase «he oído que puede llover este fin de semana». Así le dicen a una amiga o pariente que ya conoce la frase que están en peligro —explicó Allison—. Así, si dice esa frase, la amiga sabe que ella tiene problemas y que hay que llamar al 911.

Lástima, pensó Allison, que Katie nunca hubiera tenido la oportunidad de llamar al 911.

Algo pasaba con Cassidy que tenía inquieta a Nic, pero, como tenía que volver al trabajo, no pudo averiguar lo que era. Algo había en ella que estaba fuera de lo normal, ¿pero qué era? Nic seguía intentando atinar lo que sería, cuando sonó su teléfono.

Era Wayne Converse.

—¡La tiene alguien que estuvo en la vigilia!

—¿Qué? —dijo Nic—. ¿Wayne, de qué hablas?

—El secretario de la escuela nos llamó y preguntó si queríamos todas las cosas que la gente dejó ante la foto de Katie en la vigilia —dijo, hablando tan rápido que se le atropellaban las palabras—. No le parecía bien tirarlas sin más. Nos enviaron una caja grande, pero no la miré hasta hoy. Había algunas flores que se estaban empezando a pudrir, así que abrí la caja para tirarlas. ¡Y allí está su collar! ¡El de Katie! Se lo regalé para su cumpleaños, y ella me dijo que se lo ponía cada día.

Nic sintió que se le aceleraba el corazón. Recuperó el paso hasta que casi se puso a correr.

—¿Lo ha tocado?

—No gracias a Dios, no. Alargué la mano y casi lo toco, pero algo me detuvo en el último instante.

—Tendremos que averiguar quiénes de la escuela han manipulado la caja.

Esperaba que la gente no se hubiera detenido para tomar, examinar cosas y luego dejarlas. Que hubiesen sido más respetuosos. Como en un lugar de luto, no como en una venta callejera.

Veinte minutos más tarde, ella estaba en el salón de los Converse.

—Valerie está con Whitney en el cine —dijo Wayne mientras Nic miraba con atención en el revoltijo de una vieja caja de cartulina—. Estamos tratando de que no piense en lo que está pasando.

Dentro de la caja había un oso de peluche marrón apoyado contra un mono de felpa morado y una rana verde de peluche. Alrededor había dos docenas de velas votivas quemadas con charcos de cera dentro de sus vasijas, así como un dibujo de una paloma, un ángel de cerámica, dos fotografías más pequeñas de Katie, y otros presentes.

—Esto es —dijo Wade, señalando una cadena fina de plata con una amatista con forma de lágrima púrpura metida en una esquina de la caja—. Esto perteneció a su mamá.

Nic dudaba que pudieran extraer algo de allí, pero no podía dejar pasar ninguna oportunidad, no con un caso que se había enfriado tanto.

—¿Tiene un lápiz?

—¿Por qué? —se extrañó, pero luego entendió y entró corriendo en la cocina.

Nicole podía oírlo revolviendo en un cajón.

Después de darle el lápiz, Nic logró enganchar la punta en uno de los eslabones. Sostuvo la cadena, con la piedra en su tercio inferior. Seguía sujeta, pero uno de los eslabones de plata se había roto. Una cosa era imaginarse que Katie se lo hubiera quitado, o hasta que alguien le hubiese exigido que lo entregase, pero esto... esto implicaba violencia contra la persona de Katie.

La cara de Wayne estaba blanca.

—Alguien le puso las manos en el cuello y se lo arrancó. Y ahora se estará riendo de nosotros.

—Mire —dijo Nic—, esto nos dice algo muy importante que hasta ahora no sabíamos. Ahora sabemos que sea lo que sea lo que le pasó, alguien se lo hizo. Katie no se cayó en un río, pozo o algo así. Alguien se la llevó.

Claramente, pensaban en un secuestro. O, lo más probable, secuestro con asesinato.

¿Eso habrá sido? Pensaba Nic para sí. ¿Y si Katie lo hubiera dejado? A lo mejor esta era su pista. La pista de que estaba todavía viva.

FOREST PARK
4 de enero

Jeff Lowe iba corriendo por el sendero Wildwood cuando atisbó un perro que iba delante de él.

Cojeando.

—Aquí, muchacho —lo llamó, no se detuvo. Luego había una curva en el sendero, y perdió de vista al perro.

No había nadie más alrededor en el Parque Forest. A principios de enero, con la fría lluvia, no era precisamente un día apetecible para salir. Pero Jeff Lowe acababa de mudarse a Portland, y estaba conociendo la ciudad de la manera que más le gustaba: con las suelas de sus zapatillas deportivas. Él había crecido en un complejo de viviendas en Cleveland, y la idea de un bosque de dos mil hectáreas en medio de una ciudad le fascinaba.

No había modo de perderse en el sendero Wildwood; eso decía todo lo que él había leído. De todos modos, Jeff Lowe era un joven de ciudad, y a él ese parque le parecía como entrar en un cuento de hadas. Los troncos oscuros y gruesos, recubiertos de un musgo verde brillante, le rodeaban. No había visto a nadie en cuarenta y cinco minutos. Los únicos sonidos eran la lluvia, sus pesados pasos y su aliento resonando dentro de la capucha de su sudadera.

Vislumbrando la piel marrón rojiza del perro entre los árboles, se salió del sendero y entró entre los helechos esmeralda y rododendros color jade. Incluso en enero, aquí todo era verde. Redujo el paso, no queriendo asustar al animal. Tal vez él podría engatusarlo para salir de la maleza. Agarrarlo por el cuello. No parecía grande. Tal vez veinte o veinticinco kilos, con una cola baja y peluda. Él nunca había tenido un perro, y no sabía de qué raza era. ¿Una especie de mezcla de pastor alemán?

Jeff Lowe se imaginó llamando al dueño desde su teléfono móvil. Llevando el perro a su coche. En su imaginación, el animal se dejaba abrazar, agradecido por la atención. Y él lo abrigaba con una toalla y lo ponía en el asiento de los pasajeros y luego lo conducía a la casa del dueño, y entonces ella, que desde luego era hembra, por algo era *su* imaginación la que lo soñaba..., entonces ella...

El perro ladró desde los arbustos que había delante. Se dio la vuelta y lo miró.

Jeff Lowe pensó varias cosas a la vez.

El perro no era un perro. Esto era un lobo o algo así.

Con ojos amarillos.

Y con algo pálido en la boca.

Y ese algo era la mano de una mujer.

Harta
17 de noviembre

Pues no sé muy bien qué hacer ahora mismo con mi vida.

Este día apesta, y bastante. O es que últimamente... todo apesta.

Ya estoy harta de todo. De todo y de todos. Y estoy cabreada. Con el mundo entero. De la manera en que actúa la gente, de las decisiones que tomo y de las cosas que hace la gente con la excusa de que «no es tan sencillo». Bueno, ahí van las noticias: estoy harta. Harta de sentirme miserable por alguien a quien parece que ya no le importo.

Ya he hecho bastante por los demás. Me merezco ser feliz. Y estoy harta de llorar por las mentiras que me dicen. Porque ya me he preocupado demasiado por los demás. Incluyendo a esa persona a la que ya no parezco importarle mucho.

A Jeff Lowe le temblaban tanto las manos que apenas se podía sacar el teléfono móvil del bolsillo de su chubasquero. Finalmente, lo sacó, lo abrió y pulsó 9-1-1. Sus ojos volvieron a aquello que había a tres metros delante de él. Desde el ángulo en que estaba ahora, casi podría parecer que eran desperdicios.

El lobo o el coyote o lo que quiera que fuese le estuvo mirando un buen rato con sus ojos amarillos antes de dejar caer de la boca aquello. Luego se dio la vuelta y salió corriendo.

Y lo dejó solo con aquello. Aquello que podría ser basura. O una bolsa de papel. O una especie de flor o fruto extraño que solo crecía en los bosques de Oregón.

Salvo que eso no explicaba el esmalte de uñas rosa.

Todavía tenía el teléfono apretado a la oreja, pero no podía oír nada. Jeff se lo apartó para mirar la pantalla.

FUERA DE COBERTURA.

Le castañeteaban los dientes. Entre los árboles había un silencio absoluto, solo roto por la lluvia, que empezaba a amainar.

Está bien, si aquello era una mano, y tuvo que admitir que tenía que serlo, ¿dónde estaba lo demás? ¿El resto del cuerpo al que pertenecía?

El pensamiento lo sacudió como un calambrazo. Frenético, giró sobre sí mismo, dirigiendo la mirada desde las piedras a las raíces a los empapados helechos. La mano ya era demasiado para él. No podía enfrentarse a un cuerpo entero. Él no soportaría toparse con un muerto. ¿Y si lo habían descuartizado? ¿Y si estaba todo lleno de pedazos dispersados a su alrededor?

¿Y qué era ese ruido? Su miedo se intensificó hasta el punto de hacerse casi insoportable.

Y entonces Jeff se dio cuenta de que era un gemido, y de que venía de él.

Jeff deseó estar a cubierto. Quería estar caliente y seco y sin nada alrededor de él que no fuese artificial. Nada de animales salvajes, de muertos, de miembros sueltos, de húmedas sombras oscuras bajo los arbustos. Todo limpio y aseado y ordenado.

Pero primero tenía que decirle a la policía lo que había encontrado. Que ellos se ocuparan. Era trabajo de ellos, ocuparse de las cosas que no estaban limpias y aseadas y ordenadas.

A unos seis metros detrás de él había un claro. Se apresuró hasta él, con el teléfono delante, pero mirando una y otra vez atrás a la mano, como si esta fuera capaz de ponerse a correr. Levantó el teléfono hacia el espacio de cielo claro. Durante un segundo, el indicador parpadeó. Pero, cuando ya sentía que le inundaba la esperanza, volvió a leerse FUERA DE COBERTURA.

Jeff tenía que salir de allí. Salir del bosque. Volver a la civilización para poder llamar a la policía. Pero, si se marchaba, ¿podría traer a la policía aquí? ¿Exactamente a este mismo punto? ¿Y si no podía volver a encontrar el sitio? ¿Y si el animal volvía por su almuerzo?

Con un emergente horror, Jeff comprendió que había solo una solución.

Tendría que llevarse la mano.

Allison se enteró por medio de Nicole. Se había hallado una mano en Forest Park.

Una mano de mujer.

Cuanto más tiempo iba pasando, más sabía Allison que ese iba a ser el fin más probable. Katie muerta, no oculta en algún universo alternativo. No escondida por Fairview. No haciendo autostop a San Francisco. No vagando por las calles de Seattle con amnesia. Forest Park estaba a solo un kilómetro y medio de la casa de Katie, pero tenía dos mil hectáreas, casi todo de vegetación centenaria.

Después de comprobar la identificación de Allison, un policía la guió con gestos en el aparcamiento de la base de Forest Park. Estaba ya casi lleno. El coche de Nicole se encontraba cerca de la entrada. Una unidad móvil de mando, que parecía una autocaravana extra grande o un autobús, ocupaba una esquina del aparcamiento. Allison se fijó en un punto del extremo opuesto. La mayor parte de los coches de esa parte pertenecían al FBI.

Los agentes estaban apiñados en pequeños grupos, todos vestidos igual, con pantalones caqui y camisas azules de manga larga con el letrero amarillo en la espalda que indicaba que era el equipo de recogida de pruebas del FBI, el ERP. Allison sabía que siempre llamaban a todos los dieciséis miembros del ERP cuando había un escenario criminal con cuerpo.

Solo que hasta ahora no había cuerpo. Solamente una mano.

Hasta ahora, Allison no se había dado cuenta de hasta qué punto habría preferido que fuera verdad alguna de las alternativas que se había medio imaginado para Katie. Se puso una mano en la cruz y otra en el vientre y elevó una oración en silencio por los padres de Katie. Esa noche se les partiría el corazón. Allison sabía que aun así Dios ofrecía una paz que sobrepasa todo entendimiento. Oró para que Wayne y Valerie pudieran encontrar esa paz, al menos a tiempo.

Por fin, Allison suspiró y salió de su coche, observando los altísimos cedros centenarios y los abetos Douglas que cubrían las colinas delante de ella. Katie tenía que haber estado en alguna parte por allí, pero no era de extrañar que no la hubiesen encontrado hasta ahora. Había partes de Forest Park en las que nadie se aventuraba a entrar, las áreas aisladas e inaccesibles donde viven el gato salvaje, el alce, la gran garza azul y el ciervo de cola negra. Había hasta testimonios de haber visto osos negros.

Al levantar la vista, una leve brisa hacía temblar la última de las quebradizas hojas caducas de los árboles de madera noble dispersos entre los de hoja perenne. Con un poco de imaginación, este podría ser el bosque de muchos cuentos de hadas. Un bosque de cuento en el que el mal estaba al acecho y las brujas atraían a muchos jovencitos. Donde los lobos daban caza a su presa.

—¡Oye, amiga! —dijo Nicole detrás de ella—. Pareces perdida en tus pensamientos.

Allison se volvió.

—Solo estoy un poco triste. Yo sabía que así era como iba a terminar, pero todavía tenía alguna especie de esperanza de equivocarme, ¿sabes?

—Yo también. En cuanto localicemos el cuerpo y tengamos alguna idea de lo que pasó, tendré que decírselo a los Converse.

Allison pasó su mirada de Nicole a un hombre de veintipocos años que estaba apoyado contra el parachoques trasero de la unidad móvil de mando. Iba vestido con ropa de entrenamiento, pero sin chaqueta, aunque la temperatura parecía descender por debajo de cero.

—¿Él es el que la encontró? —dijo, señalándolo con la barbilla.

El joven sostenía un vaso desechable del que subía vapor al aire. Tenía una manta oscura gris sobre los hombros, pero Allison podía oír a diez metros de distancia cómo le castañeteaban los dientes.

—El civil está bastante afectado —dio Nicole—. No está seguro de en qué parte del sendero estaba cuando encontró la mano. O tal vez debería decir dónde estaba cuando encontró al coyote que encontró la mano. Lamentablemente, no la dejó allí. Como no encontraba cobertura para el móvil, la envolvió en su chaqueta y la trajo hasta aquí.

—¿Seguro que es una mano de mujer?

—Es más pequeño, sin callos, sin manchas de edad, y tiene esmalte de uñas rosa. La única persona desaparecida que encaja es Katie. Un par de las yemas de los dedos están intactas. Si tenemos suerte, podría haber arañado al asesino.

El estómago de Allison subió hasta su garganta y se la apretó.

—¿Entonces estaba cortada? ¿La descuartizaron? —dijo, tragando con dificultad, con el gusto amargo de la bilis en la lengua.

—No. El médico forense ya ha dicho que parece compatible con depredación animal. Ahora nuestro objetivo es encontrar el cuerpo lo más rápido posible y tener acordonado el escenario del crimen. Lo que menos necesitamos es tener a los medios de comunicación aquí estropeándolo todo y dejando las pruebas peor todavía —dijo Nicole, desviando la mirada a otro punto—. Por eso hemos traído un perro rastreador de cuerpos.

Una mujer regordeta de cincuenta y tantos salió de la unidad móvil de mando. Un perro marrón de orejas y hocico negros iba unos pasos por detrás de ella. Pasaron junto a un hombre a quien Allison reconoció como Leif Larson, el líder del equipo de ERP. Era un tipo fornido, de más de metro ochenta, pelirrojo, que a Allison siempre le hacía recordar a un vikingo. Era un tipo tranquilo que no se prodigaba en consejos, pero cuando decía algo valía la pena escucharlo.

Allison acompañó a Nicole hasta ellos y Nicole la presentó a Belinda, la adiestradora.

—¿Pastor alemán? —se aventuró Allison. No había crecido con perros cerca.

—Pastor belga malinois —dijo Belinda orgullosa—. Pedigrí certificado. Y rastreador de cuerpos certificado.

Se inclinó abajo para acariciarle la cabeza al perro. Este gimió, bajo e impaciente.

—La mayoría de perros solo pueden oler a ras de tierra. Así, para que un perro de rastreo encontrase a la señorita desaparecida, tendría que haber estado aquí ella y haber dejado rastros en los arbustos y el suelo. Pero Toby es diferente. Los perros rastreadores de cuerpos pueden oler también en el aire. De modo que si el cuerpo de la muchacha está aquí, no importa cómo haya llegado, Toby la encontrará. Incluso si la han traído en un coche —dijo, y acarició el perro otra vez—. ¿Está lista su gente? —le preguntó a Leif.

—Sí. Queremos encontrarla antes de que no haya luz.

Belinda se inclinó y soltó la cuerda.

—Busca, Toby. ¡Busca!

Con un impaciente gimoteo, Toby corrió a toda prisa. En unos segundos ya estaba fuera de la vista.

—¿Cómo sabemos cuándo ha encontrado algo? —preguntó Allison.

—Se oirá —contestó Belinda, guardándose la cuerda en el bolsillo de la chaqueta—. Cuanto más excitado ladre, más fuerte es el olor. Los rastreadores de cuerpos son como los buenos perros de caza. Un pájaro grande los excita más que uno pequeño. Y para un rastreador de cuerpos, un buen olor fuerte lo altera más que uno débil. Los perros son sinceros. No pueden contener su excitación si el olor es realmente bueno.

—Si la encuentra, no alterará los restos, ¿verdad? —expresó Allison lo que a ella le inquietaba. Los animales ya habrían devorado algo de Katie—. El perro todavía distinguirá que Katie es una persona, ¿no? —preguntó, tragando saliva para reprimir una repentina urgencia de náuseas—. Toby no la vería como comida ¿verdad?

—No se preocupe —negó Belinda bruscamente con la cabeza—. Toby está entrenado. Sabe que solo puede poseer el olor, no el objeto. En cuanto haya localizado el cuerpo, se agachará a buena distancia del mismo. En esa posición, se controla. Y esperará a que lleguemos.

Esperaron, mayormente en silencio. Pasaron cinco minutos. Diez. Veinte.

En la distancia, un ladrido. Allison se quedó helada. Los miembros del ERP levantaron la cabeza, escuchando con toda su atención. Un minuto más tarde, otro ladrido. Victorioso.

De pie a unos seis metros del cuerpo de Katie Converse, Leif Larson hacía una lista de todo lo que había que hacer para ocuparse del escenario. Medio oculto por un rododendro, el cuerpo yacía sobre su vientre, con la cabeza hacia un lado. Tenía el brazo derecho estirado. La mano derecha no estaba. La mano izquierda, que todavía llevaba un guante de tela negra, estaba agarrotada cerca de lo que quedaba de su cara. El guante había evitado que devorasen la mano, pero también significaba que probablemente no habría nada bajo las uñas. Leif solo tenía que esperar que tuvieran mejor suerte que con la mano rescatada.

Y alrededor del cuello, apretado con fuerza, había una correa de perro de color rojo brillante, con tres metros de cable en el suelo, al lado del cuerpo.

Leif volvió a donde le esperaba su equipo, intentando pisar solo en piedras y raíces para así no dejar ninguna huella. Los miembros del equipo llevaban fundas para los zapatos, redecillas, y monos Tyvek blancos. Los monos tenían una doble función: evitar que sin querer se llevaran rastros del escenario y protegerse ante cualquier amenaza biológica que pudieran encontrar.

Leif encargó a parte de su equipo que preparara su sistema de iluminación de alta tecnología y a otra parte que marcara un camino de entrada y salida con banderillas. Al resto les señaló cuatro árboles que servirían como esquinas para señalar el perímetro interior. La regla de Leif era acordonar al menos a treinta metros del ítem de evidencias visibles más apartado.

Se conformó con establecer el primer límite a setenta y cinco metros del cuerpo. Era más fácil reducir el tamaño de un área que aumentarlo, y no tenía ninguna necesidad de prensa y curiosos que destruyeran alguna prueba.

Como este era un caso tan importante, pidió también que establecieran un segundo perímetro a unos treinta metros desde el principio. Ni la persona más próxima contaminaría el escenario del crimen (si era eso lo que tenían), pero podrían ofrecer un acceso más cercano que el del público general a cualquier personaje importante que lo quisiera. El segundo perímetro era para todos los demás. A lo largo del mismo, Leif colocó oficiales locales y agentes especiales que no formaban parte del ERP para asegurarse que nadie lo traspasaba. Entre ellos, los ERP llamaban a la cinta amarilla del escenario del crimen «el papel matamoscas», por su capacidad para atraer a los mirones. Pero de momento los únicos presentes eran de los suyos. La policía de Portland había puesto agentes en todas las entradas formales del parque, pero no mantendría fuera a los medios de comunicación y a los simples curiosos por mucho tiempo. No, cuando se enteraran de que habían hallado a Katie Converse.

Y se enterarían, aun cuando los oficiales lo estaban manteniendo fuera del alcance de los escáneres. Solo por la cantidad de presencia policial, no había esperanza de poder mantenerlo en secreto. Unos minutos antes Leif había oído un zumbido de helicópteros en lo alto, pero los árboles formaban una cubierta demasiado espesa para que pudieran ver nada.

Mientras se preparaban, vio a Nicole Hedges echar un vistazo al cuerpo. Se volvió a Leif mientras se ponía un segundo par de guantes de látex. Ella solo llevaba un par, que ya se estaba quitando y poniendo en los bolsillos de su parka.

—Es ella. Es Katie Converse —dijo con gravedad Nicole mientras Leif empezó a sellar con cinta aislante donde se unían su guante izquierdo y la manga del mono.

—El pelo, la altura, la constitución, la ropa —todo encaja. Hay hasta una pulsera de oro que nos dijeron que era de ella, aunque ahora está suelta. Estaría en la mano que se llevó el coyote —dijo, y señaló el rollo de cinta—. ¿Le ayudo con la otra mano?

—Claro.

Leif ofreció sus muñecas, y ella comenzó a cerrar con cinta adhesiva los extremos del guante y de la manga. Él la miró disimuladamente, mientras ella apretaba absorta la cinta en su sitio. Sus ojos rasgados, su callado saber estar, su aspecto en la fiesta de Nochevieja... todo en ella lo cautivaba.

Nicole era un misterio.

Y a Leif le encantaban los misterios.

Solo había tenido un par de citas desde que se trasladó a Portland. Chicas bastante agradables, pensaba, pero ninguna de ellas había sido de la clase con la que él podría imaginarse comentando su jornada laboral. Les gustaba eso de que fuera del FBI, pero no les interesaban los detalles. Detalles como los que hoy le iban a consumir.

Cuando Nicole hubo terminado, le dio una palmadita en el guante.

—Listo —dijo, y suspiró—. Vuelvo para decírselo a los padres.

—¿Cómo cree que se lo van a tomar? —preguntó Leif, consciente de que era una pregunta tonta en cuanto salió de su boca. Y sabía que Nicole tenía un niño. ¿Cómo podría un padre ni siquiera reponerse ante algo así?

—Luego volveré y se lo contaré —lo dijo de forma categórica, sin sarcasmo, por eso era peor.

Dejando a un lado su vergüenza, Leif recogió su cámara y entró de nuevo en el escenario del crimen. Dentro del ERP tenía una doble función: líder de equipo y fotógrafo. Antes de que el equipo comenzara el trabajo, él tomaba fotografías de entrada para mostrar el aspecto del escenario antes de que llegaran. Después tomaría fotos de las pruebas. Y una vez que su equipo acababa de procesar la escena, tomaba fotografías de salida para mostrar el aspecto que tenía una vez terminado el trabajo.

Ser el fotógrafo del ERP implicaba tener que familiarizarse mucho con el cuerpo para documentar de manera exacta lo que se le había hecho. Significaba luchar para mantener un distanciamiento clínico mientras fotografiabas los gusanos en un cadáver.

O, en este caso, quería decir documentar pruebas de que los coyotes y los cuervos, y quizás las ratas, podían hacer cuando se les presentaba un apetitoso cuerpo fresco. Solo que este ya no estaba tan fresco. El olor a muerte invadió el interior de la nariz de Leif hasta la parte de atrás de la garganta. Era dulce y putrefacto, ácido, no había nada que se le pareciera. No era de extrañar que el perro la hubiera encontrado tan rápido.

Con su Canon SLR, Leif tomó las fotografías que establecían la situación del cuerpo,

Luego fotos de medio alcance, primeros planos y finalmente los primeros planos con una regla de papel puesta al lado para calcular la escala. Era más fácil cuando enfocaba desde el otro lado de la cámara. Así ponía alguna distancia entre él y lo que veía, como si fuera algo bidimensional. Sacó docenas de fotos, buscando abrasiones, contusión, señales de mordedura o pruebas de impresión, muestras de manchas de sangre, heridas defensivas... y encontrando bastante poco.

De todos modos, habían enseñado a Leif a fotografiarlo todo. Las pruebas podían desaparecer. El proceso podía torcerse. Una fotografía podía ofrecer las únicas pistas. ¿Cuántas pruebas habrían ya desaparecido o se habrían deteriorado, habrían desaparecido por la lluvia o se habrían secado por el débil sol que había salido de vez en cuando desde la desaparición de Katie?

Mientras el objetivo se abría y cerraba, Leif se hizo las cuatro preguntas que se hacía en cada escenario de un crimen: ¿Cuál era la causa de la muerte? ¿Podría la víctima haber causado su propia muerte? ¿Había algún signo de lucha? ¿Y con qué objeto se habían producido las heridas?

Entonces, ¿era asesinato o suicidio? Leif se lo preguntó mientras se inclinaba hacia el cuerpo y tomaba otra foto. Alguien había hecho un nudo sencillo ensartando el final de la cuerda por el lazo de la empuñadura, formando un segundo lazo que ahora estaba hundido en la hinchada carne morada del cuello de la muchacha. El resto de la cuerda estaba en el suelo al lado de ella. En ese momento parecía suicidio, pero las apariencias podían engañar. Se acordó de otro caso, sobre el cuerpo de un hombre que encontraron en un coche siniestrado. Parecía un caso rápido: accidente de coche y ya está. Pero la autopsia sacó a la luz cinco heridas de puñaladas en el pecho.

Además, si era suicidio, ¿por qué no seguía colgada? El agente buscó, pero no vio ninguna rama rota.

Leif contuvo la respiración mientras se agachaba más cerca de la joven. Solo que ya no era la joven. Era una cáscara, una muñeca de trapo de tamaño natural. Era más fácil pensar en ella así. No como una muchacha que podría haber estado preguntándose qué le esperaba en Navidad.

Normalmente ponía especial atención en los ojos, manos, pies y suelas de zapatos de la víctima, pero para los dos primeros tuvo que contentarse con la fotografía de donde cada uno había estado.

El experto veterano del ERP, Rod Emerick, llevaba el registro de las fotos. Mientras Leif trabajaba, Rod anotaba con cuidado los hechos pertinentes de cada fotografía: su número, una descripción del objeto o escena, su posición, y la hora y fecha. Todos los técnicos de pruebas se habían aprendido la aleccionadora historia de lo que pasó cuando el FBI tomó las fotos de JFK, pero se olvidó de anotar si eran de heridas de salida o de entrada. Las fotos acabaron no sirviendo para nada.

Leif tomó otra fotografía, esta de la cabeza. Las greñas de pelo rubio oscuro se adherían pegajosas al cráneo, pero la mayor parte de la cara estaba devorada. Lo que quedaba de su piel se veía marrón y rígida. Llevaba ahí el suficiente tiempo para haber empezado a momificar.

El agente se irguió y se estiró, apretándose con los puños en el medio de la espalda. Eso le dio una oportunidad de realizar una disimulada inspección de su equipo. Hasta los veteranos se notaban afectados. Una chica tan joven, devorada por animales… era una escena difícil para cualquiera. Leif decidió organizar una charla de previsión de trauma para la semana siguiente, y que viniera un capellán. Era una buena manera de ver cómo estaba cada uno y de subrayar que el ERP era un equipo en toda la extensión de la palabra, un equipo en el que unos cuidaban de otros.

Él se inclinó otra vez y sacó fotos de la correa roja. Había un poco de pelo de Katie debajo.

Leif se imaginó cómo se le había caído. Podría haberse atado un extremo de la correa al cuello, el otro a una rama, y dejarse caer hacia delante. Colgarse era mucho más fácil de lo que la mayoría de la gente piensa. Ni siquiera tienes que levantar los pies del suelo. En los últimos años le habían llamado a escenarios en los que había un muerto con una soga al cuello, en posición inclinada, de rodillas, sentados, o incluso tumbados. Ni siquiera tiene que estar muy apretada la cuerda para funcionar. El corazón y los pulmones fallaban, aunque el cerebro probablemente sobrevivía un horrible minuto o dos.

Otra posibilidad era que alguien amarrara a Katie del cuello y la estrangulara.

¿Qué le había pasado a Katie Converse? ¿Y por qué? El por qué era lo más importante. La cremallera de su parka azul marino parecía cerrada hasta arriba. El abrigo le tapaba las nalgas, pero parecía que los pantalones estaban en su sitio. Pero que no tuviera los pantalones bajados hasta los tobillos no quería decir que no la hubieran violado aquí. La podrían haber tumbado en una cama de hojas y no habría nadie alrededor para oírlo. Pero Leif no vio signos de lucha: ni heridas defensivas, ni ramas rotas o señales de haberla arrastrado. ¿Podría haber sido asesinada en otro sitio y dejada aquí? Pero a este área solo se puede llegar en todo terreno, y él no había visto ninguna rodada. Y era difícil imaginar a alguien llevándola todo el camino cargada hasta aquí. Así que, ocurriera lo que ocurriera, sucedió aquí.

¿Habría escapado hasta aquí la muchacha huyendo de uno de los senderos principales, perseguida por un asesino? ¿O le habría puesto alguien un arma en la espalda y la habría hecho subir aquí?

¿O había venido Katie aquí para solucionar sus problemas a su triste manera?

Sé que no he escrito mucho últimamente. Han pasado muchas cosas, pero la mayor parte no puedo contarlas.

El senado trabajó anoche hasta las dos de la madrugada. El senador X tenía un lote entero de pizzas de encargo, solo para nosotros. Todos le aprecian. Y ahí estoy yo, pensando que lo conozco a un nivel completamente diferente.

Hoy nos han librado de ir a clase, pero no al trabajo. Me siento fatal. Estoy agotada. Sigo bebiendo café, pero lo único que me produce es la sensación de querer vomitar.

El Canal Cuatro había recibido un aviso de una mujer que vivía cerca de un aparcamiento de Forest Park. Contó que había mucha actividad de policía, incluyendo una especie de perro de búsqueda.

Cassidy y Andy habían tenido que aparcar su coche tres calles antes. Una vez que llegaron al aparcamiento, la agente que había en la entrada no les permitió ir más lejos. Y les dijo que nadie tenía permiso para hablar a las cámaras de lo que estaba pasando.

Empezaron a prepararlo todo para una emisión en directo desde el patio de la mujer que les había avisado, con la cámara de Andy dirigida al aparcamiento repleto de coches con identificación policial y sin ella, así como de una unidad móvil de mando.

En su cabeza, Cassidy componía la historia, pese a los pocos datos, pero entonces vio a Nicole que iba a su coche. Cassidy atravesó la calle corriendo.

La agente de policía suspiró cuando vio a Cassidy taconeando hacia ella otra vez con sus largos tacones y corta falda.

—Ya se lo he dicho, no le está permitida la entrada en el aparcamiento.

—Pero conozco a esa agente —dijo Cassidy, y llamó agitando el brazo—. ¡Nic! ¡Nic! ¿Puedo hablar contigo un segundo?

Nicole se detuvo, se giró y, finalmente, de mala gana, Cassidy estuvo segura de ello, asintió con la cabeza. Con un gruñido de enojo, la policía dejó pasar a Cassidy.

—¿Han encontrado a Katie? —preguntó—. ¿Es eso lo que ha pasado?

—Venga, sabes que no puedo hablar —dijo Nicole, con expresión muda—. Tienen que hacerse las notificaciones.

—¿Eso es lo que estás haciendo? —supuso, recordando que Nicole era el enlace con la familia Converse—. Vamos, Nicole —rogó Cassidy—, tienes que darme algo. Yo soy la que te puso en la pista de los rumores sobre Fairview. Y yo te presenté a Luisa.

Nicole la miró fijamente sin contestar, sin tensar un músculo, sin ninguna clase de expresión en la cara. La típica Nicole, con su típica cara de póker.

Cuando estaban las tres, Nicole, Allison, y Cassidy, la relación funcionaba. Se reían, compartían indicios, intercambiaban rumores, compartían el postre. Eran el auténtico Club de La Triple Amenaza. Pero cuando no estaba Allison era una relación coja. Cassidy era consciente, muy a su pesar, de que, comparada con Nicole, hablaba demasiado rápido, se sinceraba demasiado, reía demasiado alto.

—¿Por favor? —rogó Cassidy—. Me están amenazando con dejar a Madeline McCormick para encargarse de la historia si no sigo trayendo algo a casa. La única razón de que no me hayan pisado es que saben que tengo fuentes que nadie más tiene. ¡Pero tengo que darles una razón para mantenerme al frente!

Finalmente, Nicole suspiró, y Cassidy supo que había ganado.

—Este es el chico que encontró la mano —dijo, señalando a un hombre de unos veinte años que se abrigaba con una manta sobre los hombros, de pie al otro extremo del aparcamiento. Tenía la mirada fija en el vaso desechable de café que sostenía, pero estaba claro que en realidad ni lo veía—. Se llama Jeff. Podría estar dispuesto a ser entrevistado.

—¡Gracias! ¡Muchas gracias!

—No me lo agradezcas —respondió Nicole mirando a Cassidy fijamente, con su típica mirada fría—. Tú y yo ni siquiera hemos tenido esta conversación —dijo, y abrió la puerta del coche.

Cassidy fue de prisa hacia el joven, contenta de que Andy estuviera todavía abajo en la calle, fuera de vista. Si le pones a alguien una cámara en la cara, lo primero que puedes conseguir es perder la entrevista. Las cámaras volvían recelosas a la mayoría de personas. Así que ella a menudo hacía un poco de embaucar y agarrar. Para cuando estuviera haciéndole la entrevista y se diera cuenta de que era para las cámaras y no para el periódico, sería demasiado tarde.

—¡Hola! Jeff, soy Cassidy Shaw. Soy periodista. Uno de los agentes del FBI me sugirió que hablara contigo.

Jeff todavía parecía conmocionado, como si no estuviera totalmente en contacto con la realidad. Bueno, al menos esto no sería tan malo como algunas entrevistas que había hecho con los años, cuando le pegaba el micrófono a la cara a unos padres destrozados diciéndoles, «su hijo ha muerto, ¿cómo se sienten?», y se odiaba a sí misma. Pero dale un día o dos a este tal Jeff y probablemente se alegrará de ser un famoso recién descubierto. Después de todo, él no conocía a la muchacha. Ni siquiera la había visto, aparte de la mano. Era un precio bastante pequeño por tus quince minutos de fama. La gente iba a pedir autógrafos, a hacerle fotos, a invitarle a tomar algo. Todo cosas buenas.

Diez minutos más tarde, Andy le dio a Cassidy la señal de adelante desde el patio de la señora del aviso, mientras algunos vecinos curiosos se juntaban para mirar. Jeff empezaba a parecer un poco tambaleante, así que Cassidy lo agarró del codo.

—Estamos aquí en Forest Park —dijo rápidamente—, donde se han hallado restos humanos. Es posible que sean los de Katie Converse. Y con nosotros, para contarnos lo que ha encontrado, está el corredor Jeff Lowe.

En el exterior de la casa de los Converse había aumentado la multitud. Y no estaba formada solo por medios de comunicación. El circo mediático había atraído a sus propios espectadores, como si esperaran ver auténticos tigres saltar por aros de fuego, o al menos atisbar a algún miembro de la familia llorando o a algún rostro famoso charlatán. Era una atracción tan grande como la que había sido la célebre Peacock Lane solo unos días antes, donde los vecinos competían para ver quién tenía la iluminación y adornos navideños más exagerados.

Nic llegó acompañada por el especialista del FBI para víctimas y testigos, y por un capellán de la policía. En cuanto apareció, la muchedumbre se adelantó hacia ella. Ninguno de los tres hizo caso de los gritos ni de los clics de cientos de cámaras.

—¿Por qué está aquí?

—¿Hay alguna novedad en el caso de Katie Converse?

—¿Qué ha pasado?

Ellos seguían caminando, sin mirar a su alrededor. Valerie abrió la puerta. Llevaba un delantal blanco y tenía un pelapatatas en la mano.

Entraron antes de que las invitaran a pasar. Nic cerró la puerta. Los buitres no tienen que filmar esto.

—¿Está su marido en casa? —preguntó ella con cuidado—. Tenemos que hablar con los dos.

Valerie se echó contra la pared.

—¡No! —se desgarró un grito desde su interior—. No, no, no —repitió, pero en vez de aumentar de volumen, sus palabras se hicieron más suaves.

Wayne apareció a toda prisa, secándose las manos con un paño de cocina.

Nic se esforzó para mirarles a los suplicantes ojos.

—Señor y señora Converse, quisiera presentarles a Denise Anderson, nuestra especialista para víctimas y testigos, y a Bob Greenfield, capellán de la policía de Portland —dijo, y se volvió hacia los padres de Katie—. ¿Por favor, podríamos pasar al salón y sentarnos?

—Yo no voy a ninguna parte hasta que me diga por qué están aquí —dijo Wayne. Se quedó de pie tan tieso como el atizador de la chimenea, pero Nic sabía que un simple toque podría derribarlo—. Díganlo ya.

Nicole respiró hondo.

—Me temo que tenemos malas noticias. Se han hallado restos humanos en Forest Park. Al parecer, son de Katie.

Con un gemido, Valerie se cayó de rodillas.

—¿Sufrió? —dijo con voz entrecortada. El pelapatatas seguía aferrado a su mano, olvidado.

—No hay ningún signo de lucha —dijo, y no mintió, hasta cierto punto. Incluso después de quedarse sin oxígeno, el cerebro funciona todavía durante varios minutos. ¿Y quién podía saber cómo eran esos minutos?

—Ha dicho que *al parecer* son de Katie —dijo Wayne, y se le cayó el paño de cocina—. Así que no están seguros.

Abrió el armario del pasillo y sacó un abrigo. Nic se fijó en que la camisa le quedaba ancha en los brazos y los pantalones le bailaban en la cintura. Debía de haber perdido unos siete kilos en las semanas transcurridas desde la desaparición de Katie.

—A lo mejor no es ella. Tengo que verlo con mis propios ojos. Seguro que hay algún error.

—Me temo que no es posible —dijo Denise.

Ningún padre debería jamás ver a su hijo reducido a un pedazo de carroña desechada.

—Se está investigando todavía la escena —dijo Nic—. Y luego tendremos que llevar el cuerpo a los forenses para poder determinar lo que pasó.

Nic preferiría estar muerta a tener que contestar a la siguiente pregunta si se tratara de su propia hija.

—¿Tiene Katie alguna señal de identificación? —preguntó—. ¿Cicatrices, tatuajes, marcas de nacimiento, lunares?

A pesar de lo que se enseñaba en las películas o en los libros, en Oregón era trabajo del forense identificar el cuerpo, nunca de la familia.

—Tiene una cicatriz de unos cinco centímetros en la rodilla —dijo Wayne—. La derecha. De una vez, cuando tenía siete años, que fue a patinar sobre hielo. ¿Por qué? ¿La han mirado? Se lo he dicho, es posible que no sea ella. Por eso tengo que ir. Yo podría echar un vistazo y decirles enseguida que no es ella.

Nicole odiaba tener que aniquilar su esperanza.

—El cuerpo está vestido con la misma ropa que Katie llevaba. Y teniendo en cuenta la edad de la muchacha, el color del pelo y cuánto tiempo parece haber estado allí el cuerpo, se trata de ella. Es Katie.

El rostro de Katie, o lo que quedaba de él, relampagueó un instante en la mente de Nic, que lo apartó de su memoria.

—¿Por qué pregunta eso de cicatrices y lunares? —dijo, todavía de rodillas, Valerie alzó la vista hacia ella con ojos desesperados. Estaba temblando, sacudiendo el pelapatatas hacia adelante y hacia atrás—. Les dimos su foto. Deberían poder reconocer si es Katie simplemente con mirar el cuerpo.

Wayne metió los brazos en las mangas de su abrigo.

—Y como no están seguros, entonces probablemente no es ella. Por eso tengo que ir allí yo mismo.

—Tienen que recordar que el cuerpo ha estado fuera algún tiempo —dijo Denise con suavidad—. Ha habido algo de... —vaciló—. Algo de depredación.

—De depredación... ¿Qué quiere decir? ¿Algo de depredadores? —la voz de Valerie se agudizó por el horror—. ¿Quiere decir animales? ¿Los animales se han comido a mi hija?

Nic asintió, muy a su disgusto.

—Ha habido daños en el rostro —dijo, aclarándose la garganta—. ¿Podría decirme de qué color era la correa de su perro?

—Rojo —dijo Wayne—. ¿Por qué? ¿La han encontrado también? Que la encuentren en ese parque no quiere decir que sea la de Jalapeño. ¿Sabe cuántas personas pasean a sus perros por allí? Seguro que cientos. Y la mayor parte de ellas con correas así. Una correa... una correa podría ser de cualquiera.

—¿La tenía ella cuando la encontraron? —dijo Valerie, que por fin cayó en el cuchillo de pelar patatas. Lo dejó encima de la mesa de recibidor que tenía al lado y se limpió las manos en el delantal. Y siguió limpiándoselas.

—No exactamente —Nic deseaba no tener que pronunciar las siguientes palabras—, la cuerda estaba alrededor de su cuello.

—¡Oh no! —exclamó Valerie sofocada—. Está diciendo que se mató. Yo sabía que lo estaba pasando mal, pero nunca…

—No sabemos qué pasó, señora Converse —dijo Denise—. No sabemos nada seguro. Es por eso por lo que el forense tiene que hacer una autopsia.

—Voy para allá —repitió Wayne tercamente—. Aunque no sea Katie, no pueden dejar a esa muchacha allí tumbada. Se congelará. No se la puede dejar ahí con este frío.

—El cuerpo será retirado del escenario del crimen cuanto antes —dijo Bob—, y puedo asegurárselo, en ningún momento va a estar sola.

Algo dentro de Wayne pareció rasgarse.

—¡Pero soy su padre! Tengo que estar allí. No la protegí cuando estaba viva. ¡Al menos puedo hacerlo ahora que está muerta!

Nic sintió cómo se le erizaba el vello en la nuca. Dio un paso adelante y le tocó ligeramente el brazo.

—¿Qué quiere decir, señor Converse? ¿Por qué dice que no la protegió? Él se mordió el labio y bajó la mirada.

—Ese canalla se la llevó, ¿verdad? Algún canalla se llevó a mi niña. Y yo no estuve allí para evitarlo —lamentó, y volvió a levantar la mirada—. Pero no puede ser Katie. Yo lo sabría si fuera mi hija. Yo lo sabría aquí —exclamó golpeándose el pecho con el puño—, y no lo siento. No siento la certeza. Así que no puede ser verdad. No puede ser.

Tenía la mirada perdida.

—Porque, si es Katie, ¿cómo se supone que voy a vivir? ¿Cómo voy a seguir viviendo?

Mientras Leif sacaba fotos, el resto del equipo de investigación de pruebas recogía cualquier prueba potencial, la marcaba, la registraba y la empaquetaba de modo que permaneciera intacta de camino al laboratorio. La cadena del tratamiento de pruebas no se podía romper, o se arriesgaban a que un asesino quedara libre.

Si es que hay un asesino. La mente de Leif seguía volviendo a ese pensamiento.

El equipo también recogió muestras de tierra, animales e insectos. Más tarde las compararían con lo que encontrasen en el cuerpo para ver si pudiera haber sido transportado hasta allí. Pero Leif estaba bastante seguro que solo estaban mareando la perdiz. Él apostaría lo que fuera a que Katie había muerto allí en Forest Park.

Habían encontrado el collar de perro a unos seis metros del cuerpo de Katie. Desatado e intacto. Lo metió en su propia bolsa de pruebas, como había hecho con la pulsera de oro y con cada envoltorio de caramelo o de patatas fritas arrastrado por el viento.

Los miembros del ERP también buscaban señales de lucha en los mechones de pelo caído, en las hojas pisoteadas, en el musgo arrancado, un trozo de tela enganchado a una rama, huellas en un lugar por el que normalmente no se caminaría.

Karl Zehner avisó a Leif con la mano desde donde había encontrado dos huellas a unos cinco metros del cuerpo, ambas, a simple vista, pertenecientes al mismo par de zapatos, y demasiado grandes para ser de los pies de Katie. En una lucha, las huellas a menudo reflejaban una inclinación

típica de procurar apoyo, pero estas huellas parecían planas. Para distinguir mejor las huellas suyas y las del escenario, todos los miembros del
ERP calzaban las mismas Danner negras con puntera de acero. Todos los
demás que hubieran estado en el escenario del crimen, desde el corredor
que había encontrado la mano hasta la adiestradora canina y Nic, tenían
sus zapatos fotografiados y documentados por marca, modelo y talla.

    ¿Pero tenían importancia estas huellas? ¿Realmente se habrían man-
tenido dos semanas o más, incluyendo días de lluvia y nieve? ¿O ellas eran
mucho más recientes?

    Leif tomó fotografías y luego le dijo a Karl que sacara el molde de las
huellas. Alguien había estado de pie aquí y la había estado mirando. ¿Por
qué? ¿Cuándo? Las huellas nunca lo dirían. Pero quién... *eso* sí que podían
ayudar a averiguarlo.

    Cuando Leif volvió al cuerpo, Karl estaba haciendo un molde, ama-
sando el agua y echando el material en una bolsa de plástico hasta que la
textura se pareciera a la masa del panqueque. El empaste no solo sacaría
la huella, sino también una pulgada adicional de suciedad. Y en aquella
suciedad podría haber pruebas de rastros que se hubieran enganchado a
los zapatos del sujeto: cabello, fibras, tal vez un tipo diferente de suelo. Leif
pidió a Dios que fuera fibra de alfombra. Una vez colocados los moldes,
Karl los sacaría con cuidado y los pondría en bolsas de papel para llevarlas
al laboratorio.

    Pensar en pruebas materiales que podrían haber sido traídas aquí hizo
pensar a Leif en otras pruebas que se podrían haber llevado. Soplándose
en las manos en un vano intento de calentarlas, se acercó a uno de los
policías de Portland colocados en el perímetro.

    —¿Puede hacer que alguien averigüe dónde están todos los cubos
de basura del parque y cuándo los han vaciado por última vez? Alguien
podría haber echado algo.

    El policía asintió. Leif se daba la vuelta para volver al cuerpo cuando
se encontró con el forense, Tony Sardella.

    —¿Han terminado ya sus chicos? —dijo el médico—. ¿Cuánto falta
para que quede bajo mi custodia?

Leif ya había pasado por eso otras veces. Antes de entregar el cuerpo, el ERP tenía que estar seguro de que habían obtenido del mismo toda la información necesaria. Pero los forenses solían impacientarse con el meticuloso proceso.

—Deberían estar en veinte minutos —dijo, fingiendo no oír el suspiro de Tony.

Tenía que estar seguro de que no omitía nada. La gente pensaba que podían sacar todos los rastros del escenario de un crimen, pero eso en realidad era imposible. Con la ayuda del luminol, Leif había visto la sangre brillar en el suelo de una cocina incluso después de haberla fregado con lejía, había comprobado el brillo de huellas digitales con sangre bajo una capa de pintura fresca. Los asesinos se olvidaban de que la sangre salpica en el techo cuando echan el cuchillo hacia atrás para apuñalar otra vez, o la extrafina nubecilla de sangre que deja una escopeta. Pero en este cuerpo, exceptuando la cara mordisqueada y la mano, no había señales de sangre.

Por fin, se incorporó y le indicó a Tony que ya estaba listo. Se le aceleró el corazón cuando vio a Nic de pie detrás de Tony. Levantó sus cejas para preguntar como había ido, y ella le respondió con una mueca para hacerle entender que había todo lo bien, o mal, que cabía esperar.

Esperó mientras Tony se enfundaba las manos y los pies, atándose bien en la muñeca y el tobillo. Considerando el guante, Leif pensó que eso era probablemente un esfuerzo innecesario, pero uno nunca sabía. Entonces Tony desplegó una sábana limpia para el cuerpo. Después, la envolverían con ella para atrapar cualquier prueba material y luego, con el cuerpo de Katie todavía bocabajo, la colocarían en una bolsa para cadáveres y luego en una camilla. Leif no envidiaba a los dos tipos que tenían que llevar la camilla. Les esperaba un largo y agreste camino.

Cuando levantaron a la muchacha, Leif buscó alguna herida en la parte frontal del cuerpo, o cualquier prueba debajo del mismo. No vio nada y estaba a punto de decirle a Tony que la envolviera cuando Nic dijo:

—Esperen.

Se arrodilló al lado del cuerpo, enfocando una mancha larga de fango en la parte delantera del abrigo de Katie. Nic levantó con la mano el borde de un pliegue horizontal algo oscurecido por el fango. Dentro del pliegue, la tela estaba limpia.

—Alguien la arrastró —dijo Leif, avergonzado de no haberlo notado él mismo.

—¿Antes o después de muerta? —preguntó Nic, aunque Leif pensó que ella probablemente sabía la respuesta tan bien como él. Tal vez solo trataba de ayudarle a salvar la cara.

—Es demasiado regular. Cuando quiera que ocurriese, ella no luchó.

Leif tomó una fotografía, luego fijó el pliegue en el lugar. Entonces él y Tony acabaron de poner a Katie en la camilla para que la muchacha pudiera comenzar su largo viaje para salir del bosque.

—¿Cree que es suicidio? —preguntó Nic.

—Es difícil de decir. No hay nota, no hay señales de lucha. El problema es que no encontramos ninguna marca de dónde pudo sujetar la correa. No hay nada en este árbol que dé a entender que se colgó: ni ramas, ni musgo ni corteza con rastro de nada.

—¡¡Eh!! —llamó Karl— ¡Miren esto!

Leif y Nic se giraron, como el resto del ERP. La linterna de Karl señalaba al árbol bajo el que se encontraba. Alumbró al extremo claro y astillado de una rama rota como a metro ochenta del suelo.

A metro ochenta del suelo, y a diez metros de donde habían encontrado el cuerpo de Katie.

FOREST PARK
4 de enero

Estaba tan tranquilo aquí en los bosques que Nic podía oír el sonido de un arroyo cercana barbotando por las piedras. Bufandas de niebla abrazaban a los árboles. La escena seguía iluminada por el sistema de alumbrado alimentado por generador. En todo caso, la luz solamente hacía que la oscuridad a su alrededor fuese más negra. En lo alto, las estrellas chispeaban. Cada vez que respiraba, Nic tenía la sensación de que el aire frío le haría saltar los pulmones. Caminaba por el lugar, fuera del perímetro, dando pisotones en su vano esfuerzo por recuperar la sensibilidad de los dedos del pie.

Leif tomaba fotos de salida para dejar constancia de cómo estaba el escenario después de haber sido procesado. Con la excepción de Leif, el ERP se había marchado. El equipo regresaría al día siguiente para una búsqueda final a la luz del día. A gatas, cada agente a un brazo del siguiente, se asegurarían de no haber omitido nada.

Dos policías de Portland que tenían la misión de evitar que entrara cualquier intruso hablaban silenciosamente en la esquina opuesta del perímetro. Nic esperaba a Leif.

Se había quedado porque Leif se lo había pedido. No le había dado ninguna explicación, ni ella se la había pedido. Para su sorpresa, y creía que también para la de él, había accedido.

¿Y de qué iban a hablar durante su larga caminata de regreso? ¿Y qué harían una vez llegados allí? Nic todavía tenía los sentidos en tensión, todavía estaba nerviosa, primero de ver el cuerpo, luego de hablar con los Converse. Decirle ese sí a Leif era lo más temerario que había hecho en años, y ni siquiera sabía a qué había accedido.

Leif echó una última foto y luego comenzó a andar despacio hacia ella, guardando los aparejos de la cámara. Mientras lo hacía, Nic creyó oír un ruido a su izquierda. Movió como un látigo la mirada alrededor. Se trataba de sonidos casi imperceptibles: un crujido, una pausa, otro crujido. Como si alguien se moviera despacio y sigiloso hacia ellos.

Leif le dirigió una mirada perpleja. Abrió la boca como si fuera a hacer una pregunta, pero se puso el dedo índice en los labios.

Nic puso la palma izquierda plana e hizo con los dedos de la derecha la señal de pasos sobre la otra mano. Luego señaló en la dirección del ruido. Sacó el arma de su pistolera y encendió la linterna, aunque la dirigió a sus pies, no en la dirección del ruido.

Leif se había quedado helado, y los dos se quedaron escuchando un buen rato, en absoluto silencio, apenas respirando. Nic estaba a punto de desechar la idea de que había oído algo, pero entonces regresó el sonido. Y esta vez estaba segura de lo que era: pasos lentos, cautelosos.

Leif y Nic corrieron hacia el sonido. Las zarzas se les enganchaban a la ropa y las ramas les arañaban la cara. A su derecha, Nic oyó a los dos policías dando una voz al percatarse de que pasaba algo. Entonces vislumbró una figura de pelo cano.

Leif, con sus piernas más largas, iba ya bastante delante de ella.

—¡Alto, FBI! —gritó.

En vez de detenerse, el hombre se dio la vuelta y golpeó a Leif en las rodillas, derribándolo.

Intentando llegar hasta Leif lo más rápido posible, Nic se enganchó el pie en unas raíces y se cayó. Logró agarrar el arma, pero la linterna se soltó de su mano y se apagó. Oyó las estridencias de una riña. Gritos, maldiciones, ramas rompiéndose.

No había tiempo para encontrar la linterna, no si Leif la necesitaba a su compañera. Nic se puso de pie y corrió a ciegas. A unos cincuenta metros atrás, podía oír a los dos policías. Sus linternas cortaron la oscuridad, iluminando a dos hombres que se revolcaban en tierra: Leif y un hombre de espesa cabellera cana, que parecía un vagabundo.

—¡Arriba las manos o disparo! —gritó Nic, dispuesta a hacerlo, con la adrenalina alborotándole el cuerpo. El tiempo se había ralentizado. Pudo ver el arma de Leif y la alejó de una patada.

Los dos policías corrieron y agarraron al otro hombre apartándolo de
Leif. El individuo se revolvía, luchaba, gritaba incoherentemente. Gritaba
algo así como «Starshine».

—Dale un puñetazo —gritó un policía.

—¡Esperen! —gritó Nic cuando los polis lo estaban medio arrastrando medio llevando. Corrió y se puso delante de ellos para ver de frente
al hombre. Los ojos le daban vueltas como caballo encabritado.

—¿Qué intenta decir?

—¡Starshine! —dijo él con urgencia—. ¡Starshine!

El policía suspiró, exasperado por sus locuras, pero Nic le mantuvo
la mirada fija.

—¡Mi hija! —dijo él luego—. ¡No puedo abandonarla!

—Su hija —repitió Nic—. ¿Dónde está?

—En la cabaña.

¿La cabaña? ¿Qué cabaña? Probablemente alucinaba. Starshine era
una muñeca bebé desnuda, la cabaña sería una caja de cartón.

El hombre señaló algo. Leif dirigió su linterna hacia atrás. Nic miró
y no vio nada. Justo cuando estaba a punto de darse la vuelta, vio algo
delante de ella.

Oculto bajo unos altos abetos había un refugio de madera. Cubierto
por una lona verde, lo camuflaban los helechos y la maleza de alrededor.

—¿Está ahí su hija?

Él asintió con la cabeza, todavía jadeante.

—¿Cuántos años tiene?

—Diez.

Solo un año más que Makayla.

—Soy Tim Chambers. Mi hija se llama Starshine —dijo, y se le cortó
el aliento. Con sus canas y arrugas, parecía demasiado viejo para tener a
una hija de diez años.

—Déjenme, voy a ir a por ella.

Leif sacudió la cabeza.

—Lo siento, imposible. Nicole puede ir por ella.

—Starshine —llamó Nic mientras se abría paso hacia el refugio—.
Starshine, por favor sal. Te prometo que no te haremos daño.

Las palabras no sonaron convincentes ni a sus propios oídos. Después de todo, esa niña acababa de pasar cinco minutos escuchando a cuatro polis peleando con su padre. Tratando de imaginarse cómo podría reaccionar Makayla, Nicole procuró su voz de mamá, tranquilizadora, pero sensata.

—¿Starshine? —llamó.

La puerta no tenía manija, solamente un agujero. No había ventanas. La cabaña era en total de probablemente tres por tres metros.

—Starshine, por favor, sal.

Despacio, la puerta de la cabaña se abrió y apareció una niña que se movía tan leve y cautelosamente como un ciervo en la estación de caza. Flaca, con el pelo rubio en dos trenzas torcidas, tenía una mirada tan amplia que Nic podía ver el blanco de sus ojos. Estaba obviamente asustada, pero usó de tanto valor que a Nic casi le rompe el corazón.

Después de asegurarse de que no tuviera nada en las manos, Nic se inclinó para examinar su cara.

—Hola, me llamo Nicole. Tenemos que hablar con tu padre sobre algo, pero no podemos dejarte aquí sola. Por eso, tienes que venir con nosotros.

La única respuesta era el sonido de la también rápida respiración de Starshine.

Leif mandó un mensaje por radio. La policía se iba a llevar al hombre al calabozo. Podían retenerle hasta cuarenta y ocho horas sin cargos mientras determinaban exactamente qué relación podría haber tenido con la muerte de Katie. Starshine sería puesta bajo la custodia de Servicios Infantiles hasta decidir sobre su padre.

Dejaron atrás a uno de los policías, y luego los otros cinco regresaron a la parte principal del parque. Nic, Leif y el otro policía, todos con botas, tenían problemas para ir por el sendero. Chambers y su hija, que llevaban calzado de calle, iban tan ágiles como cabras monteses, aun cuando el padre llevaba las manos esposadas detrás de la espalda.

Las primeras palabras que Nic oyó de Starshine fueron una protesta cuando metieron a su padre en un coche patrulla.

—¡Por favor, por favor, no se lleven a mi padre! ¡No! —gritaba, y trató de correr hacia él, pero Nic la agarró y la envolvió en sus brazos.

—Solo tenemos que comprobar unas cosas —le dijo a la niña, con dolor en el corazón por ella—. Si todo está bien, podrás volver con tu padre.

Era un *si* tan grande que más valía que fuese mentira.

—¿**M**e oyen bien? —dijo el médico forense Tony Sardella alzando la vista por encima de su máscara quirúrgica a Nic y Owen Simmons, de la oficina del sheriff del Condado de Multnomah.

Nic y Owen estaban sentados en la sala especial de observación que se asomaba a la sala de autopsias. Allí abajo estaban la muchacha muerta, Tony, Leif y una ayudante de patología.

—Alto y claro —dijo Owen, pasándose una mano por su pelo negro, del que Nic estaba casi segura de que era teñido.

—¿Han visto antes una autopsia? —preguntó Tony.

Owen asintió.

—Cadáveres muchos, pero autopsia ninguna —dijo Nic.

—Deberían alegrarse de estar detrás del cristal —dijo Tony—, esto está un poco pasado.

Nic se alegró de la ventana en otro sentido. Le provocaba la ilusión de que la muchacha de la mesa metálica era tan artificial como una imagen de la tele o del cine. Podía imaginarse que, una vez acabada la autopsia, la chica se quitaría los moldes de látex de la cara y se sentaría en la mesa con una sonrisa.

Todavía con la misma ropa que con que la habían encontrado, Katie estaba boca arriba sobre la mesa de autopsias de acero inoxidable que llegaba hasta la cintura. En forma diagonal, la mesa tenía bordes altos para impedir que se derramaran la sangre y los fluidos. De forma grotesca, a Nic le recordaba la tabla de cortar de casa de unos amigos, con un surco en los bordes para recoger los jugos.

Tony puso la mano en una de las rodillas de Katie y la movió hacia adelante y hacia atrás, luego hizo lo mismo con la otra rodilla y luego con los codos.

—Las articulaciones se mueven sin problema —anunció—. No hay rigidez cadavérica, y el cuerpo está frío. Esto significa que lleva más de treinta horas muerta.

—¿Cree que murió el mismo día de su desaparición? —preguntó Nic—. Fue el trece de diciembre.

—Veremos. Con suerte, podré delimitarlo con un margen de un día o dos.

Tony presionó un pedal en el suelo y comenzó a dictar a la grabadora. Recitó de un tirón los datos de la cáscara que una vez fue Katie Converse: su raza, sexo, edad, color de pelo.

—Color de ojos desconocido; faltan los ojos —dijo antes de continuar—. Hay una correa roja alrededor de su cuello. La difunta lleva una parka Columbia azul oscura hasta la cintura, un suéter negro de cuello en V, vaqueros y zapatillas Nike. Sin signos de alteración en la ropa.

Tony dio otro toque al pedal para apagar la grabadora.

—Si tenemos suerte, podrían encontrar huellas digitales en esto —dijo mientras separaba con los dedos la cuerda de la carne hinchada y descolorida.

Leif tomaba fotos mientras Tony trabajaba.

Después de meter la cuerda en la bolsa de pruebas, Tony se inclinó, examinando más de cerca la señal que había en el cuello de Katie.

—Lo que nos ayudará es deducir si tenemos un surco de ahorcamiento o un surco de estrangulación.

—¿Cuál es la diferencia? —preguntó Nic.

—Un surco de ahorcamiento será más profundo en la parte opuesta al punto de suspensión. En un ahorcamiento típico, podría ser este punto —dijo Tony, irguiéndose, y señaló la nuez del cadáver—. Luego se difumina conforme se acerca a la nuca. Ahora, si alguien la estranguló, el surco debería ser más marcado, y no desaparecería en la nuca.

Entrecerró los ojos, levantó el hombro de Katie, miró detenidamente más cerca, anduvo alrededor de la mesa para observar el otro lado, y finalmente suspiró.

—Es difícil de decir. Aunque esté frío, hay demasiada descomposición. Es de esperar que se vea más claro cuando la abra.

Después le quitó el solitario guante a Katie y lo dejó en una bolsa de papel para el laboratorio de pruebas. Su mano al descubierto parecía una réplica de cera muy bien hecha.

Inspeccionó con cuidado antes de mirar hacia Owen y Nic.

—No hay marcas defensivas debajo de las uñas.

Leif sacó una foto de la mano de Katie. Estaba tan tranquilo que, entre flash y flash, no se notaba su presencia. Pero sus ojos no se perdieron nada. Incluyendo cómo Nic le miraba. Él levantó la cabeza para mirarla directamente a los ojos, y a Nic se le sonrojaron las mejillas.

—¿Y la otra mano? —preguntó Owen.

—Ya la he examinado, pero está hecha papilla. Faltan dos de sus yemas, y no hay nada bajo las tres uñas restantes. Lo máximo que podremos hacer es cotejarla.

—Que no llegue nada a los medios de comunicación —sugirió Nic—. Si hace falta, podemos tender una trampa a algún sospechoso diciendo que encontramos ADN.

Owen y Leif asintieron.

Tony y la ayudante empezaron a quitarle la ropa a Katie. Le desabrocharon su abrigo y luego la hicieron rodar de costado para quitárselo. A Nic le recordaba lo difícil que era desnudar a Makayla cuando estaba dormida. Después la ayudante levantó las piernas de Katie mientras Tony tiraba de sus pantalones. La ayudante puso cada artículo de ropa en su propia bolsa de papel, la cerró grapada y la etiquetó con el número de caso. Las despacharían al laboratorio para examinar el rastro de pruebas de fluidos corporales, tierra, cristales, residuos de pintura, sustancias químicas, drogas.

Le estaban levantando los brazos cuando Nic recordó la certeza de Wayne de que esta no podía ser su hija. Entonces se inclinó hacia delante:

—¿Tiene una cicatriz en la rodilla derecha? —preguntó. Tal vez hubiera alguna diminuta posibilidad de que él tuviera razón. Tal vez esta muchacha habría tomado prestada la ropa de Katie, o simplemente se vestía como ella. ¡Qué diablos! ¿Acaso no se visten igual todas las niñas de hoy?

Tony bajó la mesa y se inclinó sobre la rodilla.

—Ep. Una de poco más de seis centímetros de largo. ¿Concuerda con lo que los padres te dijeron?

—Sí —dijo Nic en voz baja.

Owen le dirigió una mirada curiosa. Desde luego, ella ya sabía la respuesta, igual que Wayne y Valerie. De todos modos, era difícil abandonar la esperanza.

La muchacha estaba ahora completamente desnuda bajo las despiadadas luces fluorescentes. Nic sintió vergüenza identificándose con ella. Pero la desnudez también restauró a Katie como ser humano, compensó un poco lo grotesco y siniestro de su rostro devorado y su mano ausente. Tres semanas antes, estaba viva, se movía, soñaba. Nic apartó ese pensamiento.

Pero no se quedaría apartado. Este deteriorado cuerpo había sido una vez la hija de alguien. Con un esfuerzo de voluntad, Nic podía sentarse en esta sala sin que le afectara, siempre y cuando no le viniera a la imaginación que fuera Makayla la que yaciese en aquella mesa. Si alguna vez perdiera a su niña, podría pasar cualquier cosa. Le aullaría a la luna, trataría de lanzarse a la tumba de su hija, se cortaría el cuello.

Pero primero perseguiría a quienquiera que fuera el responsable y se lo haría pagar.

Desde luego, esta chica no era Makayla. De todos modos, Nic sabía que, antes de quedarse dormida esa noche, se imaginaría durante unos segundos lo que sería. Una parte secreta de ella creía que imaginar a Makayla en varios escenarios horribles, como un accidente de bici, un pederasta, etc., servía de algún modo mágico para protegerla. Si Nic repasaba primero el horror, nunca podía pasar. Sabía que era algo irracional, pero una diminuta parte de ella seguía creyendo que podría servir. Y otra parte de ella se avergonzaba de que, después de que todo lo que había pasado, todavía conservase una creencia tan irracional.

En cuanto a ella, sabía que nada podría ayudarla. La religión, la fe, las oraciones… todas inútiles. No las necesitabas para ser una buena persona. No las necesitabas para hacer lo que hay que hacer. Y no te ayudarían cuando estuvieras desesperada, cuando necesitaras un milagro. Diez años atrás, en su desesperación, había clamado a Dios para que la ayudase, ¿y qué hizo Él? Nada.

Ahora ya no la cegaba la fe, a diferencia de sus dos amigas. Nic podría decir que Allison, con su decidida asistencia a la iglesia, se creía más con los pies en el suelo que Cassidy, que revoloteaba de creencia en creencia. Pero a los ojos de Nic las dos eran básicamente iguales. Se imaginaban que Dios, o el universo, o el karma o lo que fuera, podía ofrecerles el consuelo y la comodidad. Se imaginaban que podían influir en los acontecimientos con sus pensamientos y oraciones, cuando nada pudiera ayudarlas y estuvieran impotentes. Uno tiene que apañarse por su cuenta en este mundo y, cuando la vida se termina, se acabó.

La voz de Tony interrumpió sus pensamientos.

—No veo ninguna herida, aparte de la depredación animal *post mortem* —dijo, levantó el hombro opuesto al cuarto de inspección, volcó a Katie sobre el costado e inspeccionó su espalda—. Humm —dijo, con voz tan baja que parecía hablar solo—. Esto es interesante.

Leif se inclinó y comenzó a tomar fotos.

Owen y Nic se acercaron más a la ventana.

—¿Qué? —preguntó Owen.

Tony alzó la vista.

—Saben algo sobre lividez, ¿no?

—Sucede cuando la sangre se desplaza a la parte inferior del cuerpo después de la muerte y cambia el color de la piel —dijo Nicole.

—Así es. La lividez es como dejar una esponja mojada en el mostrador. Después de unas horas, la parte superior está seca y la inferior mojada, porque el agua va hacia abajo. Lo mismo ocurre con la sangre en un muerto. Una vez que el corazón deja de bombear, la sangre se detiene y mancha la piel. Eso no se ve en ninguna parte en la que los tubos capilares estén comprimidos, como las áreas que están presionadas contra el suelo.

—¿Sí? —dijo Nic, que todavía no veía a dónde quería llegar.

La piel de Katie tenía manchas moradas rojizas en los extremos del pecho, bajo los hombros y a los lados del abdomen, tal como debería, ya que la encontraron boca abajo.

—Katie tiene lividez en dos sitios diferentes.

—¿Qué significa? —preguntó Owen.

—¿Se debe a que se colgó —aventuró Nic la respuesta—, y en algún momento después la rama se rompió y ella se cayó?

—No. Si ese fuera el caso, cabría ver manchas en la parte inferior de los pies.

Todos miraron las plantas de sus pies, de color blanco amarillento como la cera.

—Pero miren esto —dijo, tiró del hombro de Katie y movió el cuerpo hasta que Nic y Owen pudieran ver lo que él ya veía—. Las manchas moradas más débiles entre los omóplatos y la zona lumbar.

»Primero estuvo de espaldas el tiempo suficiente para que saliese la lividez, y luego, más tarde, la colocaron en la posición en que la encontraron. Pero no toda la sangre se fue de la espalda a la frente.

—Esto encaja con lo que encontramos en el escenario del crimen —dijo Leif—. Encontramos una rama rota que podría haber servido para el ahorcamiento, pero estaba a diez metros del cuerpo.

—¿Puede decir cuándo la movieron? —preguntó Nic—. ¿Cuánto tiempo después de la muerte?

—Mi mejor estimación —dijo Tony— es tres o cuatro horas. Hasta la lividez, tienes un margen de doce horas. Después de esto, puedes mover el cuerpo todo que quieras, que no producirá manchas. La pregunta es, ¿por qué la movió quien fuera después de que llevara un poco de tiempo muerta?

De repente, Nic lo supo: El cuerpo estaba medio escondido bajo un arbusto. Alguien la mató, se asustó y la dejó, luego regresó y trató de ocultarla. Eso explicaría el fango de la parte delantera de su abrigo.

—O puede ser que se muriera, alguien la encontrara y tratara de ayudarla, pero se diera cuenta de que estaba muerta y la dejara —dijo Leif—. Eso sigue sin excluir el suicidio.

Mientras Tony y su ayudante abrían el cuerpo, y Leif documentaba cada paso, Nic trataba de mirar como si fuera un documental. Mantener la distancia. No pensar en que hace unas semanas, esto había sido una muchacha con sueños, esperanzas y temores. Con el pretexto de cambiar la posición, echó un vistazo de reojo a Owen y le reconfortó comprobar que él parecía estar también pasándolo mal.

Tony alzó la vista hacia ellos.

—Básicamente, lo que buscamos es el trauma u otras indicaciones de la causa de la muerte. Por ejemplo, el problema cardíaco podría resultar ser la verdadera causa de muerte para un hombre de mediana edad.

—Aunque no en el caso de Katie —dijo Nic.

—No. Probablemente no en el caso de esta muchacha —coincidió Tony—. Voy a examinar algunas pruebas más, desde luego, pero hasta ahora todo parece normal. Ahora voy a exponer el cuello para ver si puedo deducir lo que pasó.

Se pasó un buen rato examinando lo que había encontrado. Entonces él levantó las cejas y murmuró:

—Aquí está.

Leif empezó a hacer fotos.

Nic no tenía idea de lo que estaban mirando, pero igualmente se inclinó hacia adelante.

—Tenemos suerte de que estuviera boca abajo, o podrían haberle mordisqueado el cuello también y no habríamos visto esto.

—¿Visto qué? —preguntó Owen.

—Ahí mismo está la causa de muerte. Tiene la laringe fracturada, lo cual obstruyó la tráquea. Murió de asfixia, ya que no podía llegarle el aire a los pulmones.

—¿Pero podría ser de estar colgada? —preguntó Owen.

—Es muy improbable. Esto lo produjo un golpe en la garganta —dijo Tony, e hizo un gesto de degollarse con el lado de su mano.

—¿Cuánto tiempo habría tardado así en morir? —dijo Nic.

—No mucho. Habría tratado de gritar, incluso de simplemente de respirar, pero, como no podía pasar el aire, no era posible. Cada vez que hubiera intentado tomar aire, los pulmones se habrían colapsado. Ella podría haber aguantado un minuto o dos, pero, al descender el contenido de oxígeno de la sangre, se habría desesperado más y se habría quedado medio inconsciente. En veinte o treinta segundos, dos minutos como máximo, se habría debilitado tanto que entraría en colapso. La muerte llegaría muy poco después.

A Nic no le parecía rápido en absoluto.

—¿Podría Katie haber sobrevivido si la hubieran llevado al hospital inmediatamente?

—No habría llegado al hospital. Si alguien le hubiera realizado una traqueotomía allí mismo en el parque, tal vez sí. Pero es un «tal vez» demasiado grande.

—De acuerdo —dijo Nic—. Murió de un golpe en la garganta. Eso significa que solo hay una razón para que tuviera una correa alrededor del cuello.

—Correcto —dijo Tony—. Alguien quería que pareciera un suicidio. Pero, definitivamente, Katie Converse fue asesinada.

Creo que tengo un problema. Si no me equivoco, es un problema grande, grande. Lo único que quiero es dormir y no pensar en ello.

No puedo hacer nada.

Quiero decir, ¿qué podría hacer?

—¿**C**uál es el estado de la niña? —preguntó Allison a la doctora Sally Murdoch. Estaban en su pequeño despacho, metido en una esquina del Centro Médico Buen Samaritano.

El pelo de rubio aguachirle de la doctora Murdoch estuvo alguna vez recogido en un moño. La mayor parte se había escapado para rizarse en los zarcillos que enmarcaban sus ojos grises azulados.

—Yo diría que excelente. No hay pruebas de abuso sexual, ni cicatrices, ni contusiones, peso sano, muy adecuado —dijo la doctora Murdoch, y se recogió los mechones tras las orejas—. La niña está impecable, sobre todo teniendo en cuenta que se bañan con agua de un arroyo. ¡Un arroyo! No debe de ser nada divertido en esta época del año. ¡Caray! Hasta los dientes los tiene muy bien. Nunca ha tenido caries. Starshine dice que tiene diez años, y yo no veo ninguna razón para dudar de ello —afirmó la doctora, y le dirigió a Allison una sonrisa cansada—. Esta niña está en mejor forma que muchos de los que veo en mi consulta privada.

—¿Le ha dicho algo sobre la muchacha muerta? Encontramos su cuerpo no lejos de donde vivía Starshine.

—No. Y no he preguntado. Imagino que es de su competencia. En realidad le he preguntado por su padre —contó la doctora, tranquilizándola con un gesto de las manos—. Está claro que cada uno es para el otro todo su mundo —explicó, aguantándole la fija mirada a Allison—. Si los separan, le rompería el corazón a la muchacha, el alma.

—Lamento no poder prometerle que los mantendremos juntos —suspiró Allison—, pero eso va a depender de lo que el padre nos diga. Y de si pensamos que dice la verdad. Ahora mismo, es definitivamente un sospechoso —dijo, y miró su reloj—. Es realmente inoportuno, pero tengo un cita médica para mí en veinte minutos. ¿Podría pedirle a Servicios Infantiles que lleve a Starshine a mi oficina dentro de dos horas?

—Claro —aceptó la doctora Murdoch y miró a Allison con más atención—. ¿Va todo bien?

Se conocían de hacía años.

—Mejor que bien —dijo Allison, y la dejó en ese punto.

Allison estaba echada sobre el papel blanco que cubría la camilla de reconocimiento. Marshall, que estaba de pie en la cabecera de la camilla, le sonrió y le apretó la mano. A Allison todavía le costaba creer que esto le estuviera pasando, después de todos estos años. Algo bueno que tenía el caso de Katie Converse era que la apartaba de estar dando vueltas obsesivamente en la cabeza a lo del bebé. Al menos una parte del tiempo.

—Ahora, si no oímos nada hoy, no se preocupe —dijo la doctora Dubruski. Era una mujer alta, delgada con el pelo rubio y muy corto—. Estas fechas son las más tempranas en que se puede esperar oír tonos cardíacos fetales.

Lanzó un chorro de vaselina sobre el vientre de Allison, luego recogió la vara Doppler negra. Apretando ligeramente, la doctora Dubruski comenzó a llevarla adelante y atrás en la zona bajo el ombligo de Allison.

Hubo un silencio de varios segundos, los suficientes para que Allison empezara a ponerse ansiosa.

Entonces pudieron oír los sonidos ampliados por el micrófono. *Clomp, clomp, clomp, clomp*, con golpes tan rápidos que apenas estaban separados. Cada pocos segundos había una explosión de estática.

Una sonrisa de gozo iluminaba los labios de Allison. Marshall apretaba su mano con tanta fuerza que le dolía, pero tenía la mente enganchada a lo que oía.

El doctor miró abajo a la lectura.

—Ciento cincuenta y ocho pulsaciones por minuto.

—¡Qué rápido! —dijo Marshall, que parecía espantado.

—Justo en el ritmo normal —dijo sonriendo la doctora Dubruski.

—¿Qué es ese sonido de estática? —preguntó Allison. Se dio cuenta de que estaba sonriendo abiertamente.

—Movimiento fetal.

Los dedos de Marshall rozaron un momento el borde del vientre de Allison.

—¿Vivito y coleando?

—Vivito y coleando —asintió la doctora Dubruski. Levantó el monitor—. Es posible que no pueda sentirlo usted hasta dentro de seis semanas más o menos.

Allison se miró el estómago todavía plano. Había algo dentro de ella que se movía solo, que tenía su propio latido. Era real. El bebé era realmente verdad. Las lágrimas le pinchaban en los ojos.

—Cuesta creer que haya un bebé dentro de mí —le dijo Allison a Marshall, mientras se ponía las medias después de la visita—. Es decir, sé que esto les pasa a mujeres cada minuto de cada día, pero parece un milagro tan grande.

—A mí también me cuesta creer que me esté pasando —dijo, se inclinó adelante en su silla, le puso las manos sobre la cintura y, con cuidado, besó su vientre.

Allison mantuvo una sonrisa en su interior para el resto del día. No era apropiado reír, ahora no, ahora que estaban intentando deducir cómo había muerto una chica.

En medio de la muerte, estamos en vida.

En el vestíbulo de su oficina, Allison se presentó a Starshine y Jennifer Tate, la trabajadora de Servicios Infantiles, una mujer regordeta de cincuenta y tantos. Se estrecharon la mano, aunque la muchacha no miró a los ojos a Allison. Mientras Allison hacía las preguntas, Jennifer debía servir como un segundo testigo de las palabras de Starshine.

Delgada como un palo, la muchacha llevaba su pelo rubio en dos trenzas dobladas. Estaba vestida con pantalones de poliéster marrones, zapatillas azules, y una camiseta gris sobre un polo de cuello verde. No era ropa nueva ni de marca, pero tampoco tenía agujeros ni suciedad evidente.

Allison rechazó la idea de llevar a la muchacha a una de las salas de conferencias. Su oficina era más hogareña, menos impersonal e imponente. Las condujo por el pasillo, y se sentaron alrededor de la mesita redonda donde Allison a veces tenía sus reuniones. Vio que Starshine se fijaba en las fotos en blanco y negro enmarcadas de Marshall y en la placa de la pared que un grupo de agentes del FBI le había entregado en la conclusión de un caso muy difícil. La placa decía: «No sabe COSER, NO SABE COCINAR, SEGURO QUE SABE LITIGAR».

Allison decidió acercarse indirectamente.

—¿Cuánto hace que tu papá y tú estáis viviendo en los bosques, Starshine? ¿Lo sabes?

Starshine le habló a sus manos, pulcramente plegadas sobre la mesa.

—Desde que mi madre se puso enferma. Yo ya no podía vivir con ella, así que mi padre me llevó.

La niña tenía una manera de hablar formal, pasada de moda. ¿Cómo debía de ser, se preguntó Allison, vivir en los bosques como los hijos de los pioneros, sin agua corriente, sin calefacción, sin luz eléctrica? ¿Habría jugado alguna vez con la Nintendo, habría ido al cine, habría escuchado un iPod? ¿Le importaba que su vida fuera tan diferente de la de los demás niños?

—¿Cuánto hace de eso? ¿Cuándo empezaste a vivir con tu padre?

—No estoy segura. Puede que haga tres años.

—¿Y qué te parece lo de vivir fuera? —preguntó Allison—. ¿Te gusta?

Starshine alzó la vista durante un momento. Un destello de ojos azules tan brillante como un cielo de verano—. Pero no vivimos fuera. Tenemos una casa.

Nicole lo había descrito como algo en muy malas condiciones, pero Allison decidió no discutir.

—¿No tienes frío?

—Nos ponemos más ropa —dijo, encogiéndose de hombros—. Y nada de algodón. Papá dice que te mata. Una vez que se moja, ya nunca te calientas.

—¿A qué escuela vas, Starshine?

—Mi padre me enseña. Compramos libros en Goodwill y los leo.

—¿Podrías leer algo para mí?

—Sí.

Antes de que Allison pudiera encontrar una revista, Starshine dio media vuelta y sacó un pesado libro de leyes de la estantería, abrió una página al azar y comenzó a leer con voz firme.

—Causalidad. Generalmente no es difícil establecer que la conducta del demandado ha causado el resultado proscrito. Si un asesino profesional pega un tiro a la víctima en la cabeza y la víctima muere, un patólogo puede realizar una autopsia y luego declarar en el juicio que la bala disparada por el demandado ha causado la muerte de la víctima produciendo una lesión masiva al cerebro de la víctima.

—Ya es suficiente —dijo Allison en seguida. Ella y Jennifer intercambiaron una rápida mirada.

Starshine devolvió el libro a su sitio, alineándolo perfectamente con los demás en el anaquel. Si sabía que el tema del párrafo en cuestión podría aplicarse a su padre, no lo demostró ni con un parpadeo de emoción. Volvió a plegar las manos.

—¿Con qué frecuencia ves a otra gente donde vives?

—Una vez cada par de meses—dijo Starshine, todavía sin mirarla a los ojos—. Tal vez menos. Gente de excursión o haciendo deporte. Ahora se ven menos porque hace frío. Si no salimos, no nos ven. Incluso si estamos fuera, sabemos mezclarnos con el bosque y quedarnos muy quietos. Nadie sabe que estamos allí. Papá dice que nadie *puede* saberlo.

Echó una breve mirada hacia arriba. Tenía los dientes apretados contra el labio inferior. —Dice que si alguien averiguara que vivimos en los bosques, me llevarían. Supongo que tiene razón.

—Si contestas mis preguntas con sinceridad, veré si podemos devolverte allí —dijo Allison con cuidado.

No era una mentira, pero tampoco era la verdad. Incluso si el padre de Starshine era inocente, ahora demasiadas personas sabían que vivían en medio de lo que era un parque público, por muy agreste que pudiera parecer. No era previsible que hicieran la vista gorda y fingieran que no pasaba nada.

Extendió el brazo a través de la mesa y tocó las manos plegadas de la muchacha. Starshine alzó la vista, asustada, y Allison retiró la mano.

—Esta es una pregunta importante, Starshine, así que quiero que pienses en ello seriamente. ¿Ha pasado algo malo recientemente?

Allison lo dijo con una frase tan abierta que pudiera aplicarse a palizas o abusos sexuales por parte de su padre. Y también pudiera aplicarse a la muchacha muerta y a cómo acabó de esa manera.

Starshine apretó los labios y se miró a las manos.

—No.

—Había una chica en los bosques, Starshine. No lejos de tu cabaña. Llevaba un abrigo azul marino. Seguramente llegó allí con un perro, un labrador negro. Hace unas tres semanas. Tenía el pelo rubio, hasta sus hombros. Tenía diecisiete años. Se llamaba Katie Converse.

Allison se levantó, fue a su escritorio y buscó la foto de Katie y Jalapeño. Se la mostró a la niña. Después de una vacilación momentánea, Starshine la tomó. La miró fijamente, inexpresiva.

—¿La has visto antes?

Starshine inclinó la cabeza a un lado.

—Esta fotografía está pegada en la mayoría de los postes de teléfonos cuando entramos en la ciudad.

—No me refiero a eso, y creo que lo sabes. ¿La has visto en la vida real?

Hubo larga una pausa. Allison esperó. Tenía la expresión tranquila, pero su pulso estaba acelerado.

Por fin, Starshine asintió, con un gesto de cabeza tan leve que era casi imperceptible.

—¿Dónde?

—Ella está muerta. Su cuerpo está bajo un arbusto de peonias cerca de un alerce.

Jennifer inspiró con fuerza.

Allison tenía que tomarle la palabra a la niña. Forest Park estaba lleno de árboles, pero eso es todo lo que eran para Allison. Árboles, no cedros y abetos y alerces.

—Esto es muy importante, Starshine. Necesito que me digas la verdad sobre lo que le pasó. ¿Cómo murió esa muchacha?

—No lo sé —dijo, alzando la vista hacia Allison con ojos suplicantes —. Mi padre dice que tengo que quedarme en la cabaña. Me ha dicho que no salga nunca, pase lo que pase.

—¿Tuvo algo que ver eso con tu padre? —preguntó Allison con suavidad—. ¿A lo mejor hubo una especie de accidente?

Starshine abrió los ojos sobrecogida.

—Mi padre no la mató. Él solamente encontró el cuerpo. Nada más. ¡Él no la mató! ¡No lo aparten de mí, no! —exclamó.

Parpadeó, pero las lágrimas que llenaban sus ojos azules se quedaron sin derramarse.

—¿**D**ónde está mi hija? —exigió Tim Chambers cuando Nicole y Allison entraron en la sala de interrogatorios.

Sus impacientes palabras impidieron a Allison presentarse. Tenía el ojo izquierdo hinchado y casi cerrado y sus palabras sonaban distorsionadas por el labio inflamado.

—¿Dónde está Starshine? ¿Está bien? No está acostumbrada a estar lejos de mí. Seguro que está fuera de sí.

Chambers no había solicitado un abogado, y Allison se había alegrado de oírlo. El interrogatorio era siempre más fácil cuando no había nadie planteando objeciones.

—Entiendo su preocupación, pero la niña está bien —dijo ella—. Ahora mismo está almorzando.

Cuando Nicole le había dicho que la autopsia demostraba definitivamente que Katie había sido asesinada, Allison perdió su simpatía para con Chambers. Estaba claro que había hecho un gran trabajo con la educación de Starshine. Y estaba igual de claro que él habría tenido el motivo, los medios y la oportunidad de matar a Katie.

—Solo tenemos que aclarar algunas cosas —siguió ella, sacando una silla y sentándose—. Así que por qué no empieza por decirnos por qué vive ahí en los bosques, Tim.

—¿Cree que eso es vida para una niña? —lanzó Nicole, girando la silla al lado de Allison y sentándose en ella a horcajadas.

—Espera —dijo Allison, levantando una mano de advertencia—, deja a Tim que nos cuente su versión de la historia. Estoy segura de que tiene sus motivos.

Con un suspiro, Chambers se sentó al otro lado de la mesa

—La madre de Starshine está en Dammasch —dijo. Dammasch era el hospital psiquiátrico estatal—. Nunca nos casamos, pero vivimos juntos hasta que Starshine tenía dos años. Nos peleábamos mucho, así que me fui. No estoy orgulloso de ello, pero solo veía a Starshine unas dos veces al año, porque mi ex dejó claro que no quería que fuera. Entonces, hace dos años, su cuñada me envió una carta a mi apartado de correos diciendo que mi ex había atacado a otro novio y la habían internado. Me dijo que si no me llevaba a Starshine, la pondrían en adopción. Desde luego, yo no podía permitirlo. Starshine es toda mi vida.

—¿Pero por qué vive en los bosques? —preguntó Allison.

—Recibo una pensión de incapacidad de cuatrocientos dólares al mes. Es imposible vivir con eso—contó, con tono de obviedad.

Allison asintió.

—¿Y por qué no un refugio?

Chambers hizo una mueca.

—Ya lo he hecho antes, pero no están preparados para hombres con hijos. Una mujer con hijos, sí, tal vez podría encontrar un lugar. Pero un hombre con una hija... no tiene dónde ir, no. Nos habrían separado. No voy a arriesgarme a que me quiten a mi hija. Soy su única familia. Y no voy a vivir en la calle exponiéndola a todo a lo que ella vería allí: alcohol, drogas, niños de su edad prostituyéndose. Así que un día fuimos de excursión al parque, seguimos los senderos y simplemente anduvimos hasta llegar a un sitio que parecía completamente fuera de la civilización. Es un sitio precioso. Estamos rodeados por la creación de Dios, no por el hormigón y la basura y los drogadictos. Empezamos en una tienda. Luego construí una pequeña cabaña. Un par de veces por semana buscamos en los contenedores del parque y sacamos latas y botellas reciclables que podemos llevar a la tienda. Se sorprendería de lo que algunas personas tiran.

Allison mostró su acuerdo con un gesto, esperando que se refiriera solo a latas y botellas. Una cosa era pensar en un hombre maduro comiéndose el emparedado a medio comer que otra persona ha dejado. Pero otra muy distinta era pensar en una niña comiendo de los cubos de la basura.

—Y los domingos —prosiguió Chambers—, vamos a la iglesia.

—¿A la iglesia? —repitió Allison sorprendida—. ¿A cuál?

—A la Primera Congregacional.

—¿Sabe la gente de esa iglesia que está usted sin hogar?

La iglesia en cuestión, situada en el conflictivo barrio del centro, era conocida por su actividad de asistencia a los vagabundos.

—No vamos por la caridad —dijo Chambers, con aire ofendido—. Nos congregamos para que Starshine pueda aprender sobre Jesús.

Nicole carraspeó y Allison se dio cuenta de que se estaban yendo por las ramas. No estaba aquí para solucionar los problemas de Chambers. Lo que tenía que hacer era averiguar si él había matado a Katie.

Retomando el interrogatorio, Nicole se cruzó de brazos y se sentó con los hombros caídos.

—¿Sabes por qué estás aquí, Tim? ¿Por qué queremos hablar contigo?

Él no se molestó en fingir que no sabía de qué estaba hablando.

—Por aquella pobre muchacha muerta.

—Tiene nombre —dijo Nicole—. Katie Converse. No es simplemente una muchacha muerta. Era la hija de alguien.

—¿Cree que no lo sé? —dijo Chambers—. Oro por su alma cada noche. Debía de estar en una confusión terrible para hacer lo que hizo.

Allison lo miró detenidamente, preguntándose si la razón de sus oraciones no sería pedir perdón por lo que había hecho.

—Tenemos que averiguar qué le pasó —dijo—. Si es completamente sincero con nosotros, podemos ayudarle y Starshine entrará en un apartamento subvencionado, le conseguiremos vales de comida.

Nicole miró airadamente a Allison, pero era todo parte del espectáculo. Al menos así lo pensó Allison. Nicole había estado de mal humor desde que volvió de la autopsia. Y Nic era siempre mejor en el papel de poli malo que Allison en el de poli bueno.

—No le des falsas esperanzas —dijo Nicole y se volvió a Chambers—. Tienes una muchacha muerta a un par de cientos de metros de donde acampas, ¿y esperas que creamos que no has tenido nada que ver y te dejemos salir así sin más? Dinos qué pasó. Y no mientas, porque ya tenemos las pruebas forenses.

—Tiene que haber sido difícil guardar el secreto —dijo Allison, comprensiva—, sin nadie con quien hablar.

—Lo que pasó —suspiró Chambers— es que Starshine y yo fuimos al supermercado a cambiar las latas. Estaba anocheciendo. Estábamos casi en casa cuando vi a esa muchacha tumbada en el suelo. No se movía. Le grité a Starshine que entrara en la cabaña y se quedara allí. Yo sabía que ella no tenía que verlo.

—¿Qué día era? —preguntó Nicole.

—No sé —se encogió de hombros Chambers—, un día de escuela, eso es todo lo que recuerdo. Cuando entramos en la ciudad en un día laborable, tengo que asegurarme de ir bastante tarde para que nadie me pregunte por qué no está Starshine en la escuela.

—¿Se cruzó con alguien en el camino? —preguntó Allison.

—No, pero estaba claro que la chica se había matado. Tenía una cuerda alrededor del cuello y había una rama rota en lo alto. Pobre chica —dijo, con los ojos empañados al recordarlo—. No parecía mucho mayor que Starshine. Yo no sabía qué hacer con ella. Pensé que si se lo decía a alguien, comenzarían a hacer preguntas sobre nosotros y luego se llevarían a Starshine. Pensé en tratar de llevarla más cerca de los senderos principales para que pudieran encontrarla pronto, pero tuve miedo de que alguien me viera y se hiciera una idea incorrecta. Entonces le grité a Starshine que se quedara en la cabaña. Luego puse a la muchacha debajo de un arbusto y lejos del camino que solemos tomar para ir a la ciudad. No quería que mi hija tuviera que verla cada vez que fuéramos a algún sitio. Y luego hice una oración por.

—Mira, Tim, ¿quieres a tu hija? —preguntó Nicole—. Si nos dices lo que pasó, y me refiero a la verdad, te garantizo que Starshine irá a una buena casa. Con el cariño de unos padres que puedan darle todo, incluso llevarla a la universidad en su momento. De otra manera, quedará a merced del sistema de adopciones, pasando de casa en casa. Y ya has oído cómo son esos sitios. Los de Servicios Infantiles sacan a un niño de una casa porque le han dado una paliza, luego lo meten en la siguiente casa, donde abusan sexualmente de ellos.

Mientras Nicole hablaba, en los extremos de los ojos de Chambers se acumulaban lágrimas.

—No pueden quitármela. Starshine y yo solo nos tenemos el uno al otro.

—Entonces di la verdad —dijo Nicole—. ¿Sabes dónde he estado esta mañana? En la autopsia de esa muchacha. Y ella no se mató. Así que sé que me mientes. Alguien le hizo eso. Y creo que ese alguien eres tú.

A los ojos de Allison, Chambers parecía sinceramente desconcertado.

—No, yo no fui. ¿Por qué iba a hacer yo eso? Ya vi bastante muerte en Vietnam. Yo nunca haría eso. Se lo he dicho, estaba ya muerta cuando la encontré.

—¿Pero qué es lo que realmente pasó, Tim? —dijo Allison inclinándose más cerca—. Quiero decir, si pasó de otra manera, es completamente comprensible. Viven ahí aislados, sin molestar a nadie, y llega esa muchacha metiendo la pata. ¿Es que descubrió su campamento? O peor todavía, ¿vio a su hija? Tuvo usted que pararle los pies, ¿no?, antes de que se fuera y lo contara. ¿Se produjo alguna especie de accidente?

—¿Qué dice? —Chambers parecía sobresaltado ante las palabras de Allison—. Estaba muerta cuando la vi. Estaba *ya* muerta. No es así como pasó, en absoluto.

—¿No es así, Tim? —preguntó Nicole, con expresión muy marcada, sin la más mínima suavidad—. Dinos la verdad ahora, mientras todavía puedes. Porque tenemos la correa, y están analizando las huellas ahora mismo.

Eso era un farol, por lo que Allison sabía. Nicole había dicho que no había ninguna huella. Pero entonces llamaron a la puerta. Un policía de Portland asomó la cabeza.

—Nicole, tengo que hablar con usted.

Chambers la miró salir, mordiéndose el labio.

Allison supuso que Nicole había arreglado esa interrupción.

—Tim, yo soy cristiana como usted. Y sabemos que Cristo nos ofrece el perdón si confesamos nuestros pecados. Este es el momento de quitarse este peso de encima. Será mucho mejor para usted confesar que seguir mintiendo.

—Pero no miento —dijo, ahora más tranquilo—. Cuando la encontré, su espíritu ya la había dejado. Si alguien se lo hizo, yo no lo vi —insistió; sus descoloridos ojos azules se quedaron fijos en ella, se inclinó adelante y le tocó una mano—. Dios le ha puesto una pesada carga con lo de esa muchacha, ¿verdad? Se ha convertido en una responsabilidad para usted, como Starshine lo es para mí. Pero en los Salmos dice: «Echa sobre Jehová tu carga, y él te sustentará; no dejará para siempre caído al justo».

Allison lo miró con asombro. ¿Qué acababa de pasar? ¿Cómo podía un tipo sin hogar que vivía en los bosques ofrecerle consuelo y alivio?

Cuando Nicole abrió la puerta, sostenía algo detrás de la espalda, con el rostro ardiendo de rabia.

—Oh, ¿con que solo eres un pobre veterano incapacitado, obligado a vivir en los bosques porque no tienes bastante con lo que el gobierno te da? ¿Entonces cómo explicas esto?

Extendió la mano de repente. Tenía una hoja de marihuana recién cortada.

—Había una parcelita de marihuana a menos de ochocientos metros de donde vives. No lo niegues. Sé que es tuya.

A Chambers se le pusieron los ojos como platos... y también a Allison. Esto daba un giro radical a todo. Chambers, con toda su charla sobre Dios, debía de haber estado intentando venderle la moto.

—Me han dicho que hay quinientas plantas, con un valor en la calle de medio millón de dólares. Ahora, dime, Tim, ¿nadie mataría para conservar medio millón de dólares? —dijo Nicole, que contestó su propia pregunta—. Ya lo creo que sí. Así que Katie se entrometió en tu pequeña explotación agrícola, y la pillaste. ¿Intentó huir? ¿Es eso lo qué pasó? ¿Intentó huir y la atrapaste, y luego la golpeaste en el cuello? —dijo, enfatizándolo con un gesto de degüello—. ¿La viste morir? ¿La viste?

Nicole tenía la cara a pocos centímetros de él.

—Me han dicho que la chica no habría podido gritar, ni siquiera hablar. Pero había podido pensar. Y había podido sentir cómo se apagaba su cuerpo. ¿Sabes lo que se siente cuando te quedas sin aire, Tim? Dicen que es la sensación más horrible que hay.

—¡Yo no lo hice! —exclamó Chambers con ojos desesperados—. ¡Ya se lo he dicho, yo no la maté! ¡Esta marihuana no es mía, y yo no la maté!

Cassidy no era la clase de mujer que soñaba con un todo terreno. Lo descubrió mientras saltaban y rebotaban por raíces y piedras. Tenía un brazo alrededor de la cintura de Andy, y con el otro ella sostenía apretada la cámara. El resto del equipo iba atado con correas detrás de ella.

Mientras atajaban por el bosque, siguiendo un casi inexistente camino que solo Andy podía ver, los arbustos mojados le pegaban en los vaqueros. El fango le salpicaba en la cara. Demasiado para su esmerado maquillaje. En lo alto, oyó el sonido de un helicóptero. Fuera el canal que fuera, se iban a tirar de los pelos cuando vieran que Cassidy se había hecho con la historia primero otra vez.

Veinte minutos más tarde, estaba haciendo su grabación. Tenía que darse prisa para llevar la cinta al estudio a tiempo para las noticias de mediodía. Además, Cassidy tenía que demostrarle a Jerry que ella seguía teniendo las primicias. De ninguna manera iba a rendirse y dejar que Madeline McCormick le pasara por encima.

—Era una vida solitaria —dijo Cassidy al objetivo de la cámara—, pero no sencilla. Y para el veterano de Vietnam de cincuenta y cinco años, Tim Chambers, esta era la única vida en la que pensó que podría tener y mantener consigo a su hija.

—La policía de Portland dice que Chambers y su hija de diez años han vivido aquí, en las profundidades de Forest Park, durante años. No en una tienda, sino en un complejo campamento cavado en una escarpada ladera.

Mostró una panorámica con el brazo mientras Andy hacía un barrido del campo.

—Tenían un refugio, un columpio y un huerto con verduras. Y en este arroyo era donde obtenían el agua con la que lavar y cocinar.

Se agachó y se mojó los dedos en el agua, que estaba tremendamente fría.

—Colocaban piedras en este pequeño remanso para recoger el agua y conservar los productos de alimentación perecederos.

Cassidy se incorporó e hizo un gesto señalando detrás de ella.

—Vivían dentro de este refugio.

Con Andy siguiéndola, llegó hasta la puerta y la abrió.

—El padre enseñó a su hija a usar la enciclopedia que ven aquí —dijo, señalando un cesta de compras roja de plástico que contenía una pila de volúmenes de la enciclopedia World Book—. Dormían en sacos de dormir en estos dos camastros.

Pese al grueso abrigo que tenía debajo, Cassidy a duras penas podía evitar que le castañetearan los dientes.

La cámara dio una vista completa del diminuto espacio. Además de los catres, había una mesa de expediente, un pote grande metálico, una sierra de mano y una vieja caja de manzanas que ahora contenía conservas.

—Las autoridades dicen que los dos entraban en la ciudad una vez a la semana para ir al banco, asistir a la iglesia, comprar comestibles y recoger cosas varias en un establecimiento de Goodwill.

Cassidy no podía imaginárselo. Nicole había dicho algo sobre un «hoyo letrina»; fuera lo que fuera eso, solo esperaba no tropezarse con él.

—La policía se ha mostrado sorprendida por el buen estado de su higiene, nutrición y salud. Para estar seguros de que la muchacha no ha sufrido malos tratos, las autoridades los han separado e interrogado aisladamente. Afirman que la muchacha posee una elocuencia más avanzada de la propia de sus años. Han sido además examinados por un médico y evaluados por trabajadores sociales del Estado. Les han tomado las huellas dactilares y han realizado una concienzuda investigación a escala nacional. Todo ha resultado negativo. Tim Chambers recibe solo una pequeña paga de incapacidad por el trastorno de estrés postraumático relacionado con su servicio en Vietnam. Ha contado a autoridades que decidió traer a su hija a los bosques por considerarlo mejor que dejarla en las calles o arriesgarse a que la separasen de él si acudía a los servicios sociales.

—Chambers, según nos informan, ha dicho a las autoridades que sabía que el cuerpo de Katie Converse estaba cerca, pero que le preocupaba que al alertar a la policía perdería su hogar y todo lo que tiene. ¿Es Chambers sospechoso? Las autoridades no lo dicen, pero no le han acusado de nada y le han retirado la custodia. Dicen que no están seguros de lo que pasará, pero se especula que los miedos de Tim podrían tener fundamento... y que él y su hija terminarán separados.

Cassidy miró fijamente a la cámara con expresión seria y decidida.

—Cassidy Shaw, informando desde lo más profundo de Forest Park.

El auditorio del Instituto Lincoln parecía estar decorado para el baile de graduación, no para el entierro de una joven. De las paredes colgaban ramilletes de globos morados con tiras moradas de papel crepé. Nic se acordó de cuando los Converse le dijeron que el morado era el color favorito de Katie. El féretro cerrado que había sobre la tarima, sin embargo, era blanco y dorado, cubierto de rosas blancas.

Cuando Wayne le habló a Nic de los proyectos para el entierro, le dijo que Valerie había decidido no ver el cuerpo.

Ella y Allison habían tratado de hablar con él para ver los restos de su hija también, pero Nic supo que había desatendido su consejo.

—Ha dicho que quería recordar a Katie como era. Y ella tiene razón. Porque, sea lo que sea lo que hay en ese ataúd, no es Katie. Mi niña ya no está. Pero vamos a darle una despedida por todo lo alto. Esto va a ser por todas las fiestas a las que Katie nunca podrá ir. Va a ser todos sus cumpleaños, su baile de graduación y su boda todo en uno.

Ahora había vecinos, estudiantes, profesores, hombres de negocio y extraños sentados hombro con hombro, de pie en el hueco de la escalera y llenando el vestíbulo. Esparcidos entre ellos había agentes del FBI y policías, buscando pistas, buscando a sospechosos, buscando respuestas... y no encontrando sino angustia. Habían dado a Nic un lugar cerca del frente, donde, si se daba media vuelta, podía ver a la mayor parte de la audiencia. A seis metros de ella, Wayne, Valerie y Whitney estaban sentados rodeados de tías y primos, abuelos y amigos. Pero, en lo esencial, solos.

El servicio comenzó con una exposición de diapositivas proyectada sobre dos pantallas de tres metros colocadas en cada lado del escenario. Entre las pantallas había un piano de cola y el coro de cincuenta personas, con el féretro sobre un estrado detrás de ellos. Acompañadas por música de piano clásico, pasaban una tras otra las fotos de Katie.

Katie bebé a gatas, con la cabeza levantada, vistiendo nada más que un pañal y una sonrisa triunfal. Katie a los cinco o seis años con un disfraz de tigre, riendo y con las manos imitando unas garras. Katie en un estrado, pero todavía tan joven que se le veían los ojos tras el púlpito. La foto con George Bush que Nic había visto en su cuarto. Katie levantando un trofeo. Y finalmente la foto de la vigilia: Katie con unos ojos tan azules como el cielo que se veía detrás.

En todas las fotos, Katie sonreía, pero Nic comenzó a preguntarse hasta qué punto serían auténticas esas sonrisas. ¿Era su imaginación, o la expresión de Katie era una máscara que ocultaba una profunda tristeza en sus ojos?

Después de la exposición de diapositivas, un amigo de Katie recitó un poema en rap escrito por él. Otro tocó la trompeta, pero a mitad de pieza se quedó sin aire por emoción. Después de la tentativa, frustrada, de volver a empezar, dejó caer la trompeta a un lado y comenzó a llorar suavemente, agachando la cabeza, convulsionando los hombros. Por último, el pastor que presidía se llevó al muchacho, pero para entonces la multitud ya estaba deshecha por el dolor y la pena.

Las chicas lloraban abrazadas. Los chicos, con los ojos enrojecidos, se limpiaban torpemente la nariz en las mangas de sus trajes de tallas inadecuadas. Sin embargo, otros tomaban fotos con sus teléfonos móviles. Nic solamente esperaba que no abandonaran el servicio, atravesaran la calle hasta donde se habían juntado cientos de periodistas y les ofrecieran las fotos al mejor postor.

Entonces el pastor, que parecía no conocer mucho, o nada, a Katie, leyó una carta del alcalde de Portland. La carta citaba un pasaje bíblico: «De delante de la aflicción es quitado el justo».

¿Quitado?, pensó Nic cínicamente. Se acordó de cuando Tony dijo que Katie podría haber vivido hasta minutos después del golpe que le rompió la laringe. Que habría tratado de hablar o gritar, sin que saliera nada, ni el más débil de sonidos. ¿Qué podría ser peor que eso?

Cuando el servicio apuntaba a su final, Wayne se levantó y comenzó a enumerar las virtudes de Katie, sirviéndose de fichas con notas, que mencionaban premios y honores, y se le traspapelaban. Finalmente, dejó las tarjetas. Cuando miró a la audiencia, tenía ojos de loco, con la cara mojada y roja.

—¿Por qué? ¿Por qué? ¿Por qué? —gritó Wayne. El micro se acopló. Se puso a dar con el puño en el púlpito. Sonaba como el latido de un corazón gigantesco.

—Acepto la muerte, sé que tenemos que morir. ¡Pero así, de la manera como Katie murió! ¿Por qué?

Al ver la ira de Wayne, la abarrotada sala se quedó en silencio.

—Dios se me llevó a mi primera esposa, y ahora se ha llevado a mi niñita. ¡Sin ninguna razón!

La única respuesta fueron unos sordos sollozos. Nic miró a Valerie. Tenía la cabeza erguida, la expresión en blanco. Whitney abría la boca como en un bostezo mientras lloraba, tenía la cara roja e hinchada.

Finalmente, el pastor tocó a Wayne en el codo y le murmuró algo al oído. Wayne, con la cabeza agachada, regresó a su asiento al lado de su esposa y de la hija que le quedaba.

Cambio y fuera
1 de diciembre

Se acabó. No puedo dejar de llorar.

Él me dice que me aferre al futuro.

Yo creo que el futuro está muy lejos y que nunca llega en realidad.

Cuando Cassidy contestó a la llamada de Allison a la puerta, iba vestida con una bata de felpa y sin maquillar. Sus ojos se veían encogidos y fatigados. En una mano tenía un mando a distancia y en la otra un vaso medio lleno de lo que Allison pensaba que era vino tinto.

Nicole pasó impaciente entre ellas.

—Bueno, aquí estamos —dijo, volviéndose para mirar de frente a Cassidy—. ¿Qué es tan importante para que tengas que hacernos dejarlo todo y venir?

Cassidy cerró la puerta.

—¿Sabéis ese tipo de personas al que llamamos «el vecino indeseable»? ¿Esa gente que te quita el periódico de la puerta y acumula deshechos? Debido al caso de Katie Converse, tengo un enorme atraso con mis entregas, así que hoy trataba de ponerme al corriente. Estaba anotando el contenido de las cintas cuando me encontré esto.

Apuntó con el mando a distancia y el televisor de pantalla grande del otro extremo de la sala de estar cobró vida.

Lo que apareció en la pantalla era la esquina del jardín de entrada de alguien. La escena era firme, como si la cámara estuviera en un trípode. No había nada más en la pantalla aparte del patio: ni personas, ni pistas, ni siguiera otras casas. Solamente césped y un seto, una acera y más allá un trocito de calle. En el borde de la pantalla, una cortina. Se veía detrás de una ventana. Un césped y ningún movimiento.

¿Y por qué era tan importante?

Allison se fijó en la fecha de la esquina. Ponía 12/13.

El día que desapareció Katie.

Sintió un hormigueo en la nuca. Era como ver una película, esperando a que el asesino saliera de su escondite. Allison medio esperaba ver a Katie aparecer, paseando a Jalapeño, o tal vez siendo empujada al interior de una furgoneta sin ventanillas.

Pero pasaron lentamente veinte segundos, treinta, y nada cambiaba. Nicole resopló con impaciencia. Cassidy tomó un sorbo de su vaso. El césped era de un intenso verde oscuro, excepto en la esquina centrada en la cámara. Esa parte era desigual, más marrón que verde.

—Este tipo decidió grabar en vídeo su jardín —dijo Cassidy—. Estaba convencido de que cuando su vecina llegaba a casa del trabajo a las cuatro de la tarde soltaba a su perro y lo dejaba, de hecho lo animaba, a hacer caca en su césped. Así que puso esta cámara con un temporizador automático.

—¿Y? —urgió Allison.

—Y aquí está su prueba. Por eso nos lo envió.

Una guapa joven con un perro de aguas atado se acercó a la cámara. Iba envuelta en un abrigo negro largo, pero llevaba las piernas al aire y charoles de tacón alto. No había sonido. Pero se podía ver cómo movía los labios, se inclinaba, y Allison supo que estaba metiéndole prisa al perro. Por fin, este se agachó e hizo lo que había ido a hacer. Y luego ella lo sacó de la vista de la cámara. Al hacerlo casi chocó con un hombre que bajaba precipitadamente por la acera. No había salido a correr, porque llevaba traje y un abrigo grueso. Tenía la expresión desencajada, los ojos de loco y la boca abierta como si jadeara.

El senador Fairview. Presa del pánico.

—¿Dónde es eso? —dijo Allison bruscamente—. ¿Y de dónde viene el senador?

—Es el Noroeste de Portland —dijo Cassidy—, y una calle más allá está una de las entradas a Forest Park.

Allison pensó en cómo les había tomado el pelo Fairview, sin decirles nunca la verdad. No iba a poder negar esta cinta.

—Dámela —dijo extendiendo la mano—. Se lo llevaré al jurado de acusación y así podrán procesarlo.

Cassidy se acercó al reproductor de vídeo, sacó la cinta y se la entregó.

Mientras la mano de Allison se cerraba sobre la cinta, Nicole entrecerró los ojos.

—Habría sido fácil. Esto era una gran primicia. ¿Y la entregas así sin más?

Allison estaba a punto de defender a Cassidy cuando se dio cuenta de que su otra amiga no decía nada.

—¿Es una copia? —exigió Nic.

Cassidy tomó un sorbo de su vaso antes de contestar.

—Esta no es una copia —dijo, y dio otro sorbo—. La copia está en realidad en el trabajo. Esta es la original.

—¡No se te ocurra difundir esto! —advirtió Nicole moviendo el índice de modo amenazador.

—¡Eh! Es mi primicia —dijo Cassidy con voz suave—. Soy yo la que ha encontrado esta cinta, no tú.

—Tengo que llevar ventaja sobre Fairview en esto, Cassidy —dijo Allison—. No ha dejado de engañarnos. A todas. Pues bien, con esto no podrá. A menos que se lo pongamos en bandeja. Esta es la prueba que necesito para conseguir que el jurado de acusación lo procese. Este tipo es más escurridizo que una serpiente. Con esta cinta, ya puedo agarrarlo.

—Necesito la cinta tanto como tú. Si no sigo pasando primicias, la cadena me sacará de esta historia. Siguen presionándome para dejar a Madeline McCormick que cubra la historia.

Cassidy se frotó la cara con la mano libre. Parecía una niña exhausta.

—Incluso soy yo la que sacó a la luz la historia. Soy la que la puso en marcha.

Allison sabía que ella tenía el arma de la citación para forzar a Cassidy a darle la cinta al jurado de acusación. Pero la realidad era que el papeleo lo haría casi imposible. El Ministerio de Justicia tenía que dar luz verde, y para entonces sería muy tarde. La cadena difundiría la cinta ahora y luego alegaría libertad de prensa. Lo mejor que ella podía hacer era llegar a un acuerdo.

—Cassidy —dijo—, estamos ante un asesinato. ¿No es más importante que los índices de audiencia? Te lo ruego, tienes que guardar esto hasta que le detengamos. En cuanto esté, te daré un margen de veinticuatro horas antes de entregárselo a nadie más.

Hubo una larga pausa.

—Cuarenta y ocho —dijo Cassidy por fin—. Tienen que ser cuarenta y ocho. Con cuarenta y ocho horas puedo decirle a la dirección y a Maddy que desaparezcan de mi vista.

Allison apretó los dientes. No tenía muchas opciones.

—Bien. Cuarenta y ocho. Pero tienes que prometerme que no saldrá hasta que él sea detenido.

—¡Gracias, gracias, te lo prometo! —agradeció Cassidy, que por fin parecía reanimarse.

Se inclinó para darle a Allison un abrazo, y Allison pudo oler el vino de su aliento y de su vaso. Cassidy siempre tenía algo para beber cuando estaban las tres juntas, pero, hasta para Cassidy, un vaso lleno de vino parecía demasiado. Pero estaban sometidas a tanta presión por el caso de Katie Converse que tal vez era comprensible.

Cassidy se apartó, tenía una sonrisa en la cara.

—¿Vais a encerrarlo enseguida?

—Me gustaría, pero no es muy factible —dijo Allison, y enumeró las razones con los dedos—. Uno, Fairview es una figura pública. Dos, no ha dado muestras de riesgo de fuga. Tres, no hay ningún argumento para considerarlo un asesino en serie o alguien peligroso para los demás. No es como si tuviésemos que sacarlo de la calle porque estuviera a punto de volver a matar. Le llevaré esto al jurado de acusación a primera hora el miércoles y lo procesarán.

—¿El miércoles? ¿Por qué no esta noche? —preguntó Cassidy, y la sonrisa se le cayó de la cara como un plato de un anaquel—. A ese hombre hay que encerrarlo. Ha matado a una preciosa jovencita.

—El único modo en que podría hacerlo esta noche sería llevándoselo a un juez. Y la norma de un juez es «más allá de toda duda razonable». Fairview conoce a todos los jueces en la ciudad. ¿Crees, siendo realistas, que alguno de ellos va a decir que esta cinta es una prueba más allá de toda duda razonable? Aquí no aparece con Katie. No hay señales en sus manos, ni agujas de pino en su ropa. Nada que lo relacione con lo que pasó. Michael Stone dirá que lo único que esto demuestra es que su cliente llegaba tarde a una reunión o algo así. Stone podría alegar incluso que la fecha de la esquina es errónea. Sabemos que la mitad de las veces la fecha de una cámara de vídeo no es correcta. Pero puedo enseñarle la cinta al jurado de acusación, y ahí tendrán la oportunidad. Los blogs de Katie establecen el motivo. Y el forense nos ha dicho el medio, un golpe en la garganta. Una vez que consigamos la acusación del jurado, un juez *tendrá que* culminar el proceso. El miércoles a estas horas Fairview estará encerrado.

—Y luego deberían tirar la llave. Eso es lo que Rick dice.

—Rick tiene la suficiente experiencia —dijo Allison con paciencia— para saber que incluso una vez detenido, Fairview no estará en la cárcel mucho tiempo. Pagará la fianza.

—Pero él mató a esa muchacha. Sabemos que lo hizo. Pensé que esto sería por fin suficiente para demostrarlo —se quejó Cassidy. Se le resbaló el vaso de la mano y se partió en una docena de pedazos. Entonces se puso a llorar—. No puedo dormir. No puedo comer. No puedo pensar.

Cassidy no era una llorona bonita. Los ojos se le hincharon al instante y le salían mocos de la nariz.

—¿Por qué? —preguntó Allison—. ¿Qué es lo que anda mal?

¿Eran imaginaciones de Allison, o Cassidy se tambaleaba?

—Ya te lo he dicho. La cadena me presiona para que le deje paso a Maddy. Me estoy haciendo enemigos, pero si no mantengo mi terreno, no seré nadie —dijo, se inclinó y comenzó a recoger los pedazos de cristal que había alrededor de sus pies descalzos.

—Aquí, Cass, deja que te ayude —dijo Allison—, te vas a cortar un pie.

Juntas, Allison y Nicole recogieron los pedazos más grandes de cristal. En la cocina, Allison abrió el armario de debajo del fregadero. En vez de restos de comida, el cubo de la basura estaba lleno con media docena de sostenes de seda y braguitas color turquesa, plata y rosa.

Allison y Nicole intercambiaron una mirada. Allison puso los cristales rotos en la encimera y sacó un sujetador celeste. Estaba cortado en varias partes.

Dios mío, oró Allison, *algo pinta muy, muy mal. Ayúdame a encontrar las palabras exactas para ayudar a Cassidy.*

Llevó el sujetador a la sala de estar. Nicole iba detrás con una escoba y un recogedor.

—Cassidy, ¿qué es esto? —preguntó Allison enseñando el sostén cortado—. El cubo de la basura está lleno de ropa interior.

Cassidy se mordió el labio y apartó la mirada.

—Ah, Rick dice que me visto demasiado indecente. Si quiero que me tomen en serio como profesional, dice que tengo que buscar algo más recatado. Él dice que soy insegura, y que por eso siempre estoy exhibiéndome.

No estaba totalmente equivocado Rick en lo que decía. Pero ¿no era Cassidy la que tenía que decidir eso?

—¿Y por eso los corta? —exigió Nicole.

—¡Claro que no! ¡Lo hice yo! Rick dijo que si yo me lo tomaba en serio, los cortaría. Así él sabría que era sincera.

—Pero este es el tipo de decisión que debes tomar por ti misma —dijo Allison.

—Rick me quiere y no quiere que nadie me vea como una furcia —dijo irguiéndose Cassidy, aunque el albornoz le restaba mérito al efecto—. Soy una reportera profesional, no un pastelito de un programa de cotilleo. Soy una periodista seria.

—¿Y las periodistas serias no pueden llevar sujetadores bonitos? —dijo Nicole con expresión impasible.

—No si esperan que las tomen en serio —dijo Cassidy, y sonó como si estuviera imitando a Rick.

Lo que le pasaba a Cassidy era lisa y llanamente lo que exponían los folletos que había en la entrada del refugio Safe Harbor: insultos, posesividad excesiva, destrucción de propiedades personales.

Y, por lo que sabía, Allison no creía que ese episodio de Rick obligando a Cassidy a deshacerse de su ropa interior más atractiva fuera a ser el último episodio.

—Cassidy —dijo Allison con tacto—, tienes que prometerme que lo pensarás dos veces la próxima vez que Rick quiera que cambies algo de tu personalidad. Me inquieta que no le gustes tal como eres.

Mientras hablaba, Nicole asentía.

Cassidy movió la cabeza.

—Le gusto como yo *debería* ser —dijo, controlándose una sonrisa llorosa—. ¿Acaso no es mejor eso?

—No —dijo Allison—, sinceramente, no lo es. Tú solo deberías cambiar por ti misma. No porque alguien te diga que no te van a querer si no lo haces. Déjame preguntarte una cosa, Cassidy, y tienes que prometer que me dirás la verdad.

—Está bien —dijo Cassidy despacio.

—¿Te ha golpeado Rick alguna vez?

—No —dijo Cassidy, con la mano en el corazón—. Te lo prometo, Rick nunca me ha pegado. Nunca.

Mirándola, Allison se sintió enferma. Conocía a Cassidy de bastantes años como para saber cuándo estaba mintiendo.

Allison había mandado por fax una carta para Stone. En ella le decía al abogado que su cliente no solo era el objeto de una investigación del jurado de acusación, sino que ella creía que tenía pruebas sustanciales para relacionarlo con un crimen. Fairview estaba ahora obligado a dejar la rehabilitación y declarar ante el jurado de acusación. Todavía podía acogerse a la quinta enmienda para cualquiera o para todas las preguntas que pudiesen incriminarlo, pero correría un riesgo mayor de ser procesado, porque los miembros del jurado de acusación podrían pensar que ocultaba la verdad. Y, una vez que te procesan, la opinión pública ya te declara culpable. Como político, su vida estaría terminada.

¿Y tiene acaso Fairview una vida aparte de la de político?

Allison calculó que Fairview y Stone tendrían que sopesar las probabilidades. ¿Tenía Fairview que centrarse en salvar su carrera... o en salvar el pellejo?

Lo que ellos no sabían era que tenía una cinta de vídeo que sería casi imposible justificar.

Aunque probablemente hubieran ensayado el testimonio de Fairview una docena de veces, a Stone no le permitirían acompañar a su cliente en la sala del jurado de acusación. Le obligarían a esperar sentado en el pasillo, dando vueltas a los pulgares, y esperaría que su cliente no abriera la boca y se condenara. Dentro del cuarto de jurado de acusación, estaban únicamente el acusador, los jurados y el testigo. El jurado de acusación cabía esperar que sirviera para controlar al acusador, pero también le daba mucho poder.

Allison podría haberse saltado la acusación de este jurado e ir directa a una causa probable en una comparecencia ante el juez. Pero, en ese caso, el demandado y su abogado tenían la ventaja de oír cada palabra de su argumento. Y además la balanza se inclinaba hacia el otro lado. Una vista de causa probable proporcionaba a la defensa una oportunidad con tiempo, y la ocasión de interrogar a los agentes de FBI que testificaban sobre las pruebas.

Allison comenzó poniendo al jurado de acusación al tanto de los acontecimientos de los últimos días. Sacó a Leif al estrado para establecer la escena declarando sobre lo que el ERP había encontrado en Forest Park. Pero, igual de importante, le hizo identificar una foto del cuerpo de Katie. Detrás de ella, oyó las expresiones de asombro de los miembros del jurado a medida que la foto pasaba de mano en mano.

En cierto sentido, enseñarle las fotos al jurado era un exceso. Considerando la prueba de la cinta, Allison sabía que iban a procesar a Fairview sin las fotos. Pero, al mismo tiempo, quiso oír sus reacciones, un indicador de cómo iría todo cuando esto llegara a juicio.

Después, llamó a Nicole al estrado. Nicole testificó sobre cómo se habían tomado los Converse la noticia de que el cuerpo de su hija había sido hallado. Aunque eran pruebas de rumores que no podían ser usados en el juicio, estaba permitido en una vista de jurado de acusación. En este punto, con los hechos del asesinato de su hija todavía frescos en su mente, sería demasiado imprevisible, y demasiado cruel, llamar a Wayne y a Valerie al estrado. Nicole también identificó las fotos de autopsia del cuello de Katie y de las heridas que tenía en él. Por las reacciones que Allison podía oír de los jurados, estas fotos eran tan contundentes como las anteriores. Y Nicole explicó que los resultados de la autopsia indicaban que estaba claro que Katie había sido asesinada.

Por fin, trajeron a Fairview a la sala y el secretario judicial le tomó juramento. Tenía en el rostro una expresión que Allison estaba segura que había practicado delante de un espejo. Era una mezcla a partes iguales de pesar y de justa indignación.

Allison se levantó para encender el televisor con reproductor de vídeo que había solicitado.

—Senador, voy a mostrarle una cinta con unas imágenes tomadas el trece de diciembre. El día que Katie Converse desapareció. El día, como ahora sabemos, que murió.

Algo en los ojos de Fairview parpadeó, solo un segundo. El resto de su cara permaneció impasible. Cuando empezó a verse la cinta, él dejó claro su desinterés, hasta bostezando una vez al pasar los segundos sin que nada ocurriera.

Pero entonces apareció la mujer con el perro. Los miembros del jurado se inclinaron adelante en sus asientos. Y, por fin, allí estaba él, el senador Fairview, presa del pánico. Del pánico por la fechoría que acababa de cometer.

Cuando la cinta se terminó, Fairview estaba derrumbado en el asiento de testigo. Parecía, pensó Allison, roto.

—Quisiera consultar con mi abogado —dijo con una voz tan baja que ella tuvo que esforzarse para oírla.

—Está bien, senador —dijo, y se volvió hacia el jurado de acusación—. Bien, señores, haremos un receso de diez minutos.

Allison se quedó en su mesa, aunque podía oír el murmullo excitado de las voces de los miembros del jurado mientras aprovechaban la oportunidad para tomar un bocado y hablar sobre lo que acababan de ver y saber.

—Senador —dijo cuando el receso hubo concluido y Fairview estuvo de nuevo en el estrado—, ¿le gustaría explicar lo que acabamos de ver?

—Se lo juro, soy inocente —dijo con la mano en el corazón—. Yo no maté a Katie Converse. Estaba ya muerta cuando la encontré.

—¿Por qué espera que creamos eso? —dijo Allison. Le habría gustado inclinarse hasta su cara cuando le hizo la pregunta, pero en una vista de jurado de acusación el acusador siempre permanecía sentado para el interrogatorio.

La inclinación de la mayoría de las personas era explicar y convencer y tratar de hacer que el acusador lo viera a la manera de ellas.

Pero Fairview dijo simplemente:

—Espero que me crea porque digo la verdad. Me aterroricé cuando encontré su cuerpo, y salí corriendo. Mire la cinta y verá que estaba asustado y aterrado. Pero no maté a Katie Converse. Ella se quitó la vida.

Precisamente por esto no habían hecho públicos los resultados de la autopsia, para poder atrapar a un asesino. Los padres de Katie conocían los datos, igual que los investigadores, y ahora el jurado de acusación, pero nadie más.

—Entonces, díganos qué pasó —dijo Allison—. Díganos lo que realmente pasó.

El senador suspiró y se restregó las manos en la cara.

—Es cierto que Katie y yo habíamos entablado una relación mientras ella era ordenanza. Yo no lo busqué, simplemente ocurrió. En realidad fue más idea de ella que mía.

Detrás de ella, Allison oyó un bufido de enojo. ¿Estaba Fairview probando su estrategia para el futuro juicio tal como ella probaba el suyo? Si así era, le había salido el tiro por la culata.

—Nos encontrábamos en aquel punto en Forest Park dos o tres veces durante los días libres de Acción de Gracias, cuando no podíamos pasar sin vernos. Katie conocía bien el parque, se crió a pocas calles de allí, y siempre iba con su padre por allí de paseo. Ella había encontrado ese claro apartado de los senderos principales.

»Pero esa vez, en vez de ir allí juntos, ella llamó y exigió que me encontrara con ella allí. Dijo que no aceptaría un no por respuesta. Estaba muy enfadada. Amenazó con contarle a mi esposa lo nuestro. Así que acabé accediendo. Las otras veces habíamos caminado juntos hasta el lugar. Al principio pensé que me había perdido. No encontraba a Katie por ninguna parte. La llamé. Entonces el perro vino corriendo hasta mí. En un principio, ni siquiera estaba seguro de que fuera el suyo. No llevaba su correa. Ladraba y corría por todas partes en círculos, muy alterado. Y luego se ponía como a seguir el camino y se paraba a mirarme, como diciéndome que lo siguiera. Y lo hice —le tembló la voz a Fairview—. Y... y allí estaba. Tumbada en el suelo con un nudo alrededor del cuello. Katie se había matado. Ella había querido que yo la encontrara así. Estaba empeñada en castigarme.

Habría sido un giro inteligente... si no fuera porque la autopsia revelaba que las afirmaciones de Fairview eran mentira.

—¿Castigarle? —repitió Allison—. ¿Por qué querría ella castigarle?

—Porque ese día nos había visto a Nancy y a mí de compras navideñas. Íbamos de la mano. Katie me llamó, gritándome que la estaba engañando —dijo, y en ese momento su voz se elevó con indignación—. ¿Engañándola a ella? ¿Con mi esposa?

Y de repente Allison supo que había algo más. Las entradas del blog, la rabia y la tristeza de Katie... eso lo aclaraba todo.

—La dejó embarazada, ¿verdad?

Un par de los miembros del jurado soltaron una exclamación.

—Y luego la obligó a abortar.

—¡No! No fue así en absoluto —Fairview extendió las manos, suplicando a Allison y al jurado—. Traté de hablar con ella sobre lo del aborto, pero ella no quería escucharme.

—¿Así que usted pagó el aborto? ¿La llevó a la clínica?

—Katie estaba desesperada. Decía que se mataría antes que tener el bebé.

—Pero, senador Fairview, ¿acaso no ha apostado toda su reputación profesional a ser antiabortista?

—Yo siempre he estado a favor de la cláusula de exención cuando la vida de la madre está en peligro —dijo, poniéndose derecho—. Y Katie aseguraba que se mataría. Tenía muchísimo miedo a lo que su madrastra le pudiera hacer si llegara a casa embarazada. Katie tenía dos botellas de Tylenol, y me dijo que pensaba tomárselas antes que seguir adelante con el bebé. Yo no podía dejar que lo hiciera, así que la llevé a una clínica de la que sabía. En aquel punto, mi único pensamiento era impedir que se suicidara. Ella era una joven brillante, que estaba claro que llegaría lejos —dijo, y la voz se le tambaleaba—. Supongo que era más emocionalmente inestable de lo que pensé.

—Senador, los resultados de la autopsia muestran que Katie Converse fue asesinada. Ella no se ahorcó. Alguien trató de hacer que pareciera un suicidio —declaró Allison, luego suspiró—. Y creemos que ese alguien es usted.

—No —protestó él, agrandando los ojos—. ¡Yo no la maté! ¡Yo no maté a Katie Converse!

—**N**oticias de última hora —dijo Cassidy mirando directamente a la cámara—. El senador James Fairview ha sido procesado por un jurado de acusación por el asesinato de la ordenanza del Senado Katie Converse.

Mientras hablaba, con el rabillo del ojo Cassidy vio a un becario que entraba corriendo en la sala con una cinta. Cuando se dio cuenta de que se había topado con una toma en directo ya iba demasiado rápido para detenerse. Tropezó con una silla y aterrizó justo detrás de Cassidy. Ella vaciló durante solo un segundo, un instante en el cual, si los espectadores hubieran escuchado con mucha atención, habrían podido escuchar una maldición susurrada desde el suelo.

Cassidy reanudó sin complicaciones sus palabras, como si nada.

—El jurado de acusación expresó su decisión después de visionar la grabación exclusiva que ustedes van a ver, solo aquí, en el Canal Cuatro. Se grabó el mismo día en que Katie Converse desapareció.

Esa noche, Cassidy se la pasó haciendo *zapping*. Pero la detención de Fairview no encabezaba las noticias en una sola cadena. En realidad, todas cubrían extensamente la misma historia, la historia del becario que entró tropezando. En Chicago, el techo de una pista de patinaje sobre hielo se había derrumbado bajo el peso de la intensa nevada. Había tres niños desaparecidos y se habían confirmado ocho muertos. Muchos de ellos asistían a una fiesta por el quinto cumpleaños de un niño.

Con un sentimiento de desazón, Cassidy comprendió que el gran foco de los medios acababa de apartarse de Katie para enfocar otra historia.

El juez fijó la fianza de Fairview en un millón de dólares, así que estaría fuera dentro de veinticuatro horas. Un millón de dólares puede parecer mucho para una persona corriente, pero Allison sabía que un demandado solo necesitaba traer el diez por ciento. Y para un hombre como el senador Fairview, pensó ella con acritud, cien mil era casi lo que solía llevar en el bolsillo.

En las condiciones de su libertad bajo fianza, Fairview no tenía permitido salir del Estado. La libertad bajo fianza se determinaba considerando dos factores: riesgo de fuga y peligro para la comunidad. Pero Fairview era tan reconocible, apareció en la portada de *Time, Newsweek y el National Enquirer,* que no se consideró que hubiera riesgo de fuga, sobre todo después de que el juez le confiscara el pasaporte. Y ya que esto era lo que se conocía como crimen pasional, y no el acto de un asesino en serie, se consideró que Fairview representaba un peligro mínimo para la comunidad.

En cuanto Fairview pagó la fianza, volvió al centro de rehabilitación, que al menos ofrecía ilusión de privacidad.

Chambers estaba también fuera de la cárcel, una idea con la que Allison no tenía ningún inconveniente. No había ningún modo de atribuirle lo de la plantación de marihuana, y el relato de Starshine lo respaldaba. Después de lo que Cassidy contó sobre ellos en televisión, llegaron ofertas de ayuda de los espectadores del Canal Cuatro. Uno le había ofrecido trabajo y un lugar para vivir él y su hija, en una granja de caballos en la parte rural del Condado de Washington. Ahora estaban en una casa móvil y se acostumbraban a tener calefacción, electricidad y agua corriente: todas las cosas sin las que habían sobrevivido los últimos tres años.

Allison acababa de sentarse ante la desbordada bandeja de entrada del correo, cuando el teléfono sonó.

—Allison Pierce.

—Ally, soy Lindsay.

La primera emoción que Allison sintió fue molestia. La segunda, culpa. Lindsay era su hermana. Tenía que estar allí para ella. Aunque todos los demás la hubieran dado por caso perdido.

—¿Qué hay de nuevo, Lindsay? —dijo, aunque quería decir *¿Qué hay de malo, Lindsay?* Porque algo tenía que pasar. Para empezar, su hermana nunca había venido a casa por Navidad.

—Me han detenido.

—¿Sigues en Tennessee? —preguntó, dudando si no era en Alabama.

—No, estoy aquí en Portland. Chris me ha traído.

Allison no podía creerlo. ¿Había una nota de alegría en la voz de su hermana?

—¿Y por qué te han detenido?

—Por vender anfetas. Pero yo...

—No digas más, Linds —aconsejó. Las Llamadas telefónicas desde la cárcel eran rutinariamente grabadas. Allison preferiría no tener que discutir sobre si una conversación con su hermana entraba en secreto entre cliente y abogado—. Voy a ir a buscarte. Puedo estar allí en menos de una hora.

Descansaba su cabeza en sus manos cuando volvió a sonar el teléfono. Saludó y se preparó para alguna nueva revelación de Lindsay. En lugar de eso, oyó la voz ronca de un hombre.

—Voy a matarte.

—¿Qué? —dijo, sintiendo un calambre que le bajó por la columna.

La voz se superpuso inexorablemente a la de ella.

—No creas que alguna vez estarás segura. No importa donde trates de esconderte, te encontraré. No me importa cuánto tiempo me cueste. No importa a dónde huyas, te cazaré. Y luego te cortaré la cabeza. ¿O prefieres el corazón? Te lo arrancaré latiendo todavía —dijo, y se rió—. ¿Cómo va a sentirse tu marido cuando te encuentre muerta, sin el corazón?

Todavía se reía cuando Allison colgó. Le temblaba tanto la mano que apenas podía colocar el teléfono en su horquilla.

FOREST PARK
15 de enero

Kira Dowd subía por el sendero Wildwood, disfrutando del tirón de sus pantorrillas y de las canciones de Wilco en sus auriculares. El cielo se había despejado de la noche a la mañana y ahora era de un azul brillante. Los enredados helechos tenían un bello color verde esmeralda, el aire era limpio. El terreno estaba tan helado que el fango estaba casi sólido bajo sus botas Timberland.

De repente, alguien la agarró. Unas manos fuertes le apretaban el cuello.

Dos años atrás, cuando era estudiante de primero en la Universidad del Estado de Portland, Kira había hecho un curso de defensa personal para mujeres. Pero entonces el atacante había sido un tipo que se movía pesadamente con una careta protectora y quince centímetros de almohadilla, y allí tenía sus propias animadoras.

Ahora sabía que probablemente iba a morir absolutamente sola, sin que nadie se enterase, sin nadie que la ayudara.

Dio patadas hacia atrás y le pegó al tipo en la espinilla, pero apenas sin fuerza. Aquellas manos la apretaban. Se le cayó uno de sus auriculares. ¿Qué se suponía que debía hacer? Kira no podía recordar las clases. En todo lo que podía pensar era en el aire y en cuánto lo necesitaba.

Agarró las muñecas de su atacante y tiró, pero eran muy fuertes y musculosas. Kira se lanzó zarpazos al cuello, sin hacer caso del dolor, hasta poder finalmente agarrar un índice cubierto con guantes. Le ardían los pulmones, y su visión se ennegrecía por los bordes. Aun así, le dio un tirón y lo retorció hasta que por fin las manos se desprendieron.

Su primer aliento era tan dulce al abrirse paso por su magullada garganta...

Y con su segundo aliento, Kira comenzó a gritar y gritar, sin parar ni siquiera cuando vio a su atacante, vestido con ropa oscura y un pasamontañas negro, alejarse corriendo de ella entre la maleza.

LA BARBACOA DE TOMMY
17 de enero

Allison aparcó a una calle de la Barbacoa de Tommy. Cuando estaba a punto de bajar del coche, echó un vistazo al retrovisor. Se le heló la sangre. Una calle más allá, detrás de ella, un hombre con parka azul salía de un inclasificable auto de antiguo modelo. Se fijó más. No era un hombre cualquiera con una parka azul. Tenía una constitución férrea, cuadrada, y la capucha de su sudadera estaba echada y apretada de modo que ella no podía verle la cara.

Desesperada, Allison miró a un lado y otro de la calle vacía. No había peatones ni comercios abiertos. La Barbacoa de Tommy estaba en una parte del Norte de Portland que todavía no se había aburguesado, entre un solar de ruinas y unos escaparates anunciando reparaciones en una luna y un refugio de gatos en la otra.

Una lenta náusea le subió por la garganta. ¿Qué planeaba hacerle? ¿Iba a violarla y matarla? ¿O solamente a golpearla? Aunque solo fuera a dejar otra nota en su coche mientras ella iba a comer, Allison ya no podía soportarlo. No podía seguir con ese sentimiento de inseguridad. No podía soportar el no saber lo siguiente que le esperaba.

Y esto no era solo por ella. Era por el bebé. Tenía que hacer lo que fuera para mantener a salvo al bebé.

Fingiendo buscar algo en el bolso, Allison sacó su teléfono móvil y llamó a Nicole. Puso el manos libres y dejó el teléfono en su regazo, donde su perseguidor no lo viera.

La voz de Nicole llegó hasta ella.

—¿Llegas tarde?

—No —dijo Allison—. Estoy fuera del coche. Pero, ¿sabes el tipo que ha estado amenazándome? Pues bien, está aquí fuera ahora mismo. Ha aparcado en la esquina a una calle detrás de mí. Creo que no sabe que lo he descubierto.

—¿Dónde estás? —dijo Nicole, con la voz aguda por la urgencia.

—En mi coche, en la esquina de Vancouver.

—Enciende la luz interior del coche y haz como si te pintaras los labios. Pero vigílalo, y si te parece que viene hacia ti, arranca el coche y márchate. No quiero que te hagan daño. Voy a pedir apoyo y luego iré por la esquina para sorprenderlo.

Un minuto más tarde, Allison contempló el desarrollo de toda la escena desde su retrovisor: El tipo de pie, apoyándose en una pierna y luego en la otra. Nicole que aparecía por la esquina, yendo por él con el arma en la mano, y luego lanzándole un grito digno de un guerrero.

—FBI. ¡Manos arriba!

El cuerpo del hombre se sacudió de la sorpresa. Pero no movió las manos. Allison tenía los dedos en el gatillo, preparada para apretarlo ante el menor movimiento contra ella. Oyó las sirenas en la distancia.

—¡Levanta las manos ahora mismo o te frío! —gritó Nicole.

En vez de obedecerla, él comenzó a ir directamente hacia el coche de Allison.

Con mano temblorosa, Allison giró rápidamente la llave. Pero la giró demasiado. El motor hizo un chirrido de molinillo, se estremeció y se calló. Dirigió la vista al retrovisor. El tipo estaba a solo tres metros.

Giró la llave otra vez. Ahora ni siquiera hizo un ruido.

Nicole le hizo un placaje al individuo y lo tiró contra el maletero de Allison. Incluso dentro del coche, Allison pudo oír su gruñido de dolor.

Con una tos y un lloriqueo, el coche arrancó por fin. Puso el pie en el acelerador. ¿Todavía debería irse? En su espejo retrovisor, vio a Nicole esposar a su presunto atacante, sin demasiada delicadeza, y comenzar a cachearlo. En un segundo, uno, dos, tres coches de policía ululaban a la vuelta de la esquina.

Allison apagó el coche. Tenía que verle la cara. Tenía que saber quién había estado haciéndole esto. Abrió la puerta.

Tres clientes curiosos habían salido del establecimiento de Tommy y se habían juntado en la acera. Cassidy sacaba fotos con su teléfono móvil.

Cuando Nicole echó al perseguidor de Allison contra el maletero de su coche, la capucha cedió, permitiendo a Allison ver por fin al hombre del que ella había estado huyendo.

Solo que no era un hombre.

Era una mujer.

—Menuda sorpresa —dijo Cassidy, tocándole el brazo a Allison—. ¿La conoces?

Apenas podía encontrarse la voz.

—Es... es Vanessa Logue. Yo procesé a su novio, que la violó. Pero el jurado lo encontró no culpable.

Allison dio unos pasos junto al coche hasta poder examinar los ojos de la mujer, que le estallaban de ira.

—Vanesa, ¿*usted es* la que me ha estado siguiendo? ¿Dejándome amenazas? ¿Pero por qué?

—Si hubieras hecho tu trabajo como es debido —dijo, arrugando la cara con un gruñido—, el tipo que me violó estaría en la cárcel. En vez de eso, anda por ahí libre, y soy la que vive asustada. Por culpa de tu incompetencia —exclamó, y tomó aliento atropelladamente—. Solo quería que vieras lo que es vivir teniendo que vigilar tu espalda todo el tiempo. No sentirse nunca segura.

—Pero ¿quién ha hecho todas esas llamadas telefónicas?

Había sido la voz de un hombre. Allison estaba segura.

—Mi hermano —dijo Vanessa mientras las sirenas empezaban a sonar—. Él te odia tanto como yo.

Allison esperaba que pudieran encontrar al hermano cuanto antes.

LA BARBACOA DE TOMMY
17 de enero

Ha sido un modo apasionante de comenzar la tarde —dijo Cassidy fríamente, cuando las tres amigas estaban ya instaladas en el establecimiento de Tommy, una hora más tarde.

La reportera parecía diferente de algún modo, pero Allison no conseguía saber en qué . No era solamente su blusa de cuello alto o su inusual aspecto sumiso. Normalmente habría sido incapaz de estarse quieta después de todos los nervios, habría flirteado con los policías antes de que se marcharan. En cambio, de alguna manera, parecía como... desinflada.

La Barbacoa de Tommy no tenía una gran apariencia. Tiempo atrás había sido una tintorería, pero Tommy lo había remodelado añadiendo una diminuta cocina abierta al otro lado del mostrador delantero. Había tres mesas de campo de madera apretujadas en la antigua sala de espera, que era donde estaban los asientos.

Pero el olor a barbacoa había hecho que a Allison se le empezara a hacer la boca agua. Había decidido que esta noche, por una vez, podría permitirse salirse de la dieta.

—¿Qué tienen en el Canal Cuatro sobre la mujer que ha sido atacada en Forest Park? ¿Crees que está relacionado con el asesinato de Katie?

Los titulares del *Oregonian* de esa mañana decían «¿Acecha asesino en serie en Forest Park?» EN TIPOGRAFÍA DE CUARENTA Y OCHO, ACOMPAÑADA CON UN TEXTO EN CUADRO TITULADO «¿Juicio precipitado?»

—El senador Fairview me ha dado de comer —dijo Cassidy—, pero no es posible que haya atacado a esta muchacha. Todavía en rehabilitación, y bajo supervisión las veinticuatro horas.

—Tal vez encontró un modo de sobornar a alguien del personal —dijo Nicole.

—¿Y que saliera únicamente para atacar a una muchacha? —cuestionó Cassidy, negando con la cabeza—. Eso no tiene ningún sentido. Tal vez todo pasó realmente como Fairview dijo. Que se acercó a Forest Park para hablar con Katie, pero cuando él llegó ella estaba ya muerta. Y le entró el pánico y salió corriendo.

—Sigo pensando que Fairview mató a Katie —dijo Allison dejando la costilla que había estado mordisqueando—. Tenía miedo de lo que ella pudiera contar sobre su relación. La gente estaría dispuesta a mirar hacia otro lado en cuanto a su carácter mujeriego, pero si averiguaban que su último lío era una menor de edad, eso podría haber hecho extinguirse su carrera.

—Sí, ¿pero asesinato? —preguntó Cassidy con escepticismo—. Eso extingue una carrera con mucha más seguridad que una pequeña indiscreción. Incluso aunque la gente averiguase lo del aborto. Y hay otros sospechosos. Mira a Nancy Fairview. Si averiguó que esa muchacha dormía con su marido, podría haberse ido de los nervios. ¿Y Chambers? Vivía afuera en los bosques con su hija, temeroso de que fueran a llevársela. Tal vez no sea una coincidencia que su cuerpo no estuviera lejos de donde vivían.

Nicole dejó caer otro hueso en el montón de su plato.

—¡Eh! ¿No eres tú la que compuso toda esa historia sobre lo noble que era Chambers, cuidando de su hija, guardándola lejos de las influencias de la calle? ¿Es que no le has ayudado tú a conseguir toda una brillante nueva vida?

—Yo solamente estaba cubriendo las historias —dijo Cassidy, encogiéndose de hombros. Solo porque cuidara de su hija no quiere decir que no lo hubiera hecho él. En ciertos sentidos, eso aumenta las posibilidades —dijo, y miró su plato—. Las personas no siempre son lo que parecen.

—El problema —dijo Allison—, es que el abogado de Fairview dirá que el dueño de la parcela de marihuana, quienquiera que sea, Chambers o algún otro, podría haber sido el que mató a Katie. O dirá que incluso podría ser alguien en quien no hemos reparado aún: algún chico que conoce a Katie aquí en Portland. Stone dirá que es posible que se encontraran mientras ella paseaba por la Veintitrés, que dieron un paseo por el sendero, que algo fue mal, se pelearon y el chico la mató involuntariamente —dijo, y suspiró—. El problema con todas las pruebas es que son circunstanciales. No tenemos testigos oculares. Ni pruebas físicas. «Más allá de toda duda razonable» es un listón muy alto. No tenemos un arma humeante.

Tommy vino para llevarse el plato de Nicole, vacío de todo menos de huesos.

—Están hablando de aquella chica que mataron, ¿no? ¿Katie Converse?

Ellas asintieron.

—Bueno, ¿se han fijado en lo que le pasó a Janie Peterson?

—¿Janie Peterson? —repitió Allison. El nombre se asomó entre los rincones de su memoria.

—Creció en mi barrio —dijo Tommy—, pero yo no la conocí. Después de la facultad, volvió a Portland y vivía por donde el Hospital Buen Samaritano. Hace unos ocho o nueve años fue al cine con unos amigos y uno de ellos la llevó a casa. Ella pidió si podrían dejarla en la Quality Pie, ya sabes, aquel lugar que estaba en Lovejoy cruzando desde el hospital? Les dijo que podía ir andando a su apartamento desde allí.

—Recuerdo ese caso —dijo Allison despacio.

Ni Cassidy ni Nicole vivían en Portland por aquel entonces.

—Ella tenía más o menos mi edad —dijo Allison—. Encontraron su cuerpo meses después, como en un río o algo así, ¿no?

—Sí. Un par de tíos que estaban haciendo piragüismo encontraron parte de una pierna. Con el tiempo, encontraron el resto de su cuerpo dispersado por kilómetros en el cauce del río. Tuvieron que hacer pruebas de ADN para saber quién era. Nunca se supo cómo había muerto: asesinato, suicidio, accidente... nadie lo sabe.

—Tres muchachas, las tres en Forest Park —dijo Cassidy, y se le ensancharon los ojos—. ¿Crees que es un asesino en serie?

Tommy encogió un hombro y se dio media vuelta para volver a la cocina.

—Investigaré más sobre ello mañana —dijo Nicole—. Pero no me parece que sea un asesino en serie. Esos van por prostitutas o gente escapada de casa. No hay señales de violación. Y hay un lapso de tiempo excesivo entre los casos. Los asesinos en serie matan y siguen matando. No desaparecen durante años.

—Tal vez el tipo pasara una temporada en prisión —dijo Cassidy—. Eso explicaría el paréntesis.

—Es posible —dijo Allison, pero, igual que Nicole, no lo sentía así en su interior. No le extrañaría que Cassidy tampoco lo viera claro; probablemente estaría contenta con simplemente tener una manera de revitalizar esa historia.

El teléfono de Allison comenzó a vibrar por la mesa. El nombre que parecía en la pantallita le resultaba familiar, pero todavía no podía recordar de qué.

—Allison Pierce.

—Soy la señora Rangel.

Allison tuvo que pensar. Lily Rangel. La vieja amiga de Katie.

—Hola, señora Rangel, ¿en qué puedo servirle?

—Se trata de Lily. Se ha ido.

Allison se enderezó.

—¿Qué quiere decir con que se ha ido? —preguntó, intercambiando dos miradas con sus amigas.

—No volvió a casa anoche.

—¿Cuándo la vio por última vez?

—La dejé viendo una película en el Cine Twenty-One. Quedamos en que me llamaría cuando acabara. Pero no lo hizo. Y, siempre que le llamo, su teléfono móvil va directamente al correo de voz. Como si estuviera apagado.

El Cine Twenty-One estaba a unas veinte manzanas de Forest Park.

¿Pero quién dice que un asesino tiene que detenerse en sus fronteras?

RESIDENCIA DE LOS SHAW
17 de enero

En cuanto llegó a la puerta de su casa, Cassidy se sacudió los zapatos de tacón alto. Había sido un día largo, sobre todo con la excitación de ver a Nicole atrapar a la acosadora de Allison. Los pies la estaban matando. Uno no puede pasar dieciséis horas con tacones de diez centímetros y no pagar el precio. Pero los tacones daban a sus piernas un buen aspecto: largas y atléticas.

Sin encender las luces, Cassidy dejó caer su bolso y sus llaves en la mesa de la entrada, al lado del florero blanco lleno de las flores naturales que se suponía que traían la abundancia. Las flores habían sido frescas hace una semana, así que ahora tenían un aroma más putrefacto que agradable.

Pero parecía que estaban funcionando. Ahora la llamaban de otras cadenas casi a diario, tanteándola sobre si podría querer trabajar en Las Vegas o San Francisco o Boston. Cassidy era valiente, decían. Les gustaba que no aceptara un no por respuesta. La adulaban, elogiaban su voz, sus guiones, su intuición para las historias. Le dijeron que no dudara de que iba a ganar un Emmy por su cobertura del caso de Katie Converse.

Le había costado once años, pero Cassidy estaba por fin en el lugar con el que había estado soñando despierta desde que se graduó en la facultad. Había comenzado su carrera en Medford, una pequeña ciudad junto a la frontera de California, comenzando como poco más que una recadera pretenciosa. Pero lo bueno de estar en una estación más pequeña de lo normal era que tenías la posibilidad de hacer de todo, aunque fuera por un sueldo que representaba mucho menos que el salario mínimo, teniendo en cuenta todas las horas que trabajabas. Luego se mudó a Eugene, una ciudad ligeramente más grande a medio camino entre Medford y Portland. Allí también le tocó ser el último mono, encargándose de las peores secciones, de historias de «en mitad de la noche», las tareas más duras, los tontos espacios sobre consejos de estilo de vida. Una vez hizo un reportaje en directo desde la feria estatal sosteniendo una pitón de cuatro metros. Habían tenido que cortar cuatro veces porque la serpiente se le enrollaba al cuello. Y se esperaba de ella que todo ese tiempo mantuviera la sonrisa.

Con el tiempo, Cassidy pudo dar el siguiente paso y mudarse a Portland. Si querías tener éxito en las emisoras, tenías que mudarte una y otra vez. Con cada traslado, llegabas a un mercado mediático ascendías una vez más. Y si eras muy, muy afortunada, y excepcionalmente buena, podías entrar en una red de medios.

Cassidy ya no le debía nada al Canal Cuatro. Para dar el siguiente paso, había necesitado una gran historia. Y el universo se la había dado en forma de Katie Converse. Si iba a dar un paso, tenía que hacerlo pronto, mientras la gente todavía recordara quién era Katie Converse. Igual que ahora mismo había seguramente un reportero en Chicago subiéndose al caballo de las historias de los niños de la derrumbada pista de patinaje.

En la cocina, se sirvió un vaso de vino sin molestarse en encender las luces. Recogió el vaso y lo llevó al cuarto de baño, luego se desnudó y se metió en la ducha.

Cassidy se aclaraba el champú del pelo cuando oyó un ruido. No sabía identificarlo, solo sabía que estaba fuera de lo normal. Parecía venir de la sala de estar. Tal vez se lo estaba imaginando. En esos apartamentos se producían sonidos extraños. La mitad de las viviendas estaban desocupadas, compradas por los especuladores inmobiliarios que habían sido incapaces de venderlas cuando se vino abajo el mercado de apartamentos de Portland.

Ahí estaba. Volvió a oírlo. Aunque no había terminado de aclararse el pelo, cerró la ducha y contuvo el aliento. Ahora el sonido se oía claro.

Pasos. En su sala de estar.

Si gritara, ¿qué pasaría? ¿Cuánto tiempo pasaría hasta que alguno de sus pocos vecinos respondiera? ¿Acaso la oirían? Muchos de ellos estaban probablemente dormidos. Puede que ni siquiera se la oyese.

Reprodujo de nuevo en su cabeza la última amenaza de su correo de voz. *Deja de hacer tantas preguntas sobre Katie Converse. No es asunto tuyo.* Había llegado a un punto en que no le afectaban los espectadores enfadados. ¿Podría ser que alguien hubiera llegado tan lejos como para allanar su apartamento?

Le vino otro pensamiento. Al vivir sola, nunca cerraba la puerta del cuarto de baño. De hecho, Cassidy se asomó por la cortina de baño para confirmar que esta noche siquiera había entornado la puerta. Mucho antes de que nadie pudiera ayudarle, quien estuviera en la sala de estar la atraparía.

¿Cómo habían entrado? ¿No había cerrado la puerta de la calle al entrar? Creía que sí, pero no podía estar segura. Después de las semanas de días largos y de los nervios de esta tarde, estaba tan cansada que funcionaba con el piloto automático.

Los pasos sonaron más cerca. ¿Podría llegar a la puerta del cuarto de baño antes que el intruso? Y si lograba cerrarla, ¿cuánto tiempo lo detendría eso?

Cassidy evaluó la situación. No tenía teléfono, ni pistola, ni arma de ninguna clase. Contaba con media docena de botellas de champú y acondicionador, una esponja y una pastilla de jabón. Tenía una maquinilla de afeitar que quería cambiar, porque apenas servía para quitarle el vello de las piernas.

Era una mujer desnuda, mojada y atrapada con un intruso y sin nadie que la oyera.

Cassidy suspiró y salió de la ducha.

Ahora estoy en casa. Veo tan raro volver a estar aquí. Cuando me marché, era una niña. Ahora soy una mujer.

Me siento como una extraña. No pertenezco a aquí. Tal vez pueda hablar con papá para que me mande al internado. Me gustaría estar ya en la facultad.

Tengo que ir a comprar. Creo que hoy iré a Nordstrom. Tengo muchos regalos para mi hermana y a mi padre francamente le dan igual, pero aún necesito algo para V. Aunque parte de mí no tenga ganas de hacérselos. Es tan falsa. Va siempre tan engreída, pero ahora sé la verdad.

De pie, fuera de la bañera, Cassidy entró en la ducha y la abrió. Que quienquiera que se hubiera colado en su apartamento pensara que estaba preocupada y vulnerable. A este juego podían jugar dos. El ruido del agua cayendo también le proporcionaría algo de camuflaje.

Abriendo con cuidado la puerta del armario de debajo del fregadero, agarró la botella del detergente para azulejos. A modo de prueba, presionó el gatillo. Con un silbido, el spray llegó a un metro. Eso era algo. ¿Pero era bastante?

Cassidy miró otra vez por el cuarto. ¿Qué podría usar como arma? Su plancha para el pelo tardaría demasiado en calentarse. Si rompiera su vaso de vino, probablemente solo se cortaría y aun así no conseguiría un pedazo lo bastante grande para hacer daño a nadie. Entonces su mirada se detuvo en la cisterna. Porcelana pesada. La levantó para probar, luego se la metió bajo el brazo, agarró la botella de spray otra vez, y se colocó en el lado opuesto a la puerta.

Apareció la mano de un hombre, abriendo despacio la puerta. ¿Y si la cerrara de un golpe y le rompiera los dedos? Pero, antes de que pudiera decidir, la mano fue seguida de un brazo y un hombro.

Gritando como una bruja, Cassidy saltó de la puerta, apretando el gatillo del pulverizador de detergente una y otra vez. El hombre se tambaleó hacia atrás, maldiciendo. Ella dejó caer el bote y levantó la tapa de la cisterna, lista para usarla como un bate.

Pero en lugar de eso la dejó resbalar de sus dedos al suelo, donde botó sobre la alfombra del baño.

Porque el hombre que se frotaba los ojos, quitándose las gafas y corriendo al fregadero era Rick.

De la boca de Cassidy brotó un chorro de risa aliviada.

Rick. Era Rick.

Cassidy no sabía cómo había llegado, pero no importaba. Porque estaba a salvo.

Entonces Rick, con la cara mojada y roja, se dio la vuelta y la agarró de las muñecas. La empujó contra la pared.

—¿Qué demonios crees que haces? —rugió.

Y lo siguiente que Cassidy vio fue a sí misma con la mirada puesta en el cañón de su arma.

—¿**Q**ué estáis haciendo aquí, chicas? —dijo Cassidy, con una sonrisa que no le llegaba a los ojos. Llevaba puesta una camiseta gris muy gastada y pantalones de gimnasia.

Detrás de ella, Allison podía ver un vaso casi vacío de vino en la mesa del recibidor. Apostaría a que el cristal no estaba allí desde la noche anterior, sino que acababa de soltarlo Cassidy.

—¿Estás sola? —preguntó Allison.

Cassidy asintió. Su mirada parecía de cautela.

—Hemos venido para una intervención —dijo Nicole.

—Esto es ridículo —dijo Cassidy. Sus ojos se dirigieron al vaso.

—No es por la bebida —dijo Allison—. Es para hacerte ver la verdad sobre Rick.

—¿De qué hablas? Chicas, estáis locas.

Nicole extendió la mano para asir la muñeca de Cassidy, agarrándola cuando trató de ocultársela detrás de la espalda, como una niña pequeña.

—¿Locas? ¿Entonces por qué tienes estas contusiones? —dijo, y le hizo subirse la manga. Así pudieron ver las claras marcas ovaladas del pulgar y otro dedo—. Había algo en ti últimamente que me inquietaba. Y después de nuestra reunión en el Tommy's me di cuenta de lo que era. Te has estado poniendo maquillaje en las muñecas.

—Solo hemos estado jugando, como pueden hacerlo dos adultos de común acuerdo —dijo Cassidy, levantando la barbilla—. Puede que me guste jugar un poco fuerte.

—Vamos, Cassidy —suspiró Allison. Tuvo que pestañear por las lágrimas.

Al ver la emoción de Allison, algo dentro de Cassidy se quebró. Se le enrojecieron los ojos.

—Pero Rick me ama. Solo se porta así a veces por lo mucho que me quiere.

—¡Ja! Que lo llame amor si quiere, pero esto es abuso —dijo Nicole—. Está tratando de controlarte.

—Lo único que él quiere es que yo sea feliz.

—No, no es eso. Lo único que quiere es que le obedezcas —dijo Allison—. Por eso queremos que vengas con nosotros a Safe Harbor. Algunas de esas mujeres han accedido a contarte sus historias. No al estilo de los reporteros, sino como un ser humano. Ellas han pasado por esto mismo, Cass. Saben exactamente lo que puede pasar si no dejas a Rick.

—Eso es ridículo —dijo Cassidy, pero no había ninguna fuerza en sus palabras.

—Solo ven con nosotras y escucha. Si no las crees a ellas, olvídalo. Pero prométenos que las escucharás un poco.

—Está bien —aceptó Cassidy con un suspiro—. Pero te lo aseguro, Rick no es como esos otros tipos. Y yo no me parezco a esas mujeres.

La directora se reunió con ellas en el vestíbulo.

—Usted es Cassidy, ¿verdad? —preguntó, dándole la mano—. Aquí solo usaremos su nombre de pila.

Condujo a Cassidy por el pasillo.

Allison suponía que las mujeres del refugio no necesitaban a nadie más allí, entrometiéndose en sus propios horrores personales, así que se fue a la sala de ocio, y Nicole detrás de ella. La televisión estaba encendida, con el volumen reducido a un murmullo bajo. Los padres de Katie estaban siendo entrevistados por Madeline McCormick. ¿Esta era la que siempre estaba Cassidy diciendo que le iba a pisar el puesto?

Eliana, que trabajaba en recepción, entró con un puñado de revistas donadas, con los bordes de las páginas doblados. Se puso a revisarlas, poniendo la mayor parte de ellas sobre una mesa baja en medio de la sala, haciendo una pausa de tanto en tanto para desechar los números de *La Atalaya*, *Opera Today* y *Golf Digest*.

Entonces levantó un momento la vista a la pantalla.

—¡Vaya! —dijo en un tono de sorpresa.

—¿Qué? —preguntó Allison—. ¿La conoce?

Eliana miró de reojo a Nicole y luego volvió a mirar a Allison.

—Es confidencial. Ya sabe que no puedo hablar de los que vienen aquí.

¿Aquí? Allison y Nicole se intercambiaron miradas de sorpresa. Esto lo cambiaba todo. ¿Había maltratado Wayne a su esposa, o tal vez a sus hijas?

Si así era, Wayne Converse acababa de pasar de apenado padre a sospechoso número uno.

—Eliana —dijo Allison con tacto—, le presento a Nicole Hedges. Es agente del FBI. Y usted sabe que soy fiscal federal. Las dos trabajamos en un caso de asesinato que tiene que ver con la hija de esa señora, Katie Converse. Así que, si vinieron a buscar ayuda, tenemos que saberlo.

—No se presentaron con ese apellido, pero sí, los reconozco.

—Entonces, ¿Valerie Converse vino aquí buscando ayuda? —preguntó Nicole.

—No —dijo Eliana—. La madre no, el padre. *El padre.* Es algo que vemos de tanto en tanto. Vino aquí varias veces hace un par de años porque su esposa le pegaba. El malo era la esposa.

Allison le entregó a Eliana un billete de veinte para que se lo diera a Cassidy para el taxi y le pidió que las excusara, que había ocurrido algo. Entonces Allison y Nicole condujeron hasta la casa de los Converse.

—¿Piensas lo mismo que yo? —preguntó Allison. Le dirigió una rápida mirada a su amiga.

—No reparamos en la madre —contestó Nicole—. Ni por un instante. Y ahora creo que cometimos un gran error.

—Pero, ¿por qué iba a matar a su propia hija?

Nicole sacudió la cabeza.

—La autopsia demostró que fue un golpe en la garganta. Tal vez fue un accidente.

—¿Y el collar? ¿Por qué lo dejó en la vigilia?

—A lo mejor se dio cuenta más tarde de que se lo había quitado —dijo Nicole— y luego no se le ocurrió cómo deshacerse de él.

Se detuvieron al lado de la casa. La multitud de medios ya no estaba. Tampoco el coche de Valerie. Wayne abrió la puerta.

—Hola, Wayne —dijo Nicole.

Jalapeño se metió delante y empezó a olfatearles las manos a las dos mujeres.

—¿Está su esposa en casa?

Converse se puso derecho. Tenía las mejillas hundidas y los ojos atormentados.

—¿Por qué? ¿Tienen noticias? ¿Ha confesado Fairview?

—¿Está Valerie? —repitió Allison.

—No —ha llevado a Whitney a clase, pero no creo que tarde.

—Entonces, tal vez podamos hablar con usted un minuto —dijo Nicole.

—Desde luego —dijo, y dio un paso atrás—. Pasen.

—Wayne —dijo Allison una vez dentro de la sala de estar—, hemos estado en el refugio Safe Harbor.

—¿Y? —dijo, con expresión cuidadamente suave.

—¿Ha estado allí alguna vez?

—No, no lo creo.

Perdiendo la inicial urgencia por hablar con ellas, Wayne se puso a remover las revistas que había en la mesita de centro.

—¿Es el refugio de animales donde tenían a Jalapeño? —preguntó. Al oír su nombre el perro se restregó contra el muslo de Wayne, y este le acarició las orejas.

—Wayne —dijo Nicole con un suspiro—, basta, por favor. Sabe muy bien de qué refugio se trata. Una de las mujeres que trabaja allí le reconoció en la televisión. Dice que acudió allí por ayuda dos o tres veces, pero con nombre falso. Así que tenemos que preguntárselo, Wayne: ¿Valerie le ha hecho daño alguna vez? —dijo, y a él le dio un vuelco el corazón—. ¿Ha hecho daño a sus hijas?

—¿De qué está hablando? —contestó, tratando de parecer desconcertado.

—Wayne, por favor —dijo Nicole—, ¿por qué no nos contó lo de su esposa? ¿Lo de Valerie?

Él se miró las manos, que ahora estaban quietas.

—Mire, déjeme decirle una cosa. Cuando me educaron, me dieron un par de reglas: nunca le pegues a nadie más pequeño que tú, y nunca, nunca debes golpear a una mujer.

Allison se sintió más confusa. ¿Estaba Wayne diciendo *que él* había sido el maltratador?

—Así que, dígame, si tu esposa te lanza un teléfono a la cabeza, ¿qué haces? ¿Llamar a la policía?

Se volvió hacia ellas con ojos enrojecidos.

—Valerie me dijo que si llamaba a la policía, ella les diría que yo era el que *la* golpeaba. ¿Tenía que tirarle yo el teléfono también a la cabeza? Yo no podía hacer eso. ¿Intentar hablarlo con ella? ¿Alguna vez han tratado de hablar abiertamente algo con Valerie? ¿O tramitar el divorcio? Me habría matado.

—Wayne —dijo Nicole—. Wayne, ¿cree que Valerie es capaz de cometer asesinato?

Se le mudó el rostro al darse cuenta de lo que Nicole estaba dando a entender.

—¿Qué dices? ¿Cree que ella tuvo algo que ver con lo que le pasó a Katie? Eso es imposible. Ella nunca haría daño a las niñas. Valerie las quiere mucho. Ella crió a Katie como si fuera su propia madre, y, desde luego, Whitney es la persona más importante del mundo para ella.

—Está bien —dijo Allison con cuidado—. Valerie no le haría daño a las niñas. Pero se lo hacía a usted ¿Por qué cree que lo hacía?

—Porque siempre me echaba en cara que fue culpa mía que tuviéramos que casarnos. Me acosté con ella estando borracho después del entierro de mi primera esposa, yo no podía controlarme, la dejé embarazada, y no me quedó otra opción. Ella sigue guardándome rencor por eso. Se mudó de la casa de sus padres para ir directamente a la mía. No pudo ir a la universidad. Ni siquiera tuvo nunca novio. Y a veces eso la enfurece.

Se limpió la nariz con el dorso de la mano. Jalapeño lo miraba inquieto, golpeando con la cola levemente en el suelo.

—Y tiene razón —siguió Wayne—. *Es* culpa mía. Le robé la juventud a Valerie. Y al hacerse mayor se fue dando cuenta de todo lo que se había perdido, y eso la ponía más y más furiosa. Empezó con cosas pequeñas. Si pensaba que no me gustaba la cena, tiraba los platos al suelo. Luego empezó a tirármelos a mí. Y luego me tiraba lo que tuviera a mano.

—Si fue usted al refugio, ¿por qué no dejó que le ayudaran? —preguntó Nicole en voz baja.

—Si íbamos a juicio afirmando ambos que el otro lo maltrataba, ¿a quién piensan que creerían la mayoría de jueces? Y luego ya no podría volver a ver a mis niñas. Y Valerie no siempre es así. A veces pueden pasar meses en que todo va genial, y pienso que por fin está curada. Pero entonces pasa algo que la hace estallar otra vez.

Se oyó el ruido de la puerta de la calle. Nicole se puso de pie, y Allison un instante después de ella. Pero no fue solamente Valerie la que apareció. Tenía un brazo alrededor de los hombros rígidos de Cassidy. Y con la otra mano Valerie le presionaba un arma contra las costillas.

—¿Valerie? ¿Qué haces con mi arma? —preguntó Wayne.

Valerie no contestó. En vez de eso, dijo con voz radiante:

—Wayne, mira a quién he encontrado tratando de escuchar por la ventana. ¿No es una grata sorpresa? Cassidy, la reportera que nos ayudó —dijo, y tensó la voz—. Cassidy, la periodista que construye su carrera a expensas de nuestra tragedia.

Sintiendo la tensión creciente, Jalapeño comenzó a lloriquear.

—Mira, Valerie —dijo Wayne—, lo saben.

—¿Lo saben?

Allison habría esperado que se encolerizase aún más, pero en cambio se le relajaron los hombros como si fuera un alivio. Pero el arma no se movió.

—Entonces tienen que entender que fue un accidente. Estallé. Ella sabía cómo provocarme, y me pinchaba cada vez más, cada vez más...

—Espera, ¿estás hablando de Katie? —la voz de Wayne se elevó y se rompió—. Yo me refería a que sabían que me pegabas. ¿Qué estás diciendo? ¿Qué tú mataste a Katie?

—No lo entiendes —dijo Valerie, levantando la cabeza—. Lo único que le pedía es que tuviera la boca cerrada. Si se hubiera quedado callada, no habría pasado nada.

—Díganos lo que sucedió, Valerie —dijo Nicole con tono apaciguador—. Queremos saberlo. Queremos oír su versión de la historia.

—Seguí a Katie ese día —empezaron a brotarle las palabras—. Pensé que se veía con un chico. Cuando oyó mis pasos acercándome, dijo: «¿Por qué has tardado tanto, James?» Solo conocemos a un James. Nuestro senador. Un hombre lo bastante viejo para ser *mi* padre, y ni digamos su padre. Entonces le di una bofetada. Le di una bofetada y le dije que era una tonta.

Jalapeño gruñó como si pudiera entenderla, pero Valerie no le puso ninguna atención, perdida en los detalles de lo que había pasado hacía un mes. Ya no tenía el brazo sobre el hombro de Cassidy. Ahora, notó Allison con horror, el arma apuntaba directamente a ella. A su vientre.

—Pero Katie me dijo que estaban *en-amor-ados* —dijo, cargando la palabra de sarcasmo—. ¡Enamorados! ¡Qué sabía ella lo que significa eso! ¡Tiene diecisiete años! ¡Ella no tiene ni idea! Le dije que estaba arruinando su vida. Que se iba a quedar embarazada y que tendría que ir por ahí con su barriga y su vergüenza a la vista de todos.

Valerie entrecerró los ojos.

—Y luego me dijo que ella era más lista que yo. Que era lo bastante inteligente como para prevenir. No como yo. Y luego me pareció oír a alguien. Ella seguía voceando cosas que nadie más tenía por qué saber, así que le dije que se callara. Pero ella no quería. Así que intenté taparle la boca con la mano. Solamente para callarla. Pero ella me empujó. Y un lado de mi mano le golpeó la garganta. Y luego, de repente, estaba en el suelo haciendo ese horrible ruido, como silbando. Y los ojos... los ojos se le salían. Y entonces se paró el silbido.

El salón se quedó en absoluto silencio, todos mirando fijamente a Valerie.

—Y yo sabía —prosiguió, con una voz cercana al susurro—, yo sabía que si no actuaba rápido, Whitney no solo perdería a su hermana, sino también a su madre. Entonces le puse la correa alrededor del cuello. La até a una rama, pero se rompió. Y luego oí a alguien que llegaba, así que me marché.

Mientras escuchaba, Allison había estado apartándose muy despacio de Valerie, de modo que el arma ahora señalara a un punto entre ella y Nicole. Al menos eso esperaba.

Cassidy había observado la confesión de su captora con mirada de estar a punto de lanzarse. Allison podría decir que la atención en Cassidy se debatía entre el pensamiento de la gran primicia que esto supondría y la duda de si iba a morir antes de poder presentársela a los espectadores.

En ese momento, cuando ellas todas estaban digiriendo lo que acababan de oír, Nicole hizo su movimiento. El arma apareció en su mano tan rápido que parecía un truco de magia. Y acto seguido todo pasó muy rápido. El salto de Jalapeño, el disparo de Nicole, el disparo de Valerie al mismo tiempo, el grito de Cassidy, el grito de Wayne diciendo «¡No!»

Y a continuación Nicole estaba en el suelo con su blusa blanca invadida rápidamente por el rojo de la sangre. Y el perro yacía a su lado, lloriqueando y lamiéndose el costado.

Y Valerie todavía de pie, indemne. Si ella vacilaba, era solo porque no podía decidir a quién disparar ahora.

La única vez que Allison había disparado un arma fue cuando Nicole la invitó a pasar unas horas en un rancho del FBI en la zona rural del Estado de Washington. Aquella vez le sorprendió lo que pesaba la Glock de Nicole, y el retroceso que tenía al disparar. Allison se había estremecido y había parpadeado cada vez que apretaba el gatillo. Y no le había dado muy bien.

Pero ahora agarró sin vacilación el arma que Nicole apenas empuñaba. Recordó el consejo de su amigo. *Apuntas a la parte más grande del cuerpo y aprietas el gatillo hasta que el sujeto caiga.*

El disparo echó a Valerie contra la pared. Empezó a brotar el rojo en su pecho. Se le agrandaron los ojos de la sorpresa. Se le cayó la pistola. Se llevó las manos a la herida, mojándose los dedos de sangre. Su cuerpo perdió la firmeza y se deslizó bajando por la pared, dejando una amplia mancha de sangre. Miró con ojos sobresaltados a los demás y dijo:

—Tenía que haber pensado en Whitney.

Jadeaba, resollaba, intentando respirar, pero apareció sangre borboteando de sus labios. Y se cayó de costado.

Cassidy agarró un trapo de la cocina y lo presionó en el hombro de Nic mientras se sacaba el móvil de la cintura y marcaba el 911.

Allison se arrodilló. Palpó en la muñeca de Valerie, pero, aunque lo encontró, el pulso estaba débil y luego desapareció del todo. No había posibilidades de recuperarlo.

RESTAURANTE FONG CHONG
29 de enero

Allison era la primera persona en llegar al Fong Chong, en el barrio chino de Portland. Mientras esperaba a sus amigas, pensó en todos los cambios que habían traído las seis semanas pasadas. En su interior se había iniciado una nueva vida; y ella había matado a una mujer. Y, en distintos sentidos, había salvado a sus dos mejores amigas.

Wayne y Whitney estaban en un lugar apartado, acostumbrándose a la ausencia de Valerie y a la realidad de lo que había hecho.

Lily Rangel estaba seguramente de nuevo en casa, después de haberse emborrachado en una fiesta y haber pensado que no asomar la cabeza era mejor que enfrentarse a sus padres.

El senador Fairview se enfrentaba al Comité de Ética del Senado, pero había rumores de que podría librarse de la sanción.

Su esposa, sin embargo, había sido acusada de pagar a un vagabundo para que atacara a la primera joven que se encontrara paseando sola por Forest Park. Nancy no sabía realmente si su marido era culpable, y había estado tratando de enturbiar el caso todo lo posible.

La mujer que acosaba a Allison estaba en un hospital psiquiátrico.

Nicole pasó adentro. Haciendo algo nada típico en ella, le dio un abrazo a Allison. Fue un abrazo un poco torpe, porque tenía el brazo derecho en cabestrillo. La bala le había atravesado el brazo, sorprendentemente sin dañar nada serio.

—Muchísimas gracias por salvarme la vida —le susurró Nicole al oído.

—Solo te devolví el favor por salvármela tú antes a mí —dijo Allison, dándole un apretón en el hombro bueno.

Al soltarse del abrazo, apareció Cassidy en la puerta del restaurante, parpadeando muy rápido.

—Hay algo realmente extraño en el cielo —dijo.

—¿Qué? —preguntó Allison, mirando por detrás de ella.

—Hay un enorme disco de luz brillante.

—Muy gracioso —dijo Nicole, aunque sonriendo.

—¿Para tres? —preguntó el camarero.

Ellas asintieron y él las condujo a una de los cubículos de vinilo marrón y naranja. Les sirvió una taza de té a cada una.

—El suelo parece un poco sucio —susurró Nicole en cuanto el camarero ya no podía oírlas.

—Una no viene aquí por el *suelo* —dijo Cassidy—. Se viene por la comida. Todavía no puedo creer que no hayas comido aquí antes.

—He probado la comida china—dijo Nicole con aire ofendido.

—Sí, pero si no has probado el *dim sum*, no es lo mismo.

—Tienes que admitir que este lugar no tiene muy buena pinta a primera vista —dijo Nicole, mirando con expresión significativa a las sillas giratorias cuadradas, a las mesas de formica, y a los dos hoscos camareros que se gritaban a través del comedor, en lo que podría ser cantonés.

—Creo que este es el lugar idóneo para los encuentros del Club de La Triple Amenaza —dijo Allison—. Esto simboliza que tenemos que estar abiertas a probar nuevas cosas. Y —añadió—, que la vida está llena de bocados deliciosos, misteriosos.

Mientras hablaba, unas mujeres que traían carros plateados amontonaron pequeños platos por toda la mesa, nombrando lo que traían.

—¡Hum bao!

—¡Cerdo shu mai!

—¡Ha gow!

Allison y Cassidy señalaron inmediatamente cuatro o cinco platos. Al principio, Nicole trató de hacer preguntas sobre cada plato, pero como ninguna de las camareras parecía hablar inglés como primera lengua, ni segunda o tercera, siguió pronto el ejemplo de sus amigas.

Como no podía usar la mano derecha, el camarero le trajo un tenedor.

—Está bien, está bien, lo retiro. Vendremos aquí para comer —dijo, después de solo tres o cuatro bocados, con la boca llena de budín de gambas. Luego le preguntó a Allison—: ¿Cómo lo llevas?

Allison podía sentir la mirada fija de sus dos amigas en ella.

—Es un poco como una montaña rusa. Matar a alguien no se parece en nada a disparar a una diana. Pero he estado visitando a mi pastor, y él ha estado hablando del tema conmigo. Resulta que él es un veterano de Vietnam. Me está ayudando a entender que no hay ninguna carga tan pesada que yo no pueda soportarla. Con la ayuda de Dios.

Le daba un poco de vergüenza hablar tan abiertamente de sus creencias, pero, en vez de reaccionar con sarcasmo o cinismo, sus dos amigas le mostraron un atento respeto.

—¿Y tú qué tal? —dijo Allison señalando con los palillos a Cassidy—. ¿Has decidido qué oferta vas a aceptar? ¿Boston? ¿Los Ángeles?

Cassidy se echó hacia atrás, con una íntima sonrisa en la cara.

—En realidad, he decidido quedarme en Portland. Los niveles de audiencia han subido tanto que el Canal Cuatro me ha hecho una oferta que no podía rechazar. Las otras noticias que tengo son que volví al refugio, y me ayudaron a decidirme a demandar a Rick. No va a prosperar, porque él trabaja en la propia institución encargada de investigarle. Pero me han dicho que anda asustado. Y, aunque no sirva para más, por lo menos los mantendrá atentos por si alguna vez lo intenta con otra mujer. Por consiguiente, he prometido oficialmente renunciar a los hombres —dijo, y se inclinó hacia Nicole simulando una mirada picante—. Pero a las mujeres...

Con una carcajada, Nicole la echó para atrás.

—Llegas tarde.

Era difícil asombrar a Cassidy, pero esta noticia lo hizo.

—¿Qué quieres decir?

—Bueno, en realidad, salí con alguien el fin de semana pasado —confesó Nicole, con una sonrisa de encerrar algún misterio—. No estoy segura ni de que se pueda considerar una cita. Solo diré que es un amigo. Pero no contestaré a ninguna pregunta sobre quién, por qué, cuál o cómo.

Allison levantó su taza de té.

—Esto merece un brindis. Por Nicole, por aceptar el riesgo.

Nicole hizo chinchín con su taza y con la de Cassidy y luego con la de Allison.

—Y por Cassidy, por ser lo bastante inteligente para salir de la trampa —dijo, y miró a Allison—. Y por Allison, por salvarme la vida... y formar una nueva vida. Y por el Club de La Triple Amenaza, por hacer honor a su nombre.

—Y por la memoria de Katie Converse —dijo Allison.

—Por Katie —repitieron las tres solemnemente y se llevaron las tazas a los labios.

1. En el fondo, *El rostro de la traición* trata de tres amigas que se aprecian mucho; unas a otras y a sus trabajos. ¿Tienes alguna amistad así?

2. En el inicio del libro, el hombre a quien Allison procesa por haber pagado a alguien para matar a su esposa es condenado. Había contratado a un asesino a sueldo para matar a su esposa. ¿Debería la contratación de un asesino a sueldo conllevar la misma pena que cometer el asesinato uno mismo?

3. Cuando Katie desaparece, sus padres se esfuerzan por atraer la atención de los medios de comunicación y de las fuerzas de la ley. ¿Crees que si hubiera desaparecido una chica que no fuera blanca y de clase acomodada, o que no tuviera padres tan listos, el caso habría obtenido tanta atención de los medios? Si no, ¿hay algo que se pueda hacer al respecto?

4. Allison llevaba dos años intentando quedarse embarazada. ¿Conoces personas que han luchado con la infertilidad?

5. Nicole trabaja con la sección del FBI llamada Imágenes Inocentes, que se dedica a atrapar pedófilos en Internet. ¿Crees que Internet ha llevado a un aumento del número de pedófilos, o que simplemente les ha dado nuevas herramientas?

6. Cassidy es una buscadora en lo que se refiere a la espiritualidad. ¿Conoces a mujeres como ella?

7. Los padres de Katie no tenían conocimiento de su página de MySpace. Si tienes hijos, ¿les dejas tener una página de Facebook o un MySpace? ¿Lo supervisas? ¿Por qué o por qué no? Si un padre mira los correos electrónicos de sus hijos, ¿eso es fisgonear? ¿Se diferencia en algo de leer sus cartas?

8. Nicole tiene que enviar a su hija a vivir con los abuelos mientras el caso está en un punto crítico. ¿Es posible mantener un trabajo exigente y seguir siendo una buena madre? ¿Esa pregunta se le suele hacer también a un padre? ¿Deberíamos?

9. Siendo mujer y negra trabajando en el mundo de los blancos, Nicole siente que tiene que hacerlo el doble de bien para ser tratada de igual a igual. ¿Crees que todavía existe un doble rasero en función de la raza? ¿Y del sexo?

10. La cadena de Cassidy dedica muchos recursos a la historia de la desaparición de la joven ordenanza del Senado. ¿Piensas que las noticias de televisión se están ocupando cada vez más del sensacionalismo y de los famosos y menos de las historias investigadas con rigor y en profundidad? ¿Ha cambiado la forma de dar las noticias en los últimos años?

11. En su desesperación, los padres de Katie llaman a una mujer que dice que puede ponerse en contacto con el espíritu de Katie. ¿Crees que hay personas que realmente tienen tales poderes?

12. Allison sabe que la violencia doméstica es responsable de más lesiones entre las mujeres de Estados Unidos que los ataques de corazón, el cáncer, los golpes fortuitos, los accidentes de tráfico, los asaltos y las violaciones juntos. ¿Conoces a alguien que haya

sido afectada por la violencia doméstica? ¿Alguna vez has tratado
de ayudar a alguien que sospechabas que sufría malos tratos?

13. El senador Fairview ha dejado claro que es un hombre que
miente, engaña, y justifica lo injustificable. ¿Crees que es posible
ser político y a la vez conservar tus principios? ¿O en realidad «el
poder corrompe, y el poder absoluto corrompe absolutamente»,
como dijo Lord Acton?

P: Has escrito no ficción, y ahora esta novela. ¿Por qué te has decidido? Supongo que inspirada por mi novela *Tose Who Trespass,* ¿no?

R: Con el debido respeto, la verdad es que no. En el tiempo que no estoy contigo, me gusta acurrucarme leyendo un buen libro de intriga. Pero cada vez me costaba más encontrar historias con las que pudiera identificarme. Y quería leer sobre mujeres fuertes que resuelven crímenes. Así que, pensé, por qué no crear mi propia intriga... historias de ficción con su ingrediente de realidad acerca de cómo trabajan realmente la ley y el periodismo.

P: Describe un día en «el país de Lis».

R: Tomemos un martes típico. Después de preparar un batido de frutas y avena o cualquier otra cosa (rápida) para los niños, meto una buena carga de ropa a lavar y arreglo a los niños para la escuela... Tengo que trabajar para ponerme en marcha. De camino al trabajo, leo para preparar el programa de televisión de las 10:30 de la mañana. Imaginándome qué lado voy a representar en el debate diario. Paso directamente de eso a un programa que se emite en la web de la FOX, donde conversamos sobre las noticias del día. Dejo ese programa antes de terminar, excusándome porque tengo que ir a la radio contigo, Bill, agarro algo para comer (porque no está bien que me rujan las tripas en la radio) y a continuación me dispongo a pasar las dos horas siguientes haciendo radio contigo. Mientras hacemos este programa, tus productores de televisión me están mandando temas para tu programa televisivo de esa noche. Quieren que me los estudie y les envíe mi punto de vista para el programa. Así que intento responder a sus preguntas mientras presto atención al programa radiofónico. Las mujeres somos expertas en multitareas. Después de la radio tengo un poco de tiempo libre para trabajar en mi columna de Foxnews.com, profundizar en la investigación para el programa de televisión de la noche y llamar a los niños para controlar si han hecho sus deberes y planifico la cena. El programa en la tele contigo es mi siguiente momento interesante (sonríe), y luego de vuelta a casa para hacer la cena, corregir los deberes, preparar el almuerzo de los niños para el miércoles y empezar el proceso completo de nuevo.

P: Todo el mundo sabe que yo soy el tipo más aburrido que hay, pero tú sí puedes contarnos algo que nunca nos imaginaríamos.

R: Odio ir a comprar ropa. No me verás fijarme en algo si no tiene un cincuenta por ciento de descuento, lo que significa tener que remover entre un montón de prendas, cosa que no me gusta nada. Prefiero llevar sudaderas. Por suerte, la FOX tiene un departamento de vestuario, así que al menos puedo parecer presentable en el trabajo. Pero si me ves en el supermercado, me verás con una sudadera.

P: Has sido fiscal federal, ahora trabajas en televisión, y tu padre fue agente del FBI. ¿Sacas tus materiales de tu propia experiencia?

R: Me imaginé que, aprovechando la experiencia que me ha rodeado, podría crear personajes de ficción que trabajaran juntos, y que podría dar a los lectores una visión auténtica de cómo son las cosas en una cadena de televisión y en una sala de tribunal.

Aunque el libro en su totalidad es ficción, muchas de las escenas están basadas en casos que he tenido en realidad, aunque cambie los nombres para proteger al acusado. Y las técnicas para la resolución de crímenes, como los métodos forenses y del jurado de acusación, están basados en mi propia experiencia, así como en mis consultas a expertos en anatomía forense, patología, estrategias de abogados defensores, etc.

P: Has trabajado en todos los puestos: fiscal, experta y profesora. ¿Cuál de tus trabajos te ha preparado mejor para escribir ficción?

R: Todas mis experiencias en la ley y en televisión me han servido para *El rostro de la traición*. Como fiscal y experta, tienes que ser rápida, y saber juzgar un carácter. Como profesor, tienes que ser comedida y sistemática. Todo esto ayuda para la narración. Y es divertido poner todos esos mundos juntos en formato de ficción.

P: *El rostro de la traición*. Un título duro. ¿Por qué?

R: Creo que traicionar a alguien que confía en ti es uno de los peores pecados que uno puede cometer. Y Katie Converse se encuentra cara a cara con ese pecado, así que el título sencillamente encaja.

P: Vivimos en una sociedad donde el laicismo combate la religión tradicional. La mayoría de estadounidenses está enfrentando esta lucha habitualmente. ¿Es importante para ti, para tus personajes?

R: Absolutamente crucial. Las tres mujeres del libro luchan con cuestiones de en qué creer y por qué. Sobre todo para Allison, es difícil reconciliar al Dios de amor con lo que ella ve a diario en el trabajo. Para mí, mi fe es parte integral de quién soy, y mi propia brújula moral. Como cristiana que escribe ficción trato con las cuestiones de la fe. Y yo creo que la mayor parte de estadounidenses pueden identificarse con esto.

P: ¿Así que lo que quieres es que los lectores dejen el libro?

R: Antes que nada, espero que los lectores pasen un buen rato con la lectura. Puede ser «mi» ocasión de disfrutar un buen libro de intriga, de ver si puedes imaginarte algo así. Y luego, como los personajes están basados en mi propia experiencia, espero que los lectores aprendan algo sobre la trastienda del mundo de una cadena de televisión y de un juzgado de lo penal.

P: Casi me da miedo preguntar: ¿qué es lo siguiente, Wiehl?

R: ¡Haces bien en tener miedo, Bill! El siguiente libro, *La mano del destino*, empieza con el asesinato de Jim Fate, que lleva un programa de radio y televisión, conocido por sus contundentes opiniones y sus muchos enemigos. ¿Te suena? Y la manera en que lo matan sume a la ciudad entera en un caos. Una de los sospechosos inmediatos es su inteligente y aguda copresentadora de radio. ¿Tampoco te suena? Resulta que Cassidy ha estado citándose con Fate, y puede que tenga la pista clave. Pero no puedo contar nada más. ¡Tendrás que estar al tanto para saber cómo acaba!

AGRADECIMIENTOS

Este libro no habría sido posible sin el firme apoyo y el ánimo de Bill O'reilly (¡de veras!). Roger Ailes y Dianne Brandi, del Canal de Noticias de la Fox, prepararon el terreno. Y mi colega de despacho, Gregg Jarrett, escuchó y ofreció una sabia guía a lo largo del camino.

Aunque este sea un libro de ficción, nos hemos basado en investigaciones especializadas para que los hechos sean exactos. Damos las gracias al doctor Michael Baden, patólogo forense; a Robin Burcell, investigador de la policía y escritor; al doctor David Farris; a George Q. Fong, Jefe de Unidad del FBI para las Bandas y la Seguridad en las Calles; a James Kotecki, antiguo ordenanza del Congreso; y a muchos empleados de las fuerzas del orden que han pedido que no trascienda su identidad, pero que nos han ayudado increíblemente a estar seguras de escribir con rigor. Todos los errores son responsabilidad de nosotras.

Nuestros agentes literarios contribuyeron de una manera absolutamente decisiva desde el principio hasta la culminación de este libro... Wendy Schmalz de la Agencia Wendy Schmalz y Todd Shuster y Lane Zachary de la Agencia Literaria y de Entretenimiento Zachary, Shuster, Harmsworth encontraron el hogar ideal para Allison, Nicole, y Cassidy en Thomas Nelson. Allen Arnold, su vicepresidente principal y editor, captó la idea al instante... igual que Ami McConnell, la directora editorial de adquisiciones, que proporcionó su experta dirección. L.B. Norton nos ayudó a perfeccionar la trama y el estilo. Y el entusiasmo de Jennifer Deshler, Natalie Hanemann, Becky Monds, Mark Ross, Katie Schroder, y el resto de amigos de Thomas Nelson es a la vez contagioso e inspirador. Gracias.

Si disfrutaste de
El rostro de la traición,
te encantará la siguiente novela de la
Serie de La Triple Amenaza:

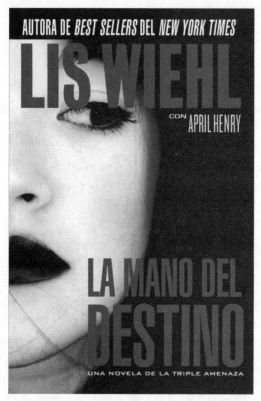

a la venta en octubre de 2010

Próximamente, en el 2011
Corazón de piedra
**La tercera novela de la
Serie de La Triple Amenaza**

Capítulo 1

ESTUDIO DE RADIO DE KNWS
7 de febrero

Jim Fate se apoyó en las punteras de sus mocasines Salvatore Ferragamo negros. Le gustaba trabajar de pie. Los oyentes podían oír tu voz si tú te sentabas, pero podían descubrir la falta de energía. Se inclinó, con los labios casi tocando la rejilla plateada del micrófono.

El calentamiento global bien puede ser cierto. Pero no hay prueba alguna de que su causa principal sean las emisiones de carbono. Se trata de un ciclo natural que ha estado produciéndose desde mucho antes de que la humanidad construyera el primer motor de combustión. Las emisiones de dióxido de carbono juegan, en su mayoría, un papel menor. Y las personas *necesitamos* la energía. Es lo que hace grande a América. Las economías necesitan la energía para crecer. ¿Cómo va la gente a ir al trabajo si no pueden acceder a la gasolina? No podemos ir todos a trabajar en bicicleta. Hace ya muchos años que los extremistas de la ecología están dirigiendo la política energética en este país, diciendo no a todo. Y ahora nos toca pagar las consecuencias.

—¿Y qué sugieres, Jim? —preguntó Victoria Hanawa. Estaba sentada en un taburete alto al otro lado de la mesa con forma de U, con la espalda contra la pared de cristal que separaba el estudio de radio de la cabina. A la derecha de Jim estaba la sala de control, a veces llamada la pecera de las noticias, donde el operador de la mesa trabajaba con el equipamiento técnico y conectaba al principio y al final de la hora con uno o varios reporteros locales.

—¿Estás diciendo que podemos hacer perforaciones petrolíferas como nos venga en gana?

—Lo que digo, Victoria, es que ahora estamos en una situación en la que compramos demasiada energía de dictaduras extranjeras. Deberíamos producir mucha más energía aquí en casa.

Mientras hablaba, Jim miraba una de las dos pantallas que tenía delante. Una mostraba la parrilla de programación. También estaba conectado a Internet para poder realizar búsquedas sobre la marcha. En la otra pantalla se veía la lista de oyentes esperando su turno para hablar. En ella, Chris, la que atendía las llamadas en cabina, tenía clasificados el nombre, la ciudad y el punto de vista de cada persona que llamaba. Había todavía tres personas en la lista, lo que significaba que aplazarían la siguiente pausa. Mientras hablaba, Jim vio cómo se añadían a la lista una cuarta y una quinta llamada.

—Lo que necesitamos es poder hacer extracciones en la costa, y abrir las Montañas Rocosas en busca de crudo. Las Montañas Rocosas tienen el triple de crudo que toda la reserva saudí. Y sin embargo los americanos tenemos prohibido sacar crudo de nuestros territorios en el Atlántico, en la parte oriental del Golfo de México, en el Océano Pacífico, en el norte de Alaska. Nosotros deberíamos haber estado perforando donde fuera, desde hace ya quince o veinte años. O sea, esto es de locos.

—¿Y qué pasa con los bosques vírgenes? —dijo Victoria—. ¿Y con el caribú?

—Si a los caribúes no les gusta, los trasladamos.

Victoria empezaba a pronunciar una respuesta, pero era el momento de la pausa de cambio de hora y él señaló el reloj e hizo con las manos un movimiento como de romper un palo.

—Han estado escuchando *De la mano de Fate* —dijo Jim—. Vamos a hacer una breve pausa para las noticias, el tráfico y el parte meteorológico. Pero antes de irnos, quiero leerles el correo electrónico de El Tonto de Turno: «Jim, eres un gordo, feo, mentiroso y te pareces al culo de un caniche. Firmado, Mickey Mouse».

—¿Gordo? —dijo riendo—. Tal vez. ¿Feo? Bien, no puedo hacer nada con eso. Ni siquiera puedo evitar lo del culo del caniche, aunque creo que eso es pasarse un poco. ¿Pero mentiroso? No, amigo mío, eso es algo que no soy. Vamos, todos ustedes los oyentes que me sintonizan porque no pueden soportarme, van tener que ser un poco más creativos si quieren ganar el premio TdT. Y para el resto de ustedes, cuando estemos de vuelta abriremos las líneas para más llamadas —dijo, y echó para atrás el micro en su brazo telescópico negro.

Cuando sonaron las primeras notas de la sintonía de las noticias en sus auriculares acolchados negros, se los bajó al cuello. Él y Victoria tenían ahora seis minutos para ellos, antes de que saliese a las ondas la segunda y última hora de *De la mano de Fate*.

—Voy por un té —dijo Victoria sin mirarle a los ojos. Jim asintió. Durante la última semana había habido una tensa cortesía entre ellos cuando no estaban ante el micrófono. En antena, sin embargo, seguían teniendo su química. Aunque últimamente se parecía más a la clase de química de cuando mezclas las sustancias equivocadas en tu equipo de científico aprendiz.

Todo era diferente en antena. Jim estaba más indignado y burlón de lo que nunca estaba en la vida real. Victoria hacía chistes ligeramente subidos de tono que jamás toleraría a micrófono apagado. Y en antena se llevaban genial, bromeando y fingiendo.

Victoria agarró su taza y se levantó. Aunque era medio japonesa, Victoria media uno cincuenta y seis, y tenía unas piernas muy largas.

—Ah, esto estaba en mi buzón esta mañana, pero es realmente para ti —le dijo, pasándole un sobre acolchado de una editorial.

Cuando abrió la pesada puerta del estudio a la cabina, el burlete de sellado de la puerta chirrió como si absorbiera algo. Durante un minuto, Jim podía oír a Chris hablando con Willow y Aaron en la cabina de al lado. Entonces la puerta se cerró con un peculiar clic, por los imanes de la hoja y el marco, y Jim se quedó en la burbuja de silencio del estudio de radio. Las paredes y el techo estaban cubiertos de un material de insonorización de textura azul que se parecía al velcro.

Jim agarró la primera carta de su bandeja de correo y la abrió con un abrecartas. Examinó su interior. *Mi padre cumple setenta y cinco, le encantaría tener una foto firmada, fulanito de tal.*

¡Feliz Cumpleaños, Larry! garabateó sobre una foto en blanco y negro que sacó de un montón que guardaba en una carpeta de archivos. *Tu amigo, Jim Fate.* Enganchó el sobre y la carta a la foto para que Willow se ocupara de ella. Atendió a tres peticiones de foto más, cada una de las cuales le tomó veinte segundos. Jim había firmado su nombre tantas veces en los dos o tres últimos años que podría haberse convertido en rutina, pero todavía sentía una secreta emoción cada vez que lo hacía.

Habían pasado menos de tres minutos, así que decidió abrir el paquete de la editorial. Le gustaban los libros sobre crímenes verídicos, política o cultura, de autores a los que podría invitar a su programa.

A los fans también les gustaba enviarle cosas. De todo tipo. Invitaciones de partido. Un bikini, una vez. Amenazas de muerte. Fotos polaroid de oyentes desnudas. Propuestas de matrimonio. Camisetas. En honor al nombre del programa, le habían hecho más de una docena de manos de madera, plástico y metal. Poemas. Flores secas. *Brownies*. Se había ganado tantos enemigos que jamás comía nada que le enviara un oyente, ni aunque viniera en su envoltorio sellado. Imaginaba que alguien decidido podría incluso inyectar algo tóxico entre el plástico y el cartón. Pero a Jim también le gustaba ocuparse de su propio correo, por si acaso contenía artículos de una naturaleza, digamos, más *personal*.

Jim tiró del adhesivo rojo para abrir el sobre. Se rompió a mitad de la solapa y tuvo que esforzarse para acabarlo de abrir de un tirón. Se escuchó un extraño siseo cuando el libro, *Talk Show*, cayó sobre su regazo. Un libro de una pieza teatral convertida en película, ambas basadas en el caso verídico del asesinato del presentador radiofónico Alan Berg, al que dispararon en la entrada a su casa.

¿Qué d...?

Jim no pudo concluir el pensamiento. Porque la tira roja de apertura estaba conectada a un pequeño frasco de gas oculto en el sobre, que le roció directamente en la cara.

Se quedó sin aliento de la sorpresa. Con su primera inhalación, Jim supo que algo iba terriblemente mal. No podía ver el gas, no podía olerlo, pero podía sentir cómo una niebla húmeda le cubría el interior de la nariz y la garganta. Se le caían los párpados. Con un esfuerzo, los abrió.

Tiró el paquete, que aterrizó detrás de él, en la esquina opuesta del estudio.

Fuera lo que fuera, estaba en el aire. Así que no debería respirar. Cerró firmemente los labios y se puso de pie, dando un tirón a los auriculares. En todo ese lapso, Jim pensaba en lo que había pasado en Seattle. Tres semanas antes, alguien había vertido gas sarín en el tercer piso de un edificio de quince plantas de oficinas en el centro. Cincuenta y ocho personas habían muerto, incluyendo una no identificada, de Oriente Medio, vestida con el uniforme de un portero. ¿Era un terrorista? ¿Había intentado poner el sarín en el sistema de ventilación y le salió mal? Nadie lo sabía. Las autoridades todavía no habían identificado al culpable, y nadie había reivindicado el hecho. Pero por toda la costa occidental y a través de la nación entera, la gente se encontraba en un elevado estado de alarma.

Y ahora estaba volviendo a ocurrir.

Empezó a dolerle el pecho. Jim miró por la mampara de cristal grueso a la sala de control a su derecha. Greg, el técnico de sonido, estaba de espaldas lejos del cristal, engullendo una barra de Payday, mirando sus controles, listo para presionar los botones para la publicidad y los titulares nacionales. Bob, el reportero, estaba de espaldas a Jim, con la cabeza agachada mientras repasaba su guión para el segmento local de noticias. En la cabina donde recibían las llamadas, justo delante de Jim, Aaron, el director del programa, hablaba acelerado con Chris y Willow, agitando las manos para remarcar sus palabras. Ninguno de ellos había visto lo que pasaba. Jim pasaba inadvertido, sellado en su burbuja.

Se esforzó en concentrarse. Tenía que conseguir algo de aire, aire fresco. Pero si salía tambaleando a la cabina de llamadas, ¿habría allí aire suficiente para lo que él ya había aspirado? ¿Sería suficiente para limpiar el sarín de sus pulmones, de su cuerpo?

¿Sería bastante para salvarlo?

Pero, cuando se abriera la puerta, ¿qué pasaría con los demás? ¿Chris, Willow, Aaron y el resto? Pensó en los bomberos que habían muerto al acudir al ataque de Seattle. ¿Llegaría serpenteando el veneno a las docenas de personas que trabajaban en la cadena, a los cientos que trabajaban en el edificio? La gente en la sala de control, con su insonorización, podría mantenerse a salvo dejando la puerta cerrada. Un ratito, en todo caso. Hasta que entrara en los tubos de ventilación. Poca de la gente que murió en Seattle había estado cerca de donde se liberó originalmente el gas. Si Jim trataba de escaparse, podrían morir también todos los que estaban allí.

Morir también. Las palabras se repetían en su cabeza. Jim se dio cuenta de que se *moría*, de que había empezado a morir en el momento en que inhaló en el suspiro de la sorpresa. Él tenía el sentido innato del tiempo que uno desarrolla cuando trabaja en la radio. Habían pasado, pensó, entre quince y veinte segundos desde que el gas le había rociado en la cara. No más.

Jim nadaba cada mañana tres kilómetros en el club MAC. Podía contener la respiración durante más de dos minutos. ¿Cuánto había aguantado aquel mago del programa de Oprah? ¿Diecisiete minutos, no? Jim no podía contener la respiración tanto rato, pero ahora que tenía que hacerlo, estaba seguro de que podría contenerla más de dos minutos. Tal vez mucho más. Los primeros que acudieran podrían seguramente darle oxígeno. La línea podría ser bastante delgada como para pasar por debajo de la puerta.

Jim presionó el botón de conversación y habló tropezando en sus palabras, con voz ahogada:

—¡Gas sarín! ¡Llamad al 911 y salid! ¡No abráis la puerta!

Sorprendidos, se giraron todos para mirarlo. Sin acercarse, señaló el libro y el sobre que ahora estaban en la esquina del estudio.

Chris reaccionó de inmediato. Él tenía los reflejos felinos de alguien que trabajaba en la radio en directo, tratando con los chiflados y los que escupían obscenidades, para intervenir antes de que se oyeran sus palabras y provocaran una sanción contra la emisora. Clavó los dedos en los números del teléfono y comenzó a gritar su dirección al operador del 911. Al mismo tiempo, presionó el botón de conversación, así Jim oyó cada palabra.

—Es gas sarín. ¡sí, sarín! ¡En el estudio de la KNWS! ¡Deprisa! ¡Lo está matando! ¡Está matando a Jim Fate! —gritó. Detrás de Chris, Willow miró a Jim, con una expresión de terror en el rostro, dio media vuelta y salió corriendo.

En la pecera de noticias, Greg y Bob se apoyaban en la pared opuesta a la mampara. Pero en la cabina de las llamadas, Aaron fue hacia la puerta con una mano extendida. Jim se tambaleó hacia delante y puso el pie para que no pudiera abrir la puerta. Su mirada se encontró con la de Aaron por el pequeño rectángulo de cristal de la puerta.

—¿Estás seguro? ¡Jim, sal de ahí!

Jim sabía lo que Aaron estaba gritando, pero la puerta lo filtraba como un leve murmullo, despojado de toda urgencia.

Él no podía permitirse el aire que necesitaría para hablar, no podía permitirse abrir la boca y respirar ese aire otra vez. Su cuerpo ya le exigía que se dejara de tonterías y respirase. Todo lo que podía hacer era sacudir la cabeza, con los labios apretados.

Chris presionó otra vez el botón de conversación. El 911 dice que están enviando un equipo especial para sustancias peligrosas. Llegarán en cualquier momento. Han dicho que traen oxígeno.

Jim hizo un gesto como de barrer con las manos, ordenando a sus colegas que se fueran. Le dolía el pecho. Greg se llevó una mesa de sonido y un par de micros y dejó la pecera de noticias corriendo, y Bob detrás de él. Aaron echó una última mirada a Jim, con el rostro demudado de miedo y pesar, y luego se fue. Un segundo más tarde comenzó a sonar la alarma contra incendios, un sordo latido grave que apenas se oía tras la puerta insonorizada.

Chris fue el único que se quedó, mirando fijamente a Jim por el cristal. Ellos dos llevaban años juntos. Cada mañana, Chris y Jim, y más recientemente Victoria, llegaban temprano y preparaban el programa, repasando el periódico, Internet y cortes de televisión en busca de historias que dieran vida a cada línea del guión.

—Que Dios te ayude, amigo —dijo Chris, y liberó el botón de conversación. Dirigió una nueva mirada de angustia a Jim, y luego se dio la vuelta y salió corriendo. Jim sufría por no poder escapar. Pero no podía escapar de lo que el veneno ya le había hecho. Ya tenía tirantes los músculos de los brazos y la parte superior de los muslos. Se sentía muy cansado. ¿Por qué tenía que contener la respiración ahora? Ah, sí, por el veneno.

Cuando miró hacia atrás, vio a Victoria en la cabina de atención de llamadas. Se acercó cerca del cristal, con sus amplios ojos oscuros buscando la mirada de Jim. Con expresión de enojo, él sacudió la cabeza y le hizo señas para que se fuera.

Victoria presionó el botón de conversación.

—Dicen que hay gas, pero yo no huelo nada aquí fuera. De todos modos, la cabina es prácticamente hermética.

Jim quiso decirle que «prácticamente» no era lo mismo que real y verdaderamente. Esta era la clase de discusión que podrían tener en antena a ratos, bromeando para mantener el ritmo del programa. Pero no tenía aliento para eso.

Una parte del cerebro de Jim mantuvo su frialdad racional incluso mientras su cuerpo le enviaba cada vez más mensajes de que algo iba mal, y que iba de mal en peor. No había respirado desde la primera fatídica inhalación al abrir el paquete. Le estaba creciendo el vacío en la cabeza y el pecho, como un hueco que lo absorbía desde dentro, haciendo que su cuerpo gritara exigiendo un poco de aire.

Pero Jim no había llegado tan lejos rindiéndose cuando las cosas se presentaban torcidas. Había pasado un minuto, un minuto diez tal vez, desde que abrió el paquete. Pero sí cedió ante otra hambre, el hambre de compañía. Estaba absolutamente solo, posiblemente cercano a la muerte, y no podía soportar ese pensamiento. Jim se acercó al cristal y puso la mano abierta en él, con los dedos separados, como una solitaria estrella de mar. Y luego Victoria puso también la suya justo enfrente, olvidando lo que los separara, con las manos apretadas contra el cristal.

Jim sentía como una faja alrededor del pecho, y le apretaba. Una faja de hierro. Y lo aplastaba, le aplastaba los pulmones. Se le oscurecía la visión, pero mantuvo los ojos abiertos, sin apartar la mirada de Victoria. Pusieron las manos en el cristal, como intentando tocarse. Ahí estaban, dos seres humanos, extendiéndose la mano el uno al otro, pero destinados a no tocarse jamás.

Con su mano libre, Victoria buscó palpando el botón de conversación, lo encontró.

—Jim, tienes que aguantar. Ya oigo las sirenas. ¡Y casi están aquí!

Pero su cuerpo y su voluntad estaban a punto de separarse. Todavía no habían pasado los dos minutos, pero tenía que respirar. No había otra. Pero tal vez podría filtrarlo, reducirlo al mínimo.

Sin apartar los ojos de Victoria, Jim tiró del extremo de su camisa con la mano libre, y se presionó la nariz y la boca con fino paño de algodón egipcio. Tenía la intención de inhalar poco, pero, cuando comenzó, el hambre de aire era demasiado grande. Respiró con avidez, y la tela le tocaba la lengua mientras inhalaba.

Sintió ráfagas de veneno adentrándose en su interior, extendiéndose para envolver todos sus órganos. Parecía que le iba a explotar la cabeza.

Sin poder ya pensar con claridad, Jim dejó caer el trozo de camisa. Ya no importaba, ¿no? Era demasiado tarde. Demasiado.

Se fue tambaleando hacia atrás. Intentó agarrarse a su silla, sin éxito. Se cayó.

Horrorizada, Victoria comenzó a gritar. Vio a Jim convulsionar, los brazos y las piernas le daban tirones y sacudidas, y le borboteaba espuma de la boca.

Y entonces Jim Fate se quedó quieto. Sus ojos, todavía abiertos, miraban al mullido y rugoso techo azul.

Dos minutos más tarde, los primeros hombres de la unidad de sustancias peligrosas, totalmente vestidos de blanco, entraron arrollando por la puerta del estudio.

Capítulo 2

PALACIO NACIONAL DE JUSTICIA MARK O. HATFIELD
7 de febrero

La fiscal federal Allison Pierce miró a los ciento cincuenta potenciales miembros del jurado reunidos en la planta 16 del Palacio Federal de Justicia Mark O. Hatfield. Aún no habían llamado a nadie a la tribuna de jurado que, formada con dos bancos de madera de cerezo, tenía pegadas con cinta varias notas donde se leía la palabra «Reservado». Había tantos jurados que varias docenas tuvieron que quedarse en pie, tantos jurados que Allison podía oler los cuerpos sin lavar y los dientes sin cepillar. Tragó con esfuerzo, reprimiendo la náusea que ahora la importunaba en los momentos más inesperados.

Los candidatos a jurados llevaban mochilas, bolsos, abrigos, paraguas, agua embotellada, libros, revistas y (uno de Portland, Oregón) el ocasional casco de ciclista. Había desde el anciano con audífonos enganchados a las patillas de las gafas hasta el joven que enseguida abrió un bloc de dibujo y garabateó un monstruo de ocho brazos. Unos llevaban trajes, mientras que los otros parecían estar preparados para ir al gimnasio, pero en general se veían espabilados y razonablemente contentos.

Habría habido más espacio para que se sentaran los jurados potenciales, pero los bancos ya estaban ocupados por los periodistas que habían llegado antes de que el jurado entrara. Entre ellos había una mujer de unos cuarenta años sentada en el lugar de honor justo detrás de su hija en la mesa de defensa. Llevaba un maquillaje excesivo y un suéter de escote profundo.

Todos se levantaron y el ayudante del tribunal tomó juramento colectivo a los candidatos a jurado. Después de que los que los afortunados que tenían asiento volvieran a sentarse, el Juez Fitzpatrick se presentó y le explicó al jurado que la demandada tenía que ser considerada inocente mientras no se demostrara su culpabilidad más allá de la duda razonable, y que no tenía que hacer o decir nada para demostrar su inocencia. Correspondía únicamente, y aquí habló con tono solemne, a la acusación probar el caso. Aunque había oído esas mismas palabras muchas veces, y el juez debía de haberlas dicho en cientos de ocasiones en sus casi veinte años en el puesto, Allison estaba prestando atención. El juez Fitzpatrick nunca perdía de vista el significado que había en las palabras.

Cuando hubo terminado, le pidió a Allison que se presentara. Ella se puso de pie y de frente a la atestada sala, tratando de mantener contacto visual con todos. Era trabajo suyo establecer una relación desde este momento en adelante, de modo que cuando llegara el momento en que el jurado tuviera que deliberar, los miembros confiaran en lo que ella les había dicho.

—Soy la fiscal federal Allison Hedges —dijo, y señaló con un gesto a Nic—. Cuento con la ayuda de la agente especial del FBI Nicole Hedges, como investigadora del caso.

Allison notó en la cara de algunos de los candidatos a jurado la sorpresa cuando vieron que la joven de pelo negro recogido era en realidad la fiscal federal. Ella tenía treinta y tres años, pero la gente siempre parecía esperar que un fiscal federal fuera un hombre entrado en canas.

Nicole era solo cuatro meses mayor que Allison, pero con su lisa piel oscura y su expresión intacta, podría aparentar cualquier edad entre veinticinco y cuarenta. Hoy, Nic llevaba su habitual pantalón oscuro y liso.

Allison se había puesto el que ella consideraba su uniforme de tribunal: un traje azul de JCPenneys, zapatos bajos de charol y poco maquillaje. Debajo de su blusa de seda color marfil llevaba una cruz de plata en una fina cadena. Su padre se la había regalado en su decimosexto cumpleaños, seis semanas antes de fallecer.

El juez señaló entonces a la demandada, Bethany Maddox, ataviada hoy con un recatado vestido rosa y blanco que Allison juraría que otra persona había elegido por ella, y que Bethany solo bajo protesta habría accedido a ponerse. La sala de tribunal se agitó cuando todo el mundo estiró el cuello o se puso de pie para conseguir verla. Bethany sonrió, dando la impresión de haberse olvidado de que ella era la enjuiciada. Su abogado defensor, Nate Condorelli, se levantó y se presentó, pero estaba claro que los potenciales miembros del jurado no estaban tan interesados en Nate como en su cliente.

Este día era el primer paso para llevar ante la justicia a la pareja que los medios habían apodado como las Bratz Atracadoras, debido a sus labios rellenos, sus pequeñas narices y su ropa barriobajera. Por alguna razón, a los medios de comunicación les gustaba poner apodos a los ladrones de bancos. El Atracador Pies Planos, la Abuela Ladrona, el Atracador del Tobogán, el Ladrón Mocoso, el Atracador del Carrito de Supermercado, y una larga lista de más nombres.

Durante varias semanas después de su crimen, el granuloso vídeo de vigilancia de la pareja había sido de los más emitidos no solo en Portland, sino a escala nacional. El contraste entre las dos muchachas de diecinueve años (una rubia y otra morena, y ambas con gafas de sol, minifaldas y tacones altos) y las grandes pistolas negras que agitaban parecía más cómico que otra cosa. En la cinta de vigilancia, se las veía riéndose como pavas durante el atraco.

Incluso después de haber sido detenidas (y por supuesto que las detuvieron, porque el robo debió de haber tenido una planificación de cinco segundos) las dos siguieron acaparando la atención pública, cuando su familia y amigos salieron a la palestra para defender su inocencia o vender historias sobre su desafortunado pasado.

Hacía una semana, Allison había oído a los padres de Bethany en *De la mano de Fate*, el programa de entrevistas de radio. La madre había dicho a los oyentes que las jóvenes no eran delincuentes, sino más bien «niñas que habían elegido mal».

La madre de Bethany había parecido sorprendida cuando Jim Fate se rió.

El padre, que se había divorciado de la madre, parecía un poco más con los pies en el suelo, y Allison se había grabado una nota mental para plantearse llamarlo al estrado.

—Dios nos da el libre albedrío y es cosa nuestra lo que hacemos con él —le había dicho a Jim Fate—. Todo adulto tiene que tomar decisiones y vivir con ellas, sean buenas, malas o indiferentes.

Las muchachas no eran las inocentes que ahora pretendían ser. Habían dejado los estudios y habían empezado a trabajar de bailarinas de club y a tomar drogas. Con un amigo que trabajaba como cajero en un banco, comenzaron a planear un robo. Increíblemente, el día del crimen se confundieron y robaron el banco equivocado. Las cosas se complicaron cuando el cajero cayó presa del pánico y le lanzó el dinero a las muchachas. Riéndose como tontas, lo metieron a puñados en fundas de almohada y hasta se rellenaron con billetes sus quirúrgicamente realzados canalillos. Pero en ningún momento habían dejado de agitar las armas (que habían tomado prestadas de otra muchacha del club de *striptease*) apuntando a los aterrorizados clientes que temblaban en el suelo.

Lo habían hecho por el dinero, desde luego, pero ahora parecían estar aún más encantadas con la fama que les había traído. Las chicas tenían ahora más de mil «amigos» cada una en su Facebook. Allison había oído incluso el rumor de que Bethany, la medio rubia de la pareja, que estaba enjuiciada hoy, iba a sacar pronto un CD de hip-hop.

El desafío para Allison era conseguir un jurado que viera que lo que podía parecer un delito sin víctimas, en el que solo habían caído once mil dólares, merecía una buena temporada en la cárcel.

El ayudante del tribunal leyó en voz alta cincuenta nombres, y la congestión se alivió un poquito cuando los primeros candidatos se sentaron en las sillas giratorias negras de la tribuna del jurado y en las filas menos cómodas de los bancos reservados para ellos.

Ahora el juez dio paso a las preguntas de selección. Un caso prominente como este hacía necesario un jurado de muchas personas. Una razón era que buena parte de ellas ya podrían haberse formado opiniones sobre el caso y no podían ser imparciales.

—¿Ha oído alguien algo sobre este caso? —preguntó el Juez Fitzpatrick—. Para las respuestas, por favor, levanten la mano y les acercaremos un micrófono para que puedan decir el nombre y responder a la pregunta.

Se alzaron la mitad de las manos de la tribuna. El funcionario pasó el micrófono a la primera persona de la primera fila.

—Me llamo Melissa Delphine y recuerdo haber leído sobre el caso en el periódico.

—¿Se ha formado usted una opinión al respecto, señorita Delphine? —dijo el Juez Fitzpatrick. En su sala de tribunal, las mujeres, independientemente de su edad o estado civil, eran siempre «señorita».

—Muy por encima.

—¿Podría usted ignorar esas opiniones?

—Creo que sí.

—Entonces olvide lo que ha leído en los periódicos. Podría haber sido algo incompleto. Podría estar equivocado. Hasta podría haber sido referente a otras personas que nada tienen que ver.

Nadie esperó que los jurados hubieran vivido en un vacío, pero el Juez Fitzpatrick despediría a los que afirmaran tener un pensamiento asumido al respecto. Esa era una excusa fácil, si alguien quería salir del jurado.

Pero muchos no querían. Los servicios de noticias de veinticuatro horas y la proliferación de canales de cable y sitios de Internet implicaban que cada vez más gente estuviera interesada en aprovechar su oportunidad de quince minutos de fama. Hasta la relación más indirecta con un caso de fama o infamia podía convertirte en famoso. O al menos una aparición en un *reality show* de tercera. La niñera de Britney o el guardaespaldas de Lindsay podrían aparecer junto a un miembro del jurado de las Bratz Atracadoras, todos contando historias «de detrás del telón». Allison quiso asegurarse de que ninguno de los jurados quisiera estar en su tribuna solo por la atención que más tarde podrían recibir de los medios de comunicación.

Los jurados escucharon las respuestas de sus compañeros, mirando atentos, aburridos o desorientados. Allison tomó nota de quienes parecieron los más desconectados. No quería en el jurado a nadie que no se involucrara. Como un jugador de póker, buscaba señales o tics en la conducta de los candidatos. ¿Este nunca alzaba la vista? ¿Aquella parecía evasiva o demasiado entusiasmada? Allison también tomaba nota de las cosas que llevaban o vestían: una botella de Dr. Pepper, la revista *Cocina ligera*, una bolsa de mano de una tienda de productos naturales, el magazín de tecnología *Wired*, zapatos marrones con puntera blanca, una chaqueta negra moteada por la caspa. Combinando el cuestionario rellenado por los candidatos y las respuestas a estas preguntas, la información ayudaría a Allison a decidir a quién quería y a quién no en el jurado.

No hacía falta ser mentalista para adivinar que Nate iba a plantear que su cliente era demasiado joven, y es posible que bastante tonta, para ser plenamente consciente de lo que había hecho. Que todo había sido un juego. Que había caído en malas compañías. En sus juicios por separado, cada una de las dos diría que la culpa fue de la otra.

Elegir un jurado era un arte. Algunos abogados tenían reglas rígidas: nada de empleados de correos, de trabajadores sociales, ingenieros, y/o varones jóvenes negros (aunque la última regla nadie la decía en voz alta, y se negaba ante cualquier sospecha). Allison creía en observar a cada persona como un todo, sopesando en cada candidato su sexo, raza, ocupación y el lenguaje corporal.

Para este jurado, ella pensó que podría querer a las mujeres de mediana edad que hubieran trabajado duro para ganarse la vida y no sintieran mucha simpatía por esas jovencitas que literalmente se partían de risa robando el banco. Casi igual de buenas serían las personas jóvenes que hubieran llegado a algo en la vida, centrándose en buenos títulos académicos o buenas posiciones en su carrera. Lo que Allison quería evitar era a los tipos mayores que podrían pensar en las muchachas como «hijas».

—Barp ... barp ... barp —se oyó, todos saltaron y levantaron la vista al techo, donde destellaban luces rojas. Era la alarma contra incendios. Allison y Nicole intercambiaron una mirada perpleja.

—Parece que tenemos un simulacro de incendio, damas y caballeros —anunció el juez Fitzpatrick con calma—. Tendremos que salir todos por la escalera que está directamente a su izquierda conforme se sale de la sala —dijo. Su voz ya empezaba a no oírse entre la gente que se levantaba, quejándose y recogiendo sus cosas—. En cuanto termine el simulacro estamos convocados aquí y empezaremos donde lo hemos dejado.

—Qué raro —dijo Nicole mientras recogía sus carpetas—, no me habían dicho que hubiera un simulacro hoy.

A Allison le dio un vuelco el estómago al pensar en lo de Seattle.

—¿Es posible que no sea un simulacro? —dijo, agarrando a Nicole de la manga.

Como respuesta, Nic le acarició el brazo.

Al encaminarse a la salida, Allison y Nicole vieron que uno de los candidatos a jurado sentados en la fila de justo detrás de ellas, una anciana encorvada con bastón, tenía problemas para ponerse de pie. Allison y Nicole la ayudaron a levantarse y luego Allison la tomó del brazo.

—Déjeme ayudarla a bajar la escalera —dijo.

—No, yo me ocupo de ella, Allison —dijo Nicole—. Sigue adelante. Recuerda, ahora tienes que evacuar por dos.

Allison había estado tan ocupada concentrándose en la selección del jurado que prácticamente había logrado olvidar durante unas horas que estaba embarazada. Estaba ya de once semanas. Apenas se le notaba cuando estaba vestida, pero se sujetaba la falda solo gracias a una cinta de goma que rodeaba el botón, pasaba por el ojal y se enganchaba de vuelta en el botón.

—Gracias —dijo, pues no quería discutir—. Nicole era madre soltera de una chica de nueve años, Makaylah, pero al menos ella sabía que su hija estaba a salvo. ¿Y si esto no era un simulacro?

Allison cruzó las puertas acolchadas negras, pasó junto al anciano alguacil con su placa identificativa en el pecho y se apresuró hacia la escalera.

ACERCA DE LAS AUTORAS

Lis Wiehl se graduó en la Facultad de Derecho de Harvard y ha sido Fiscal Federal. Como analista y comentarista de asuntos jurídicos para el canal de noticias de la Fox, Wiehl aparece con regularidad en el espacio The O'Reilly Factor, y ha acompañado en los últimos siete años a Bill O'Reilly en el programa de radio de gran difusión The Radio Factor.

April Henry ha escrito siete novelas de misterio y *thrillers*. Sus libros han sido nominados para los premios Agatha Award, Anthony Award, y Oregon Book Award. BookSense ha elegido dos de sus obras. April vive en Portland, Oregón, con su marido y su hija.